世界英雄
史诗译丛

虎皮武士

[格鲁吉亚] 鲁斯塔维里 著　严永兴 译

译林出版社

目　　录

史诗王冠上的一颗明珠

（代　序）

严永兴

一

格鲁吉亚是个山国，西临黑海，南与土耳其、亚美尼亚和阿塞拜疆接壤，而北部和东部则是邻国俄罗斯。从地理位置和历史进程上，可以说它与东西方文化都有着较深的渊源。公元6至10世纪格鲁吉亚民族基本形成，可是在这漫长的几百年中却始终处于伊朗萨珊王朝、拜占庭帝国和阿拉伯哈里发的统治之下。但到了12世纪初格鲁吉亚塔玛拉女王在位（1184—1213）期间，格鲁吉亚在军事和政治上均取得了重大成就。格鲁吉亚军队在女王的丈夫大卫·索斯兰的率领下战胜了阿塞拜疆的阿塔贝克（1195）和鲁姆苏丹的鲁克纳金（1205），夺取土耳其东北重镇卡尔斯（1204），并于1210年远征波斯，扩大了疆域，许多大领主亦都成为格鲁吉亚的藩属或向其纳贡称臣。国力的强盛使塔玛拉有可能发展经济，修筑道路，建造要塞和寺院，鼓励科学和艺术。封建统一的格鲁吉亚，在经济、文化发展的条件下，为新的社会关系萌芽的产生和文艺复兴时代思想萌芽的出现创造了前提，亦有助于文学艺术的繁荣和优秀作家作品的涌现。

盛世之下，当时格鲁吉亚产生了一批大作家、大诗人，绍·鲁斯塔维里便是其中的卓越代表，他的长篇史诗《虎皮武士》成了他的旷世之作，代表格鲁吉亚古典文学的最高成就，一直流传至今，历经千年而不衰。格鲁吉亚人民更是将伟大诗人鲁斯塔维里和他的诗作视为民族的骄傲和宝贵的文化遗产，史诗《虎皮武士》在格鲁吉亚家喻户晓，人们广泛背诵和引用史诗中的佳句、警句和格言，这些已成为他们精神生活的一部分。直至19世纪，格鲁吉亚姑娘的嫁妆中还必有一部《虎皮武士》，婚礼时人们朗诵其中的诗句向新人表示祝贺和祈福，蔚成风俗。

自1712年开始，《虎皮武士》已经用格鲁吉亚文字出版了五十余种版本，并被译成苏联许多种民族语言，以及保加利亚、波兰、捷克、南斯拉夫、匈牙利、英、法、德、意大利、西班牙、日本和中国等国文字，仅俄译本迄今已有十余种，著名画家齐奇、伊拉克利·托伊泽和谢尔盖·科布拉泽等人均为史诗绘制过精美插图，科布拉泽为《虎皮武士》刻制压模花纹式的彩色插图杰作（1935—1937），因“鲜明体现了人物的坚强性格”而获苏联国家奖。

1966年9月，世界各国文化界人士隆重纪念绍·鲁斯塔维里诞生八百周年，对他诗作所蕴含的深刻的人文主义思想，对他特殊的诗歌理论和诗学，对他诗歌语言的精美典雅，对他独创的十六行诗的形式和难以移译、复杂严谨的诗体和韵律，表示由衷的敬佩和浓烈的兴趣，并由此将它作为一门专门的学问——鲁斯塔维里学——而加以深入研究。

二

虽然1966年9月国际上曾对诗歌大师鲁斯塔维里诞辰进行过广泛纪念，但是其实，由于缺乏确凿无误的史实，他确切的生卒年月至今不详。据史料记载，诗人曾任塔玛拉王朝的司库，另据1960年的考古发现，鲁斯塔维里曾参加过耶路撒冷城内格鲁吉亚圣十字修道院的修缮和彩绘工作，修道院内至今还保存有身着华贵官服、脸颊清癯、神采奕奕的彩绘鲁斯塔维里肖像及其手迹。因此鲁斯塔维里确有其人，毫无疑义，而且《虎皮武士》由他所作亦无可争议，因为史诗中共有四处提及该史诗的作者便是他本人，两处在“序诗”，两处在“尾声”：

7 为悲歌塔里埃尔需让无尽的泪水流遍，
因为生者中还有谁一如他那样的痴癫？
我鲁斯塔维里受伤的心与他紧紧相连，
为他歌唱将古老的传说缀成珍珠项链。

8 因而我，鲁斯塔维里把那歌唱得动听，
我便是统率大军的疯子不惜奉献生命。

1667 他们的生命如夜梦一场倏忽飞逝消失。
他们有过悱恻爱情亦曾遭受狡诈阴险。
尘世的生活短暂有谁敢说那生命无限？
此种不幸鲁斯塔维里是否该用歌审视？

1671 特莫格韦利不倦地将季拉尔格达歌吟，

我鲁斯塔维里含着泪将塔里埃尔歌咏。

作者搞清之后，便又引出了一个作品的创作年代问题，可这亦无从考证。有学者发现在鲁斯塔维里的长诗中常用的一个词“情人”为“米杰努”（Миджнур），系源自阿拉伯文，其原意如若严格翻译应为“爱情的疯子”，后来阿塞拜疆诗人尼扎米（约 1141—1209）所作叙事诗《莱伊丽和梅杰努》，其中的“梅杰努”（Меджнун）一词系从鲁斯塔维里的“米杰努”引变而来，亦是“情人”之意，而他的叙事诗则完成于 1190 年，由此可以推断《虎皮武士》中出现“米杰努”应早于 1190 年。

另有学者发现，史诗中曾提及国王、王后和三位大臣召开宫廷会议（Дабраз），决定涅丝丹婚事的情节：

507　我来到宫里，因为清晨我听到了命令。
我站定打听情况，一瞬间将目光聚凝。
我走过去那里有国王王后和三位大臣。
我坐在国王对面按宫廷会议所做规定。

格鲁吉亚历史上曾有两种形式的宫廷会议：大的和小的，大宫廷会议参加人员很多，而小宫廷会议只限于国王、王后和四名御前大臣参加。因此，鲁斯塔维里在史诗中描述的应是小宫廷会议。而据史料记载，小宫廷会议曾保持到 1212 年。此外，作者在史诗的“序诗”和“结尾”中均写有颂扬女王塔玛拉和她的丈夫大卫·索斯兰的诗句，并明确表示此诗是为歌颂女王而作。由此几点可以推断，这部不朽之作应写于约 12 世纪 80 年代至 13 世纪最初十年之间。而作者则生于约 12 世纪 60 年代末或

70 年代初。

而且,这部作品亦并非他的第一部作品,因为他在“序诗”中提到:

4　我们将流着鲜红的血泪把塔玛拉歌颂,
我曾经用不同的方法作诗为她来颂咏。

但他本人对这些“曾经用不同的方法”作的诗看来并不“满意”,因为他只是:

5　赞美她的蛾眉樱唇玛瑙般眸子与睫毛,
一排皓齿奇妙排列如水晶般晶莹剔透。

于是他明白:“写诗不同于手艺”,“谁若是偶然将韵脚编织那算不得诗人”:

17　在宴会上为让情人们消遣和开个玩笑,
写首令人捧腹的打油诗倒也无伤大雅。
清晰通顺的表达也能使我们逗乐解闷。
但凡诗人却必须创作意韵恢宏的诗章。

于是他运用“语言情感和想象”,在继承格鲁吉亚民间口头创作的优秀传统、汲取古代书面文学丰富营养的基础上,创造出他独特的十六行诗和最能体现诗歌表现技巧的玛贾玛诗体,并让诗篇插上奇异的翅膀,飞越柜鲁吉亚的崇山峻岭,去到异国他乡的印度、阿拉伯世界和波涛汹涌的滨海之国,将“古老的传说缀成珍珠项链”,用“琅琅上口绵延不断的诗章”,来讴歌高尚的友谊和忠贞

的爱情:

6 我们将用美妙的诗歌把塔里埃尔歌吟。
帮助三位英雄去实现他们的共同理想。

三

史诗中的三位英雄便是塔里埃尔、阿夫坦季尔和努拉丁-普里东。他们均武艺高强,豪迈倜傥,嫉恶如仇,视死如归,貌若玉树临风,勇似猛虎雄狮。他们又都甘为友谊赴汤蹈火,誓对爱情忠贞不渝。三位勇士中,虎皮武士塔里埃尔更是鲁斯塔维里着重刻画、入木三分的人物。

史诗描述印度国王帕尔萨唐有一女涅丝丹,生得貌若天仙,光彩照人,被视若掌上明珠。塔里埃尔的父亲沙里唐则是印度国王属下的一藩王,因帕尔萨唐无子嗣,便将塔里埃尔自小送进宫当国王的养子。塔里埃尔与涅丝丹青梅竹马,一起成长。长大后,两人更是感情甚笃,情意绵绵,尽管帕尔萨唐对公主看管极严,藏入深宫,亦挡不住一对情侣通过公主的女仆阿诗玛传递消息,互通情思。藩王去世后,帕尔萨唐不仅让塔里埃尔承继父亲领地,而且封为统帅,统领印度全军。哈塔伊人阴谋叛乱,塔里埃尔告别心上人亲率大军远征,杀得敌人丢盔弃甲,胜利而归。国王与王后率涅丝丹亲临城外隆重迎迓英雄凯旋。涅丝丹见武士臂有剑伤,关怀备至,脱下自己珍贵的金丝袖套给武士护伤,塔里埃尔亦将缴获的名贵纱巾相赠。但谁也料想不到日后印度国王和王后召开最高御前会议,商讨涅丝丹的终身大事,竟然欲将花剌子模王子招为女婿,并继承王位。涅丝丹至死不从,乘王子迎亲队伍在城外安营休憩之机,命武士将父王的乘龙快婿刺杀,但不得伤及无辜。塔里埃尔刺杀花剌子模王子回宫,却发现心上人竟被国王的妹妹、女巫师达瓦尔派黑奴劫持上小舟,漂向大海,不知生死。塔里埃尔急忙带着涅丝丹的忠实女仆阿诗玛乘船追赶,开始了他的茫茫大海之旅。

一年后毫无所获的塔里埃尔飘泊来到一个叫穆利加赞扎的国家,遇见勇士努拉丁-普里东,并帮他打败敌人回到自己城堡。一天,努拉丁告诉武士,他曾在岸边见到两名黑奴拽着一个光彩夺目的姑娘上岸,他急忙跨乌骓猛追,可惜被他们登舟逃跑,只差一步没赶上。努拉丁劝慰塔里埃尔,并派出信使跑遍天涯海角、荒漠野外,最终均无功而返。努拉丁将乌骓相赠,塔里埃尔与他泪洒湖滨,又踏上寻找涅丝丹之途。他孤独一人离群索居,踏遍群岭和山冈,无论荒野还是大海亦不放过一寸一帆,但始终毫无所获。终于他在万山丛中找到一处岩洞,打败洞中巨人在此安家。阿诗玛将他猎杀的老虎之皮剥下,替他缝成皮衣,让他穿在身上。从此,虎皮武士便在那里等待死亡,时而失声痛哭,时而在荒野里发狂。

再说在阿拉伯有位国王罗斯杰万,生有一女吉娜晶,正值青春年华,光艳照人,国王年老体衰决定将王位让给她。勇士阿夫坦季尔是位统帅,雄姿英发,身材如梧桐树那般挺拔,一直暗恋着美丽的吉娜晶。一天,国王与勇士打赌去狩猎,看谁的箭术更高明。结果阿夫坦季尔一次能射死野兽二十,而国王的二十头野兽是靠棍棒的上百次击打。不过罗斯杰万对这样的游戏很满足,他们围成圈在树阴下躲避燠热。突然人们发现,有个怪武士坐在河边哭泣,他身穿虎皮外貌像头狮子。国王好奇,派人去问个究竟。虎皮武士不加理睬,扔下信使沿小径扬长而去。国王怒气冲天，下令将武士追捕，不料武士一挥马鞭，把众人抽得人仰马翻撕心裂肺，自己快马加鞭跑得无影无踪。国王回宫终日愁云满面闷闷不乐，吉娜晶为解父亲痛苦，派出信使寻找武士，整整一年仔细打探搜寻，结果一无所获。

吉娜晶把阿夫坦季尔召进宫相会，他目睹心上人的风姿满心欢喜，而她则心事重重六神无主。姑娘请求勇士，翻山越岭踏遍山谷去寻找虎皮武士，并起誓三年后定将嫁给他为妻，永结同心。勇士上路亦随身带走那份别情离愁。他风餐露宿，走遍高山大川、遥远边境，武士的下落哪儿也未能打探清楚。最后阿夫坦季尔路遇三兄弟，他们因企图偷盗虎皮武士的宝马，刚受武士惩罚。阿夫坦季尔得知此消息后快马加鞭，一路跟踪武士来到岩洞前，隐身树丛。翌日武士离去，他进洞见到阿诗玛，姑娘泪涟涟把一切相告，并将他藏在岩洞深处，等机会与武士相见。武士与勇士相逢，两人像一对太阳，拥抱亲吻一见如故，一起把往事诉说。其间，武士几度昏迷，几度被阿诗玛用水淋醒，继续他的痛苦回忆。两人起誓，决不相互抛弃。第二天两人抱头痛哭，互道珍重。阿夫坦季尔日夜兼程回到阿拉伯半岛，向国王和吉娜晶诉说虎皮武士的悲惨故事。一对情侣相会情深意切，美丽姑娘摘下脖上珍珠项链赠意中人，他将它亲吻，泪水把珍珠照亮。但回到家他夜不能寐，翌日托一名大臣进宫见国王，要求再度回去照顾虎皮武士，罗斯杰万听后大发雷霆。阿夫坦季尔给国王留下遗言，表示决不贪图富贵荣华而抛弃患难中的朋友，秘密出走，去与塔里埃尔再度相会。

阿诗玛见到勇士泪流满面，她告诉阿夫坦季尔，他走后武士寂寞难忍离洞出走，至今杳无音讯。勇士听后号啕大哭,驱马去找武士。山谷里的密林旁他见到塔里埃尔,气息奄奄像个死人,身旁一头击毙的狮子和一把沾血的长剑。阿夫坦季尔拭干武士眼泪,只求他做一件事:最后一次看他骑马飞驰。勇士扶他上马,转了几圈,马儿将武士的忧愁驱散。阿夫坦季尔劝他珍爱生命,两人一起回洞把所有痛苦一一倾诉。勇士决心去寻努拉丁帮助塔里埃尔找到心上人涅丝丹。他独自顺着海岸纵马走了七十个昼夜,终于找到国王努拉丁,两人一见如故互表敬意。阿夫坦季尔把武士的情况细说,努拉丁听后心中悲切。他带着勇士来到汹涌的大海边,努拉丁曾在此见过天仙般姑娘的踪迹。阿夫坦季尔带着四名奴隶由此下水走海路,去为兄弟寻找治他心病的良药。

路上阿夫坦季尔遇到一支埃及商队,因害怕海盗正一筹莫展,他与商人们一起乘船航行,果然遇上穷凶极恶的海盗。阿夫坦季尔显英雄本色,孤身一人与海盗们殊死搏斗,结果大获全胜,并缴获海盗珍宝无数,来到一座美丽滨海都城古兰沙罗。商人乌欣是这里管贸易的头儿,他不在,由他的夫人法蒂玛将客人接待。法蒂玛虽不年轻但依然秀色可餐,她见阿夫坦季尔虽身着商人服饰,却鹤立鸡群一表人才,禁不住欲火燃烧无法抑制,便约勇士单独相会,不料阿夫坦季尔却从法蒂玛口中得知涅丝丹的消息。原来那天这座城市过纳夫罗兹节,她夜晚在自家花园里设宴款待女宾,突感身体不适离席眺望大海。只见海上有条舢板随波逐浪,两个黑人拖着个箱子进到花园。他们打开箱盖,竟从里面拽出个楚楚动人的姑娘,她偷偷叫来四名奴仆杀了黑奴将姑娘解救,把她安置在自己家的一幢独楼里。姑娘容貌绝色,身上的装束高贵绝伦,但她天天以泪洗面,对自己的遭遇不吐一词。后来姑娘被乌欣发现，法蒂玛要他发誓保守秘密。但有一天他进宫给苏哈夫国王送礼，酒宴上他点头哈腰拍马屁，告诉国王为王太子找了个未婚妻美如天仙。由于乌欣告密，涅丝丹被禁军抢进宫去。临行前，法蒂玛挑了条黄金宝石腰带给她缠在身上。宫女们给新娘精心打扮，九名宦官看守她的大门。涅丝丹解下腰带买通宦官，穿上宦官衣衫逃到法蒂玛家，骑上良驹消失得无影无踪。谁知一波未平一波又起，姑娘逃跑途中又落入巫师国统治者手中。巫师国女王决定把姑娘给儿子洛桑当妻子，但因为女王的妹妹去世，得去奔丧，所以暂且将涅丝丹关在一座四周峭壁林立的要塞之中，只有通过地下通道才能进入。三个入口由一万名士兵分三拨日夜看守。

法蒂玛得知此情况，便派一名亦会魔法的奴隶赴巫师国打探消息，并带去一封她致姑娘的信，让她给恋人送件信物由来人带回。魔法师进出大门如入无人之境，见到姑娘将情况诉说。涅丝丹将信将疑，但还是把塔里埃尔赠与的华贵纱巾剪下一块附在信中，托奴隶带回。给情人的信中，涅丝丹情意悱恻，诉说自己的痛苦悲凄和思念之情，但依旧劝说别为救她做无谓牺牲，让他快去印度边疆，因为父王正被敌人围困期待救援。奴隶返回古兰沙罗，阿夫坦季尔立即动身搭船驶向大海。

走过荒漠和陡峭的山脉，他在芦苇荡里找到塔里埃尔。虎皮武士见到情人的书信和纱巾顿时心中充满喜悦，他们回到洞穴立刻把巨人们的宝藏打开，无数奇珍异宝他们毫不动心，只挑了三副精良的铠甲和两把锋利的宝剑。两位英雄带上阿诗玛离开洞穴来到努拉丁的领地，三勇士见面亲如兄弟。他们从努拉丁大军里挑选三百名优秀骑兵日夜兼程奔赴巫师国的要塞。晨曦初露，三位英雄率骑兵各选一道门手执盾牌队列整齐。刹那间战马冲入敌阵,三勇士从三面突入,杀得敌人尸横遍地堆积如山。最后三兄弟相会,获救的太阳姑娘亲吻友好,温柔多情。

三兄弟离开巫师国来到海王城,他们请来海王和法蒂玛,向他们赠厚礼表示感谢。然后他们取道赴努拉丁城堡,阿诗玛见到阔别已久的公主,满怀喜悦将涅丝丹紧紧拥抱。塔里埃尔和涅丝丹在努拉丁宫邸举行隆重婚礼,有情人终成眷属。接着三勇士又奔赴阿拉伯半岛,晋见罗斯杰万国王。塔里埃尔亲自出面,为兄弟阿夫坦季尔恳求国王让他与吉娜晶完婚。国王笑吟吟地让女儿与阿夫坦季尔同登宝座,吉娜晶戴上爱情的幸福桂冠心慌意乱。当天便为一对玉人举行了婚礼大典,气派蔚为壮观。

光阴似箭,很快一个月过去,塔里埃尔要求辞行,因为他的故国正在经受敌人的凌辱。阿夫坦季尔新婚燕尔,但决心与武士同行,并集合起阿拉伯军队去征战。别离时两位公主如亲姐妹难舍难分,罗斯杰万把塔里埃尔当儿子般拥抱。行了三月,快到印度边境,迎面来了一支埃及商队身披黑纱,他们说,国王因怜惜消失得无影无踪的女儿与武士,与世长辞。武士和涅丝丹听后痛哭失声。但商人说道,形势更为严峻的是哈塔伊人占领国王的领地,战斗十分惨烈。三勇士披挂上阵将敌人杀得如丧家之犬,莱麦斯国王率五百名廷臣前来投降,塔里埃尔仁慈宽厚将他们宽宥。他见百姓和大臣均身穿丧服,禁不住又号啕痛哭。母后将女儿女婿紧紧拥抱,并下令脱掉丧服敲响锣鼓,用盛宴和欢乐让敌人眼馋!一对新人历尽艰辛和苦难同登王位,忠贞不贰的阿诗玛被封为藩王并喜结良缘，三兄弟洒泪道别互道珍重，他们的友谊永世长存。

最后，鲁斯塔维里歌吟道：

1665 三位国王三副肩膀组成活的铜墙铁壁，
他们经常相会新会面的欢愉充满福祉。
他们的友谊之剑将桀骜不驯敌人惩治，
他们共同战斗使国家强大财富更充实。

1666 他们仁慈宽厚赐予的恩泽如瑞雪飘扬，
孤儿寡妇变得富有乞丐穷人不再呻吟。
小羊羔和睦吸吮母乳对恶人政权无情，
他们国度里狼与羊和平共处一起放养。

史诗的主题是友谊和爱情，贯穿史诗始终的两条红线亦是友谊和爱情。史诗塑造的英雄形象，是12世纪格鲁吉亚先进人物的代表，是格鲁吉亚人民争取正义和幸福的化身。为友谊，他们可赴汤蹈火，甚至不惜功名地位和生命；为爱情，他们忠贞不渝，甚至历尽苦难，海枯石烂不变心。史诗并非以西方作品常见的悲剧而是以东方式的大团圆、大圆满、大胜利为结局。这是正义对强暴的胜利，是善良对邪恶的制胜，忠诚的友谊使三勇士宠辱不惊、富贵不淫、有福同享、有难同当，忠贞的爱情使两对有情人终成眷属、永结同心。作者热情讴歌人与人之间这种忠诚的友谊和男女青年忠贞的爱情，也表现出诗人的宗教、哲学观和人文主义思想。上引这两段诗，可以说是诗人人文主义理想的集中体现。

四

史诗所要表达的主要思想是善的永恒与胜利，恶的短暂与失败。塔里埃尔、阿夫坦季尔和努拉丁-普里东三位主人公的行为和活动，亦即史诗所要表现的主要情节都被诗人置于对善的哲理思考的框界内，他从一开始就开宗明义指出：

113 生物痛苦的生活与慷慨的保护神无关。
仁慈善良的造物主为何要去充当罪犯？

当黑奴巫师奉法蒂玛之命赴巫师国城堡，了解到涅丝丹的真实情况，并拿出她的亲笔书信时，诗人通过阿夫坦季尔之口说：

1363 黑暗风流云散伟大的光芒将普照大地，
恶被战胜善将在这个世界上永世长存。

关押涅丝丹的巫师们是恶的象征，而三勇士则是善的代表，他们攻克巫师国要塞的英雄斗争，涅丝丹的被解救，都应该说是善的胜利。对此，鲁斯塔维里引用5世纪哲人迪奥尼修的话，作了极其简要的概括，其实亦是诗人的思想：

1494 哲人迪奥尼修揭示隐秘事物肇始时讲：
上苍向世界呈现的是善而非邪恶凶残，
他给善无限广的期限而让恶瞬间离开，

善的源头最为重要那里有不朽的门槛。

当然他亦在史诗中引用了柏拉图的思想，因为柏拉图认为最高的理念是善的理念：

789　我敢于把柏拉图的言词当作遗训引用：
撒谎者两面派躯壳之后腐烂的是灵魂。

最终甚至法蒂玛亦明白了此理：

1437　她说：谢天谢地！黑暗已被光明照亮，
我明白了恶的短暂而善的光明才永恒。

正因如此，鲁斯塔维里史诗中的主人公，都有积极向上、人道的善的动因，因此他们忠于友谊、忠于爱情，因此他们乐于助人、嫉恶如仇，因此他们痛恨和谴责谄媚虚伪、卑鄙怯懦、背信弃义的行径，因此他们善于忍受痛苦的煎熬，在不幸中变得坚强，承受变化无常的命运的打击，为自由和幸福而斗争不息。此类诗句铿锵有力，在长诗中光彩熠熠，如阿夫坦季尔对塔里埃尔说：

298　今天同你在一起我要忘掉心头的阴郁，
抛弃功名与利禄当一名善与恶的判官！

877　有美德的男子汉就该做到有泪不轻弹。
哪怕痛苦万分也该沉着比岩石更坚硬，

阿夫坦季尔在给罗斯杰万国王的书信中说：

794　为了熄灭痛苦的火焰我必须动身离开。
获得了自由的人对不幸已经置若罔闻。

795　豪迈的氏族忍受着勇士们的一切不幸，
尘世的创造无法改变自古相沿的规范。

在善与恶的问题上常常会涉及宗教，鲁斯塔维里亦不例外。格鲁吉亚大约从 11 世纪开始传入基督教，到 12 世纪末塔玛拉执政时期教会已经很兴盛，女王一方面大兴土木修建寺院和教堂，一方面亦与教会有着矛盾。鲁斯塔维里自然信奉基督教，长诗中虽没有直接提到过基督耶稣，但亦曾间接提及主日节这个基督徒为纪念耶稣复活而举行的宗教活动：

552　无数顶缎子帐篷搭起将广场染得鲜艳，
新郎来到翻身下马那日子便像主日节！

他长诗中的主人公虽来自印度和阿拉伯，但亦经常呼吁上帝，如塔里埃尔在痛苦中喊叫：

304　我们人类如果拒绝上帝如何找到光明？
痛苦遮挡我的道路双眸在幻景中失明。

305　上帝多美好以太阳的形象将世界照射，
通过这样的途径他赐给我双份的施舍：

作者本人当然亦不例外，他在卷首便开宗明义道：

1　谁是宇宙万能的创造者拥有无限权力，
并从天宇赐予万物众生以生命的气息，
使我们的尘世变得繁荣昌盛无比绚丽，
让我们的君主们具有俊雅倜傥的容止。

2　上帝啊是你创造了世间万物众多品貌，
愿你保护我使我能够战胜那撒旦恶魔！
请你赐予我爱情之火来将我终身点旺，
把罪孽减轻让我们升天进入你的天堂！

但是，由于作者先于文艺复兴，提出人文主义思想，提倡个性自由，歌颂高尚的友谊和爱情，便必定反对教会的禁欲主义清规。他在“序诗”中便直言不讳针锋相对道：

19　我只是吟咏尘世的肉欲和对美的追求，
那向往并非淫秽而是受着情欲的磨蚀。

22　何为恋人的感情之美我们很难说清楚：
它与淫乱生活并不等同须知它很特殊。
此种感情与淫秽放荡应该说水火不容。
请记住我所言但愿别将它们混为一团。

作者明确表示，他所描写的情爱与教会号召盲目顺从上帝旨意的经院哲学不同，阿夫坦季尔向至高无上的上帝所作的祈祷是为了反抗邪恶、争取实现尘世幸福的人的企求：

811 他开始祈祷:至高无上的神,天庭主宰,
你令众生时而获得幸福时而陷入悲哀,
你不可思议难以言状创造了公正法律,
你是情欲的统治者请给我力量战胜爱!

812 天啊,天啊,你是那命运的靠山和主宰。
你创造了心灵的诫条为我们诞生了爱。
如今世界又将我引向远方远离心上人。
请别毁坏爱情的播种而让它生根发芽。

五

多么深邃、多么富于人道、人性、人情和人文思想的诗句啊!无怪乎格鲁吉亚青年男女世世代代珍爱鲁斯塔维里的这部诗作,难怪新郎新娘结婚要赠送这部诗作呢。但是长诗《虎皮武士》的问世,在当时12世纪的格鲁吉亚并非一个偶然而孤立的文学事件,经济和国力的强大使格鲁吉亚出现了文学艺术的繁荣,《虎皮武士》亦并非一花独放,谦逊的诗人在长诗的最后就提及了四位作家的作品,而将自己放在了最后:

1671 霍涅利·莫塞将阿米兰·达列贾尼唱咏,
光荣的沙夫捷利将救世主阿布杜歌颂,
特莫格韦利不倦地将季拉尔格达歌吟,
我鲁斯塔维里含着泪将塔里埃尔歌咏。

四位作者都是12世纪格鲁吉亚的作家和诗人。四

部作品第一部为长篇小说，其余都是长诗，其中流传下来的有三部，唯有长诗《季拉尔格达》已失传。但能做到“一枝独秀”，成为传世之作的却只有《虎皮武士》，鲁斯塔维里亦被称为“无与伦比的大师”[①]，这便决非偶然了。

当时，塔玛拉王朝时期的格鲁吉亚政治稳定，经济繁荣，独特的地理位置，基督教的进入和周边阿拉伯伊斯兰教的影响，以及东西方文化的融合，使格鲁吉亚文艺复兴，亦使鲁斯塔维里在创作上既摆脱外来的影响，又吸收、融汇外来的优秀文化。从《虎皮武士》的“序诗”中可见，很显然他对过去的诗歌创作进行了一番理性思考和深刻总结，他指出：

12　诗歌自古存在它乃是智慧无穷的领域，
那奇妙的歌词令人游戏三昧心爽神悟，
只要有听力任谁都会感受到极度满足；
把悠长的故事提炼成诗歌便弥足珍贵。

但他亦毫不客气地指出诗歌创作的问题：

13　谁若是偶然将韵脚编织那算不得诗人。
但愿别自认为诗人！写诗不同于手艺。
他一次次将诗行联结却没有诗的韵致，
瞧诗歌多繁荣！这毕竟是母驴的声嘶。

16　另有一些诗人那残缺的诗句是其功绩，
他们不允许我们用完美无缺打动人心。

① 引自《苏联百科辞典》，中国大百科全书出版社，1986年，第804页。

我欲把他们比作追逐猎物的后生小子，
猎不到巨兽却为逮住只老鼠沾沾自喜。

因此诗人在构思和创作这部长诗时并不宥于格鲁吉亚的地域和人事，亦不单纯描述和歌颂塔玛拉女王和她的丈夫大卫的功勋，而是从外来的优秀作品中汲取养料和灵感，于是便出现了印度国王和阿拉伯国王的英雄传奇：

1669 大卫的事业他的光辉和战功如何歌吟？
关于其他国王的传说国外有神奇故事，
那里对他们的功勋和脾性均广为传诵，
我收集并在余暇将之熔炼成明快诗篇。

他将那些感人肺腑的故事娓娓道来，时而用第一人称，时而是主人公们自己的讲述或内心独白，时而是主人公们的书信，形式多样生动，语言优美流畅，人物塑造栩栩如生，不但三位英雄塔里埃尔、阿夫坦季尔、努拉丁和三位姑娘涅丝丹、吉娜晶和阿诗玛各有个性、熠熠生辉，就连风流而又善良的法蒂玛和她的马屁精丈夫乌欣、贪得无厌的廷臣和棒打鸳鸯的糊涂国王罗斯杰万等都刻画得入木三分。无论是缠绵悱恻的爱情故事，还是刀光剑影的战斗场面；无论是高山万仞波涛汹涌的异国风光，还是气势宏大美奂绝伦的宫廷盛宴和围猎，都写得游刃有余、精彩纷呈。更为重要的是，鲁斯塔维里对格鲁吉亚的古典诗歌和诗学做出了开创性的重大贡献。

首先，《虎皮武士》的诗歌音调采用的是更有表现力和乐感的复调形式：

10　三个调子的颂诗从外部突破产生神韵。

所谓三个调子，就是史诗中出现的谐和和音、同音及属音，它源自民歌的对位法和格鲁吉亚的复调音乐，使诗歌中的轻重音节交替出现。在此基础上，诗人将格鲁吉亚民间的十六行诗(即每句诗均为十六音节)进行创造和改造，组合成高低或曰长短两种形式，形成以轻重音节交替出现的规律为依据的格律诗。长十六行诗音调平缓、抒情，用于叙事、抒情对话、描述，第一个音节为弱重音，第三个音节为强重音，如：

72　На заре подъехал витязь, он стройнее
лилий станом,
迎着朝霞勇士策马而行，那体态赛百合，

而短十六行诗则常用于危急时刻、快速运动、冲突对话、战斗场面等场合，诗句的第一音节为强重音，音调节奏分明、快速、多样。如人们突然发现身穿虎皮的塔里埃尔：

84　Видят: некий витязь дивный плачет,
сидя над рекой.
人们发现：有个怪武士坐在河边哭泣。

同时，鲁斯塔维里又把格鲁吉亚古代的一种抒情诗体玛贾玛诗体(即四行诗)引入他的长诗，并运用同音法，让每四行一段的诗句最后都押上同一个韵，也就是说要让每个诗段变成在同音异义词上押韵的诗段。为了防止单调乏味，他还采用辅音重复法和音节重复法，在一诗段或一诗行中重复使用相同的辅音和元音，且有多种方式，如头语重复、语句重复、半句重复等等，以便使音响达到最高音阶，如：

1537 По холмам хорошим холом мчат, рука
дружит с мечем.
手握宝剑顺山冈疾驰骏马的步子真帅。

1160 Гвелни мошлит моекецне //баги
шегма шера шенда.
Змеи кос, висевших косо, ширясь, шли в
широкий сад.
斜垂的发辫蛇一般舞动流向宽阔前额。

此处所引第1160诗段的外文中，上一句为鲁斯塔维里的格鲁吉亚原文，下一句是俄译文，可以看出，俄译几乎完美地转译了鲁斯塔维里最为复杂的同音法。此次中译本即依据该俄译本移译，可惜方块字的汉语已经全然无法传达出这样的语境和效果。俄译本的译者为前苏联著名的哲学家和文艺学家沙尔瓦·努楚比泽(1888—1969)，他亦曾是格鲁吉亚科学院院士(1944)。我在翻译和撰写这篇中译本的序言过程中，曾认真研究和拜读了院士的俄译本和为俄译本所撰写的前言，并且部分参考和引用了俄译本前言中的观点和材料，尤其是这一章。

努楚比泽院士还指出，如果说同音法是某些发音的和音组成，那么谐和和音则是单个音的和音，而且它们在鲁氏的史诗中起着主要作用,整个诗行,有时甚至是整个诗段的意韵都是由一个占主导地位的和音显露出来的。如说明塔里埃尔和阿夫坦季尔情深意切的那段诗的最后一句:

136 Блещут белым блеском зубы, нет молнии такого.
洁白的皓齿闪闪放光闪电亦暗自叹炫!

而整段诗的例子则可举描写勇士们攻占巫师国城堡的那段,诗人竟然反复使用了极具音乐效果的强烈的卷舌音"P":

1418 Только окрик Тариэля оглушал врага как громом,
Рвет он латы, как заплаты , рубит головы с покровом,
Трое врат разбили трое братьев в бешенстве багровом,
И на град, как град, нагрянув, ворвались в порыве новом.
塔里埃尔一声怒吼使得敌人振聋发聩,
他刺铠甲如扎补丁砍脑袋如揭蒙头布。
狂怒中三兄弟将三扇深红色大门砸烂,
新的狂飙中战士出现在城头势如破竹。

所有这一切都表明,鲁斯塔维里的诗歌技巧要求传达的不仅是句和词,而且是音,没有它,鲁氏的诗歌便得不到充分的音乐效果。当然，当时的鲁斯塔维里决没有想到这些成为他诗歌经典的复杂技巧，尤其是玛贾玛诗体的那一千六百余段在同音异义词上押同一韵脚、每行诗均为十六音节的诗章，千百年后会成为全世界所有试图翻译他大作的译者们的一大难题。努楚比泽院士在俄译本的序言中亦说：翻译鲁斯塔维里的玛贾玛体诗，至今被认为极为困难的事情，尤为困难的是押阳性韵脚的玛贾玛体诗。对中国译者而言，译诗难早已成为一句口头禅，那么可以说译鲁诗则是难上加难。拙译尝试着在忠实、晓畅的基础上，押上点韵，十六音节则大致上译为十六个中文字。

绍·鲁斯塔维里是语言大师，文学大师，他的英雄史诗《虎皮武士》是全人类的文学遗产，写得正所谓“昆山飞碎凤凰叫，芙蓉泣露香兰笑”。读他的诗，令人“感心动耳，荡气回肠”，译他的诗则“夙兴夜寐，无一日之懈”，但非常值得。实在应该感谢译林出版社创意、选题并斥巨资编辑出版了这套国内独一无二的“世界英雄史诗译丛”，做了件“形之正、声之平、德之崇”的好事。

序　诗

1 谁是宇宙万能的创造者拥有无限权力，
并从天宇赐予万物众生以生命的气息，
使我们的尘世变得繁荣昌盛无比绚丽，
让我们的君主们具有俊雅倜傥的容止。

2 上帝啊是你创造了世间万物众多品貌，
愿你保护我使我能够战胜那撒旦恶魔！
请你赐予我爱情之火来将我终身点旺，
把罪孽减轻让我们升天进入你的天堂！

3 勇士怀着敬意手执塔玛拉[①] 的剑和长矛，
她的面颊如红宝石双眸恰似阳光闪耀，
我难道敢为她唱颂歌即使不受到惩罚？
尝过那甜蜜谁都会受英雄魅力的感召。

4 我们将流着鲜红的血泪把塔玛拉歌颂，
我曾经用不同的方法作诗为她来颂咏。
我曾用柳腰作笔用那明眸的湖水当墨，

① 塔玛拉(约 12 世纪 60 年代中期—1213 年)，格鲁吉亚女王(1184—1213 年在位)，在她统治时期，格鲁吉亚在政治和军事上都取得了重大成就，史称格鲁吉亚的“黄金时代”。

我的歌一如那心形长矛刺穿人的心胸。

5 为了写颂诗我必须选择最温情的曲调，
赞美她的蛾眉樱唇玛瑙般眸子与睫毛，
一排皓齿奇妙排列如水晶般晶莹剔透。
铅锤看似柔软却能敲碎最坚硬的石料！

6 我的创作中需要的是语言情感和想象。
你，我的天才我的智慧请赐予我力量！
我们将用美妙的诗歌把塔里埃尔歌吟。
帮助三位英雄去实现他们的共同理想。

7 为悲歌塔里埃尔需让无尽的泪水流遍，
因为生者中还有谁一如他那样的痴癫？
我鲁斯塔维里受伤的心与他紧紧相连，
为他歌唱将古老的传说缀成珍珠项链。

8 因而我，鲁斯塔维里把那歌唱得动听，
我便是统率大军的疯子不惜奉献生命。
可惜我精疲力竭依旧未能将情丝斩尽。
我祈求用情爱将我治愈或是深深埋葬。

9 如今这奇妙的故事已改成一首赞美曲，
犹如颗璀璨明珠一代又一代传诵吟讴，
我用诗歌唱为那疑难寻觅和创造根据。
但愿我思想女王的魔力能将瑰宝补苴。

10 被光灼伤的双眸重新渴望炫目的光蕴。

痴情人心醉神迷在荒野里亦无法逃脱。
谁是庇护者？让肉体涅槃心灵得安宁！
三个调子的颂诗从外部突破产生神韵。

11 每个人都应该满足于命运做出的安置！
劳动者的职责是劳作战士就该是勇士。
痴情者的天赋是忠诚爱情上充满激情，
别指责别人痴情自己受指责才能静气。

12 诗歌自古存在它乃是智慧无穷的领域，
那奇妙的歌词令人游戏三昧心爽神悟，
只要有听力任谁都会感受到极度满足；
把悠长的故事提炼成诗歌便弥足珍贵。

13 谁若是偶然将韵脚编织那算不得诗人。
但愿别自认为诗人！写诗不同于手艺。
他一次次将诗行联结却没有诗的韵致，
瞧诗歌多繁荣！这毕竟是母驴的声嘶。

14 千里马只有在平坦大道上才得以施展，
球技高超表现在一览无遗的马球场上，
检验诗人是琅琅上口绵延不断的诗章，
倘若他语言枯竭诗的音韵亦必定苍白。

15 喜爱诗人和他的诗行吧！在那一瞬间，
他仿佛在堆积诗句且将祖国语言糟践，
他只是在退却但并不怀疑思想的进程，
灵巧地挥动球杆能再次成为英雄好汉！

16 另有一些诗人那残缺的诗句是其功绩，
他们不允许我们用完美无缺打动人心。
我欲把他们比作追逐猎物的后生小子，
猎不到巨兽却为逮住只老鼠沾沾自喜。

17 在宴会上为让情人们消遣和开个玩笑，
写首令人捧腹的打油诗倒也无伤大雅。
清晰通顺的表达也能使我们逗乐解闷。
但凡诗人却必须创作意韵恢宏的诗章。

18 关于崇高的爱情以及亘古存在的情爱，
无法用语言表达，语言在此产生悲哀。
即使爱情赋予我们激情和高尚的情怀，
亦无法消除受难者的无比痛苦和怜爱。

19 天才无力理解哲人们关于爱情的秘密，
语言在这里消耗殆尽颂诗则明显缺欠。
我只是吟咏尘世的肉欲和对美的追求，
那向往并非淫秽而是受着情欲的磨蚀。

20 阿拉伯人把为情而迷者称作傻子疯子，
倘若痴情人太疯狂他会将心上人抛弃。
但有些人一时冲动去寻求上帝的庇护，
而另一些人需要的只是美人儿的抚爱。

21 但是有位痴情人却透出一股阳刚之美，
他聪颖慷慨文静，仿佛那是命定之事。

他天生能言善辩，向勇士们发号施令，
没有这么些气质这样的恋人何以相配。

22 何为恋人的感情之美我们很难说清楚：
它与淫乱生活并不等同须知它很特殊。
此种感情与淫秽放荡应该说水火不容。
请记住我所言但愿别将它们混为一团。

23 痴情人对爱情都忠贞不渝将淫逸鄙视，
故而他离开心上人的门槛时沉重叹息。
他的心只忠实于一个人不管命途多舛。
我嫌恶只知亲嘴咂舌无感情逢场作戏。

24 有人说这是谬见恋人们全都是这德性，
今天或明天哪个女人对他们全都合适。
如此的开心逍遥如同年轻人的恶作剧，
这种恋人多好世上的痛苦他漫不经心。

25 恋人的首要职责是心安神泰保守秘密，
望穿秋水却需要将忧愁烦闷深藏心里。
离情别绪更会令他相思之火热烈如炽，
忍气吞声才让他那内心激情如醉如痴。

26 他的职责是从不在苦难之中袒露心扉，
遇事不唉声叹气以免意中人感到羞愧，
决不将自己错乱情感和痕迹暴露无遗，
并且为她化痛苦为欢乐共患难同声气。

27 对爱情动辄山盟海誓的人如何可信赖，
他既然能将心上人伤害难道不会害己？
倘若把那隐私宣扬羞愧难当何来生机？
恋人的职责是让姑娘因爱而免受伤害。

28 令我惊讶的是有人在高谈自己爱情时，
却在玷污那个感情受过致命伤的女子。
你并不爱她为何又要把她拿来当话柄？
恶棍只把恶语伤人看得比生命还要紧。

29 他是对的，但愿痴情人为心上人哭泣！
他在美好的孤独中作为隐士身处密林。
他挣断小事的羁绊仍然记得她的面容。
但是在人群中他得抑制住自己的性子。

30 诗人不应该徒然将他作品的珍珠抛撒。
他应该爱上一个女子只将她奉若神明，
调动一切技巧为她独自放光将她颂扬，
用语言将音乐创造而不期待任何奖赏。

31 你们知道我始终不渝将同一首赞歌唱。
我为此而自豪但从不将秘密公开宣扬。
虽说雌虎厉害但对她的感情一如既往，
在下面我依然用歌曲从内心将她赞赏。

一

阿拉伯人的国王罗斯杰万的故事

32 阿拉伯有位命世之英、国王罗斯杰万，
他以威武鼓舞全军气度高贵待人和善，
他为人仁慈又慷慨公正而又处事练达。
他有善辩的口才又有万夫不当之勇悍。

33 老国王他除了一个女儿膝下无有子嗣，
公主容光灿烂如阳光闪烁明慧又艳丽。
谁见了她便魂不守舍失去安宁和理智。
只有才气过人的智者才能将美貌歌吟。

34 公主名叫吉娜晶对此人人一定得知道！
她青春年华光艳照人令太阳亦无光耀，
国王将会议召集他正颜厉色一脸庄重。
大臣们个个正襟危坐正在把大事商讨。

35 他郑重说道：朕召开会议请诸位帮忙！
倘若玫瑰枯萎已无力战胜自己的年光，
它就该离开花园让位给新绽放的玫瑰。
正如日落之后我们所见必是漆黑夜晚。

36 年迈比各种灾难更痛苦我的生命有限。
今明我将去世这世界是所有不幸之源。
既然它有点儿黑暗还有什么值得留恋?
我女儿比太阳更艳丽就让她登基掌权。

37 大臣们道:陛下,议论年迈徒劳无益。
玫瑰倘若凋谢但她依旧令人怜悯珍惜,
她的芬芳和光彩依然美过所有的花卉。
满天的星斗怎么能同一轮残月争清辉?

38 陛下,玫瑰尚未凋谢您为何有此判定!
您的旨意即使再严厉也比别人的英明:
既然它符合您的心愿那就必定得实现!
让胜阳公主登基她必定会受万众恭迎。

39 虽说是位姑娘但上帝天生让她为女王。
我们决不谄媚!她确实是治国的栋梁。
太阳的光华照耀着她如日中天的事业。
狮子的后代不管雌雄全都一样的勇敢。

40 行政长官的儿子阿夫坦季尔是位统帅,
他如日月雄姿英发如梧桐树挺拔身材。
他的外表儒雅一双明眸如水晶般清澈,
可他却忍不了吉娜晶睫毛的道道光彩。

41 痴情的勇士心中暗暗燃着爱情的火焰,
离别时他有如那凋萎的玫瑰脸色黯然。

幽会时那火焰重新燃起他内心的悲戚。
真该怜悯恋人们啊:相见时难别亦难。

42 但当父王将那宗法制的王位交给公主,
阿夫坦季尔抑制欲火见到了希望之路。
他说:如今我得以经常见到她的面容。
也许我那忧伤的脸颊将重现两片红晕。

43 罗斯杰万向全国的阿拉伯人发布命令:
朕已亲自将王位让予我的公主吉娜晶,
她像太阳照亮所有进入她苍穹的子民。
愿赞赏她的臣民都来到她的跟前贺迎。

44 人们挤满了王宫大臣和贵族列成一行,
阿夫坦季尔的士兵闪耀着激动的目光,
以苏格拉底为首的宫廷显贵缓步行进。
他们抬起宝座说道:这真是无上荣光!

45 父亲领着吉娜晶,她露出辉煌的容颜。
他让她登上那宝座亲手为她戴上冠冕,
授予她帝王的权杖并给姑娘紫袍加身。
她把目光投向天空将欣喜与幸福体验。

46 大臣和军民们后退俯身跪拜在她前方,
为女王祝福唱赞美诗那歌声激越洪亮。
军号齐鸣铙钹铿锵那声音是越发激昂。
她泪水涟涟那睫毛微微颤动更显乌亮。

47 她心想不配占据父亲王位而心中苦恼，
抽搭搭那花容月貌般的脸庞泪雨飞溅。
国王劝说道:法律允许后代承继王朝，
倘若我将那法律破坏掉必遭雷击火烧。

48 孩子你别再号啕大哭要接受我的建议!
现在我让你作为阿拉伯女王坐在身边。
从此这偌大的帝国将由你来独自治理，
你要在自己国事上公正英明严于律己。

49 杂草一如鲜艳的玫瑰都受到阳光照耀。
人不分贵贱都理应受到你的恩泽关照。
对仇敌也要宽恕又慷慨化干戈为玉帛。
须知支流与小溪都同那大海相连相交。

50 慷慨有如伊甸园的芦荟使国君添光彩。
凶恶之徒变得温良恭俭皆因大度慷慨。
饮食乃人之大欲尘世的财富何必积聚?
万物无须留给自己一切皆应抛置身外!

51 女儿聆听着父亲这番话领会个中智慧，
她的目光专注倾听着父王的谆谆教诲。
国王宴请众宾客他心中高兴开怀畅饮。
吉娜晶的面容比那初升的太阳更娇贵。

52 忠实的老臣奉召急匆匆来到女王跟前。
她下令打开所有库房将珍宝悉数清点，
吩咐将我所继承的全部财产统统搬来。

她出手慷慨想把财富耗尽，人们照办。

53 她从所继承的箱匣里将金银财宝分发，
大批贵重物品有如小物件被臣民分拿。
她开腔道：我在执行英明父王的意愿，
但愿今儿个谁也不再将宫中珍宝隐藏。

54 她吩咐：去那里取，那儿的库藏更充盈！
御马司，请把御马厩的骏马快快牵来！
一切全送了过来分发无度她并不吝啬，
士兵们个个如海盗将那赠品哄抢一空。

55 你争我夺手不软像是土耳其人来掠夺，
精心培育的阿拉伯纯种马被夺个精光。
她慷慨将赠品散尽一如那天际的雪暴，
没有一个男人或女人不受到她的恩惠。

56 吃啊喝啊一天不知不觉在欢乐中度过，
宾客们人山人海沉浸在国王的欢宴中。
但国王却垂头丧气那脸上布满了乌云。
他为何不悦？人们乱哄哄均心存疑惑。

57 众望所归的阿夫坦季尔金色盛装熠熠，
军队统帅动作灵巧如虎目光灼灼如狮。
大臣苏格拉底练达老成同他并肩端坐。
他问道：王上闷闷不乐不知有何心事？

58 又说道：看来是忆及往事令陛下苦恼，

要知道此刻别的忧伤一点儿也不明了。
阿夫坦季尔对他说:我们问他可不好,
也许用玩笑话倒是可以让他摆脱烦恼。

59 两位像商量好似的一前一后站起身来,
手拿斟满酒的酒樽平静地朝国王走来,
双双跪下席地而坐体面地同国王说笑。
苏格拉底虽闪烁其词又不免一丝表白:

60 陛下您一脸忧伤,目光阴沉面无笑容。
不过您是对的:眼下您库藏损失惨重,
您女儿将一切分赠手脚麻利慷慨大方,
您让她登基却把自己弄得个如此惨痛。

61 国王听罢这番话微微一笑瞥了他一眼,
觉着很奇怪他们竟然敢同他如此交谈。
那有多好,他称赞女儿支持她的热情,
谁以为我吝啬,那是欺骗和一派胡言。

62 我忧郁并非因为此只是越发感到疲顿,
我确实老了年轻时代的岁月已然结束,
在全国像我这样的人已是多余和累赘,
为的是让后生从我这里学会豪迈风韵。

63 我自己把唯一的女儿教育得任性骄纵。
上天不赐给我儿子世界用考验折磨朕!
谁能够使宝剑弯弓射箭与我一比高下?
阿夫坦季尔加努力几乎同我难分伯仲。

64 听完国王的话语英俊的勇士沉着冷静，
他莞尔一笑低下头痛苦的心满怀喜幸，
朝霞在田野上因他发亮的皓齿放异彩。
国王问:你笑什么？我因何使你发窘？

65 他又说:我发誓,这丝毫不值得可笑！
勇士道:既然陛下发了誓言我就禀告，
对我的直言不讳您千万别发火别怨怼，
您所宣告的勇士并未在生活中消失掉。

66 国王说:说你想要说的决无任何灾异，
当着比金色太阳更美丽的吉娜晶起誓！
阿夫坦季尔答道:让我回到您的话题:
对箭术别自吹自擂说大话也得有本钱！

67 您的尘土阿夫坦季尔箭术上同样精深。
我们来当众决一胜负且让他们来裁定。
吹牛,谁同我不相上下？这话里有水分！
灵巧的技巧只能由宝剑和狩猎场判定。

68 国王回答:我不允许有人同我相匹敌。
一旦我们开始竞赛将会不给终止号音，
我们还将挑选可靠之人当自己的证人。
让狩猎场来向我们证明是谁在吹牛皮。

69 阿夫坦季尔服从国王结束了这场交谈，
笑声欢愉声和快乐混成合唱无法阻挡。

双方同将赌注做了规定谁也不许违反：
谁输了三天之内不许戴帽上大街遛弯。

70 国王吩咐：挑选十二名奴隶骑马跟随，
另十二名奴隶将在我们左右捧箭侍候。
你的随从舍尔马丁一人胜过所有家奴。
让他们留意箭矢精确统计射中的次数。

71 他又命令狩猎者：你们必须绕过幼苗，
把围猎区扩大将兽群朝我们这边驱赶，
士兵们准备吆喝保持好队形朝前推进！
欢乐的宴会中断那些日子充满了欢笑。

二

罗斯杰万和阿夫坦季尔在狩猎

72 迎着朝霞勇士策马而行那体态赛百合，
他身披红色大氅宝石般脸庞增添光辉，
头缠金丝织锦腰悬那长剑和花纹长锤。
他去邀请国王陛下白马高耸耀武扬威。

73 国王和他的侍从们整装待发气势豪迈。
他们顺山谷徐行只见得前方人山人海，
歌声如潮人马一队又一队将田野遮盖。
竞赛中箭声嗖嗖野兽们已经大难临头。

74 罗斯杰万下令：十二名猎人跟随左右！
准备好弓箭我们随时要将它们派用场！
射箭一结束立刻去把那猎物头数清点。
一群群野兽从谷地的四面八方奔驰骤。

75 那里有多少野兽奔突这实在难以想象：
山羊母骡马鹿和野牛纷纷从高处跃下。
国王和勇士朝它们疾驰想要一比高下，
他们双手弯弓射箭箭无虚发本领高强！

76 他们的马蹄扬起尘埃盖住太阳的光辉。
击中后重新再射野兽鲜血流淌像泉水。
箭囊已空,狩猎长们急忙给他们供箭,
野兽中箭,它们的眸子顿时变得死灰。

77 骏马疾驰,惊慌中兽群向前狂奔寻路。
大肆杀戮,他们令上帝亦会勃然大怒。
溪流血红,污染了田野上鲜艳的花朵。
人们狂喊:勇士呵你是天堂的梧桐树!

78 于是围猎结束人们急驰过辽阔的大地。
山谷后面有条小河流淌两旁高山兀立。
野兽都躲进了密林那里马儿无法通行。
竞赛者们累了外表上还显得豪放不羁。

79 我最优秀,他俩说,彼此间毫不相让。
他们互相逗乐嘲笑将那目光不离对方。
然后奴隶们出现前来执行国王的命令。
他说:对我们说真话决不许奉承夸张。

80 他们回答:我们将据实报告决不虚假。
陛下,把您同勇士相比我们确实无话,
您确不如他哪怕您将我们整治或处死。
他一箭射出野兽便当我们面应声倒下。

81 您二十头野兽是靠棍棒的上百次击打,
可阿夫坦季尔一次便能射死野兽二十。

他箭法极准射出的箭矢决非瞎碰运气。
可您指派我们的任务是清除箭上污泥。

82 这些消息对罗斯杰万是一种游戏满足：
他培育的后生有此成就是他最大欢愉。
国王爱自己的部下有如那夜莺爱玫瑰。
笑声给他以快乐心中毫无纷争的愁苦。

83 他们坐在树阴中在簇叶下躲避着闷燠，
队伍围成圈挤作一团有如那穗状花序。
十二名精悍勇士的铠甲在阳光下闪烁。
他们不时将目光投向小溪和森林观望。

三

阿拉伯人的国王与虎皮武士相遇

84 人们发现:有个怪武士坐在河边哭泣。
他的外貌像头狮子乌骓马没有卸嚼子。
顺头盔铠甲全身如撒满珍珠闪闪发光。
从心底涌出的泪珠似雾凇将玫瑰遮蔽。

85 他身穿虎皮长衣斑斓的毛皮朝外翻起,
头戴一顶丘尔邦也是同样的虎皮料子,
比手掌还厚的外国手工马鞭紧攥手心。
人人都希望在国王营帐里见见这灵异。

86 派了名奴隶去忧伤武士那里打探究竟,
武士目中无光彩却在悬崖旁哭个不停,
那泪雨顺面颊从琥珀色的斜坡上流泻。
奴隶走上前去但又不知该说什么事情。

87 奴隶站立在武士跟前惊骇得无言以对。
他惊慌不安地久久望着全身颤颤巍巍,
最后说:国王吩咐……重又归于沉寂。
武士什么也看不清楚除了痛苦的泪水。

88 他不理睬奴隶觉得同他交谈徒劳无效，
他亦听不见顺山谷传来的士兵的喧嚣。
奇怪的是他的心儿在呻吟仿佛在燃烧，
混合着鲜血的泪水冲破壅塞奔流涛涛。

89 他的思绪飞向远方头脑里面一片空寂。
奴隶终于敢再次向他传达国王的旨意。
武士什么也不接受双眸中再次泪涟涟。
唇的玫瑰不愿意绽放钻石的花瓣紧闭。

90 没有得到回答那奴隶不得已向后退却。
他禀报国王:看来武士不愿同您交往。
在他面前恐惧笼罩心灵目光失去光泽。
我徒劳地说了一番话只等于白费口舌。

91 国王怒容满面他大惑不解又痛苦极深。
一气之下他召来十二勇士并做出决定，
下令道:你们随身带上武器以备交锋，
将那个拒绝接受邀请的家伙带来见朕。

92 奴隶们铠甲丁当作响来到了武士这边。
此刻武士只是战栗一下将泪珠儿抖溅。
目光朝众人一扫只见士兵黑压压一片。
我真痛苦！他对众人淡淡一语再无言。

93 他用手掌抚触着双眸坚决将泪水抹净，
他摸索到箭和箭囊手中重又感到激情。

他骑上乌骓并不愿与这些人说长道短，
沿着另一条小径扬长而去令使者扫兴。

94 奴隶们伸出那手臂试图放慢他的步子。
他把怒火向他们发泄意欲让敌人哭泣：
他将那些人一个个掀翻毫不宽宥怜惜，
挥起无情的马鞭将他们抽得撕心裂肺。

95 国王怒气冲天向军队发出战斗的召唤。
但是武士未及追捕信使却已一个不见。
他已给追捕者准备了一副死人的容颜，
他们都被抛成一堆罗斯杰万真丢脸面！

96 阿夫坦季尔和国王紧追不舍纵马奔突。
武士他神态高傲身躯挺直随节拍摇曳，
他的乌骓马急驰似阳光闪耀从不停息。
他发现国王疾驰而来且一脸凶相毕露。

97 他在其他人中发现国王立刻快马加鞭，
一瞬间消失得无影无踪仿佛从未遇见。
甚或遁入土中？甚或珀伽索斯[①] 将它撵？
追捕者仔细搜索他的路径竟无处可辨。

98 将他的踪迹仔细搜寻人人都感到惊奇：
一个人不可能像精灵或幽魂销声匿迹。
士兵们急匆匆将伤口包扎为死者哭泣。

① 珀伽索斯，希腊神话中的飞马。

国王说:眼下我让那盛宴看到了尾子。

99 又说:上苍无法忍受我们生活的幸福,
故所以他让悲伤来替代那甜蜜的生活。
我在束手无策的痛苦中见到死的门槛。
谢天谢地,假如上苍愿如此裁决命途。

100 说着他将身子转过去满怀忧愁和悲伤,
他发出了终止号,心灵的叹息更为频繁。
曾在田野上忙于射箭的人们不再狩猎。
有人说:正该如此,有人却说道:天哪!

101 国王回到宫中他满脸愁容痛苦又担忧,
身边只留阿夫坦季尔他的儿子和朋友。
人们都离去家庭成员一般场合不聚首,
欢乐的铙钹音响亦无法驱散他的忧虑。

102 吉娜晶来探询为何父王如此痛心切齿,
她走近内宫娇美的面容可与太阳争辉,
她问廷臣:他睡了还是同勇士在一起?
答道:他坐立不安脸色苍白目光呆滞。

103 阿夫坦季尔面对国王独自坐在床榻上。
他们偶遇怪武士国王由此而变得惊惶。
吉娜晶说:那我走了不想将父亲打扰,
倘若国王随后问起便说刚才曾来探望。

104 国王很快询问:我想知道我女儿安在?

她是我生命的源泉唯有她能给我帮助!
众人答:她来过可是未能忍受住悲伤,
听说您惊惶不安,她便立即夺门离开。

105 国王吩咐:请她来离开她我心神懈怠。
转告她:为何回去?你可是我的珍爱。
来吧,来医治我的心快快让痛苦消散;
我要告诉你为何我把欢乐的日子削减。

106 孝顺的吉娜晶到来出现在她父亲眼前,
她那娇美艳丽的面容胜过月亮在天边。
父王亲吻她前额让她并肩坐下后说道:
为何不同我们在一起是否还须请多遍?

107 姑娘说道:父王,倘若那命运残酷无情,
即使大胆的人想同您见面都无可能性。
您可怕的愤懑可以让星星都陷入深渊。
事业上与其无所事事不如竭智做事情。

108 他说:孩子,不管父王有多么大的不幸,
你的容貌和亲情永远能使我摆脱困境。
你使我免于悲伤把那痛苦消弭于无形。
倘若你明白了原因就不会埋怨我无情。

109 父王我偶遇一位从外国来的奇怪武士,
他显出一派君临宇宙的气势光照大地,
但不知何故他痛苦哭泣不愿袒露心扉,
他不来见我……不由得使我无法控制。

110 他骑上乌骓擦干泪我的出现使他难处。
我派信使去找他他竟对他们杀戮驱赶。
此后他便像可怕的幽灵那样突然消失，
至今我不明白这究竟是魔法还是现实。

111 我总想着这恶魔是谁？他天生什么样？
他杀死我的部下让我士兵的鲜血流淌。
神秘的虎皮不可能一下子突然变成人。
不，我失去了上帝的庇护必将遭祸殃。

112 从此上帝赐予我的甜蜜演变成了痛苦，
昔日快乐的岁月在苦难面前变得虚无。
世界上没有此类造物能重新还我幸福。
尘世的飘泊最终没有给我心灵的欢愉。

113 姑娘答：父亲啊，女儿要向你大胆进言，
上帝是整个命运的主宰不应受到评判，
生物痛苦的生活与慷慨的保护神无关。
仁慈善良的造物主为何要去充当罪犯？

114 我的建议是：您是诸藩属之上的国王，
赋予您统治下的疆域无边无垠的宽广。
您就到处派遣信使让他们亲自去打探：
那位武士是否活着的人或是天使下凡。

115 于是在碧空蓝天下向四方派出了信使：
出发吧，吃点苦并不可怕对你们来说！

仔细搜索寻找要牢牢记住此行的目的。
倘若去人烟稀少之处找不到路就写信。

116 信使们全都出发上路过去了整整一年，
全体人员到处寻找武士将所有人问遍。
谁也未曾遇见过此人或同他类似的人。
只得遗憾而返因吃尽苦头而痛苦不堪。

117 信使冒昧奉陈：陛下，我们四处去寻觅，
我们不知欢乐走遍天涯也没遇见武士，
连民间传闻也丝毫没有关于他的消息。
我们未能为您效力显然这里另有隐秘。

118 国王说道：正如我宝贝女儿说的那样！
我看到的无疑是个骗局和魔鬼的伪装。
这乃敌人冲我而来是上天的纵容姑息。
我要摆脱忧伤让我们再度满意和富强。

119 他振作起精神重新在盛宴中找到快活；
他找来大批歌手和艺人尽情起舞欢歌。
他给客人们赠与无数连院子也装不下：
如此慷慨的孩子连上帝也未曾见到过！

四

吉娜晶派阿夫坦季尔
去寻找虎皮武士

120 阿夫坦季尔穿件衬衣待在自己的寝宫，
他兴高采烈竖琴在他面前将乐曲奏响。
吉娜晶派来一名信使，此人肤色黝黑。
黑人奴仆彬彬有礼道：月亮有请梧桐。

121 消息令人愉快：完成吉娜晶一项宿意。
他急忙穿上一件质地最最华贵的外衣；
前不久见过的玫瑰再次在他面前绽放，
他高兴心上人近在咫尺让他一睹芳姿。

122 阿夫坦季尔气宇轩昂毫无忐忑的迹象。
他将与多少年徒然为之流泪的她会面！
姑娘忧闷地坐着散发出闪电般的光芒，
在她面前月亮显得黯然紧裹在黑色中。

123 缝制精巧的银鼠皮衣裹着她美妙体态，
名贵的头巾不经意垂落着轻柔的边穗，
勾魂夺魄的睫毛中荡漾着乌黑的魔力，
脖颈那白皙的光润围绕着波浪形发辫。

124 红霞似的面纱掩藏不住她一脸的悲苦，
但是她仍以平静的语调邀请统帅就座。
奴隶给他端上椅子,他毕恭毕敬坐下，
亲眼目睹心上人的风姿是他莫大幸福。

125 姑娘说道:我心事重重不知如何张嘴，
倘若你能有足够耐心我打算沉默无语。
但是你是否知晓此次邀请你来的原因？
真不知我为何如此惊慌不安六神无主？

126 他说:你忧心忡忡我能否为你排忧烦？
须知靠近太阳,月亮便憔悴黯然无光。
现实在我的梦想中破灭神志不再清醒。
你说说吧也许我的建议能够帮你解难。

127 姑娘把自己话语编织有如美丽的图案，
她说道:迄今为止我与你保持着冷淡，
如今幸福已成泡影,你可以予以回击，
但我先告诉你,我的目光为何变黯淡。

128 是否记得你和父王罗斯杰万同去打围？
小河边出现一个武士流着眼泪很悲切，
从此我不知道幸福丧魂落魄心中痛楚。
请你走遍世间的天涯海角去把他找回。

129 我不想听到表白,我该如何对你答言？
你爱情的誓盟我依旧老远便能听分明。

我知道，你雨点般的泪水令日月无光，
你那颗被爱情俘虏的心依旧信守誓言。

130 我要说，你更加有义务为我忠实服务：
首先你是勇敢的军人战争中坚强不屈。
其次你是我的情人，这并非我的错觉！
那么请你去寻找，武士他究竟在何处。

131 让你对我的爱比这功勋燃烧得更壮观，
让我摆脱痛苦并将你的愤怒指向罪愆，
让我的心灵铺满希望的玫瑰和紫罗兰。
我将如太阳般来迎候你雄狮般的凯旋。

132 你去寻找他三年，翻山越岭踏遍山谷。
倘若将他找到你便胜利而归备受欢迎。
如找不到那我也就相信他只是个幽灵。
我将如纯洁的玫瑰花蕾重新与你相逢。

133 我起誓：若我嫁给别人而不是你为妻，
哪怕他乃是太阳的化身兼具人的特性，
就让我从天堂坠入地狱那黑暗的深渊，
用自己的刀刺入胸膛将爱情置于死地。

134 勇士说：哦太阳，是谁的睫毛如此黑亮！
谁敢说三道四？我见到命运的启明星，
我身处墓穴是你点燃了我的生命之烛。
我是奴隶听命于你定将走遍绝域流荒。

135 他又说道:哦太阳,是上天将你诞创,
所有星辰不管它们在何处都归你执掌。
我能得到你的宠信满怀无比喜悦之情,
你的光辉照耀玫瑰花不会让我再枯黄。

136 他们俩情深意切互相赠言将誓约交换。
情意绵绵说不完的知心话如泉水叮咚,
心情放松将昔日的一切不幸忘诸脑后。
洁白的皓齿闪闪放光闪电亦暗自叹炫!

137 上百次感受语言的魔力心灵有所慰藉,
红宝石和玛瑙都感受到对抚爱的喜爱。
勇士说:浪迹中心灵和理智与你同在。
你可人的形象对心灵是火焰而非消遣。

138 勇士出宫虽说离别并非他生命的欢愉。
双目呆滞徒然将自己的目光往后抛掷。
身躯颤抖晶莹的泪珠将那玫瑰花冻僵。
心连着心渴望着如何将爱的仪式进取。

139 他说:太阳啊,那玫瑰早因别离而凋零,
水晶容易发黄红宝石亦不再色彩艳丽。
我该怎么办?须知离别将使心灵重创。
为他人献出生命我并不感受人格平等。

140 他躺在床上哭泣泪珠连泪珠恰似涌泉,
他的身子在暴风雨中颠簸如山杨摇摆。
刚合上眼他心上人的倩影便清晰可见,

他似在林中觳觫叫喊更增添痛苦百端。

141 远离恋人的忧郁将他折磨得疲惫不堪，
泪水如珍珠簌簌他用露珠给玫瑰抚安。
黎明时他打扮一新精神得让众人吃惊，
他骑马进宫去履行自己那应尽的职分。

142 进得宫里他让廷臣去向国王致意请安，
转禀他的建议:恕我斗胆来向您进言;
无情的利剑受您支配您用它统治世界，
最好还是让所有人重新注意到这一点。

143 为使我国疆域扩张我将去同敌人抗击，
吉娜晶是我们女王这消息该人人皆知，
我要迫使他们的剑哭泣为父王保和平。
我将派遣信使带着贡礼去向您致敬意。

144 国王吩咐廷臣向他转达回答并致谢意:
我的雄狮,在功勋卓著上你白璧无瑕，
你的战斗建议如同你的英勇豪迈无异。
你去吧但别离这些年会让人感到忧悒。

145 阿夫坦季尔来到国王跟前低下头致敬:
陛下,您对我大加夸奖使我受宠若惊。
愿上苍保佑我在可喜的一天再见到您，
让我能亲眼目睹您那兴高采烈的神情。

146 国王亲人般搂住阿夫坦季尔脖子亲吻，

世上哪里有这样的培育者或受教育者?
勇士上路亦随身带走了那份别情离愁。
罗斯杰万感到情绪压抑那心儿留伤痕。

147 阿夫坦季尔高傲地策马前行毫不悲戚。
一路上过了二十天连夜晚亦马不停蹄。
世界为他打开了心灵最高戒条的要旨,
吉娜晶无处不在她的激情在将他磨蚀。

148 他来到自己的封地人人喜悦围着他转,
显贵们带着礼物出迎来给他叩首请安,
他兴高采烈异乡遥远的路途将他吸引。
全家老少充满幸福府邸里欢乐又温暖。

149 他拥有家族的一座城堡令邻里们畏忌,
它耸立在无法攀登的悬崖峭壁那高岭。
三天三夜他在那里狂热狩猎寻找慰藉,
并邀舍尔马丁来一起商讨自己的决意。

150 我们认识舍尔马丁前面曾经将他提及,
他与统帅同龄血统却使他成一名奴隶,
但暂且他并不知勇士被爱情之火烧灼。
阿夫坦季尔同他在一起端坐表明心迹:

151 舍尔马丁,亲爱的,我将不再隐忍羞戚,
虽说我经常同你一起商量自己的事情,
但我隐藏了眼泪你从未见过它的痕迹。
我的不幸由那个还我以幸福的人而起。

152 吉娜晶燃起我的爱火它比死亡更强烈，
玫瑰因吸入在火中煮沸的泪水而枯萎。
我把心灵痛苦隐匿但由此更备受折磨，
不过她给了我希望，你看我十分欣慰。

153 她委托我：去打听那武士在何处安身，
当你归来之时我将满足你心灵的激情。
我不会嫁别的丈夫哪怕他是天堂梧桐！
为抑制我的痛苦她还给我开处方一份。

154 我一介武夫首先应该去完成分内之事：
作为最忠诚的奴仆必须为国王们效力，
其次，女王熄灭了我身上痛苦的火焰；
困难时刻就该勇往直前不哆嗦不退避。

155 须知英俊少年在爱情上无法战胜我们。
因此我请求你注意倾听我的肺腑之言：
你将管理国家，向全军将士发号施令。
替我执掌事务，我只将重任向你委任。

156 请作百姓的保护者率领军队兵戎相见，
派遣信使们进宫把打听到的消息传递。
你将代表我带上贵重礼品给宫中捎信，
别让谁感觉到我像贼一样远离在他乡。

157 像我一样，请你不要再去狩猎和旅行。
等我三年，一年又一年要保守住秘密。

也许我会回来挺拔的梧桐他不会干枯。
若回不来你就穿上丧服为我放声哭灵。

158 只有那时你方可将我的不幸故事呈宣，
告诉国王我的死讯将意识的痕迹消泯。
你说，所有这样的命运均无法可挽救。
将金银珠宝赐予穷人们这是我的遗愿。

159 这就要请你帮忙并将统帅角色当到底。
当你想起我应分的事情请别把我忘记，
而且庄重地为我的灵魂哀悼替我送殡，
再像母亲那样把我少年时的往事回忆。

160 奴隶听罢惊惶不安他无法理解这恩赐。
泪水夺眶而出像珍珠般滑落渐渐消失。
他说：不，离别之际心儿难以忍受孤寂。
但是有什么可违拗的？反正你要离析。

161 可别用此话折磨人说什么暂时替代你！
我是个黑人如何担当那庇护人的重任？
最好是躺下睡大觉不知别离的苦时辰。
你把我带上我疾驰着将你的痕迹掩蔽。

162 勇士说：请你听实话，该掌握它的实证：
恋人在田野上迅跑他应该是孑然一身。
只有为了报答付出代价才能找到珍珠。
不完成自己职责的人就该长矛下丧生。

163 有谁像你那样善良能谛听心灵的呼声?
有谁能与你相比将庇护人的角色担任?
请你将边防巩固决不让敌人带来损害。
倘若命运的法则如此我还可能再归程。

164 命运将众人击倒一人与百人原无区分。
我并不害怕倘若有上天的力量作保证。
我将三年不归就让那呻吟和哭声四起。
我留下遗书好让贵族们对你臣服帮衬。

五

阿夫坦季尔致他侍卫们的一封信

165 信中写道：同我命运相连的父老乡亲，
你们在战争中经受考验对我无限忠诚，
同我的愿望形影不离将它们深藏心间，
你们在宫中聚集成群将听取我的命令。

166 请注意你们的尘土我在给你们写书简！
我为你们亲自写上如下寄语以资垂念。
同欢宴相比我更选中与你们短期分离，
并把自己的生活和食品委托给了弓箭。

167 出现了某种重大事件远方在将我召唤，
我必须独自在飘泊中度过未来的岁月。
我满怀关切，恭顺地向你们提出请求，
请你们保卫王国免遭敌人侵略和苦难。

168 我留下舍尔马丁由他当你们的庇护人，
只要他还能够知道我的情况是死是活。
他如阳光将王位照亮使玫瑰不致凋零，
而恶人们毫无例外像蜡一样被它熔化。

169 大家知道:我将他如兄弟儿子般培养。
因此你们要像对我一样对他俯首听命。
你们要按号令完成一切保持力量统一。
我不返回则预示眼泪汪汪是你们的命。

170 他就这样用温情的言辞结束了这书简,
身缠黄金,做好了飘泊者上路的准备。
他高喊:朝田野进发!士兵们列队集合。
那一瞬间他毫不延迟离开了父亲的家。

171 他说:你们全散开我并不需要巴拉金[1]。
他把奴隶们打发走留下自己孑然一身。
他拨转马头顺着辽阔的谷地策马驰骋,
并在极端忧愁中见到了吉娜晶的倩影。

172 士兵们全都留在一旁全神贯注于围猎,
他们并没见到他以便跟着他纵马疾驰。
他从未被敌人击倒过并以此享有盛誉,
心中熔岩汹涌的痛苦感觉在渐渐减灭。

173 围猎结束士兵们用目光将庇护人寻觅,
天陲开始阴沉阿夫坦季尔却不见踪影。
他们的巨大快乐突然为哭泣呻吟替代,
他们四处寻找出动了最为优秀的骑士。

① 巴拉金,查理大帝十二护卫之一。

174 人人心存疑问：雄狮啊，谁会将你代替？
个个寻找目击者对他们逐个进行查询。
阿夫坦季尔越过陡峭的悬崖悄然离去，
丧魂落魄的人们全热泪纵横如雨涕泗。

175 舍尔马丁召集贵族和廷臣们开会商议，
向他们出示了阿夫坦季尔手书的信件。
听到这封遗书之后他们无不痛心疾首，
到处是呻吟声人人自怨自艾哭泣不已。

176 众人道：我们生活没有他是巨大损失，
除你之外他还能把统帅的权力交给谁？
我们定将服从你，你的命令便是法律。
他们承认奴隶是庇护人向他点头行礼。

六

阿夫坦季尔动身去寻找虎皮武士

177 聪颖的埃兹罗斯① 在他诗集中向我证明：
倘若玫瑰冻死更会引起我们怜悯之心。
面容不是红宝石身子与芦苇同时摇曳，
他孤身一人在陌生之地变得冷漠无情。

178 阿夫坦季尔在那平原上飞跑纵马疾驰，
他越过阿拉伯人的边界来到异国他乡。
与女王的离别又重新唤起了他的忧戚。
他说：我将不再流泪假如能同她相依。

179 心如古井，玫瑰重新罩上雪白的霜银。
一了百了，有时他真想伸手拔出短剑。
他说：世界用毒刺将我心脏扎透百次。
我痛苦地告别了乐器、铙钹以及欢欣。

180 玫瑰远离了阳光便迅速凋谢花散余香。
他命令心脏：静些！心灵又将恢复力量。

① 埃兹罗斯，12 世纪初诗人，他的诗用阿拉伯文收集成册，名为《狄奥尼斯》。

他遍访陌生国度或许希望在那里初露。
他向所有行人问路态度礼貌而又亲虔。

181 他到处寻访放声哭泣泪水滚滚入海流。
他把双手当床头苍茫大地是他的床榻。
他说:爱情啊,你给予我痛苦乱我心曲,
为了你,我会感到幸福无比将生命丢却。

182 他走遍海角天涯那里已经是大地边缘,
碧空蓝天下并不存在他无法通行之路,
却从未遇见过一人可以对他诉说衷肠。
漫长的三年期限倏忽压缩成了三个月。

183 他来到巉岩嶙峋平原荒凉的遥远边境,
整整一个月一个亚当的子孙也没遇上。
那种忧伤无论维斯和拉明[1] 都未曾经受,
白天黑夜,他独自回忆起自己的爱情。

184 他爬上高山之巅,打算就在那里宿营,
眼前原野一览无遗穿越过它须得七天,
峭壁下峡谷中一条狭窄的小溪绕山间。
两岸只见林木葱茏山翠无穷溪光不尽。

185 他计算度过的那些日子打发余暇时辰。

① 维斯和拉明,11 世纪波斯诗人古尔加尼的长诗《维斯和拉明》(1048 年或约 1054 年)中的主人公,此诗作是浪漫主义叙事诗早期文献之一,含有讽刺封建宫廷习俗的内容。格鲁吉亚早在 12 世纪即有长篇小说《维斯拉米阿尼》问世,系古尔加尼上述长诗的散文意译本。

只剩下两个月他陷入心灵痛苦的绝境。
心灵蒙上阴影这秘密突然间被他发现?
谁能够用善代替恶或是让善重新诞生?

186 他陷入沉思,思考自己的命运和处境。
他说:为何要四处飘泊? 回去怎么样?
如何向女王交待说我怎样把时光虚度?
失去武士的踪迹我如何为她意志效命?

187 如果留下我又不得不将剩余期限荒疏。
有关我所寻找的武士至今仍一无所获。
期限将过舍尔马丁泪容满面以泪洗面。
他将向国王把我立下的神圣誓言公布。

188 他将报告我的死讯说我如何向他哀求。
引得无数百姓将会拥向王宫哭声四起。
我将如何再身强力壮亲自在那里露面?
他边哭泣边设想种种情景已智穷力休。

189 又说:上苍啊,你拒绝对我作公正判断。
难道我四处飘泊的痛苦全都微不足道?
你夺走我的欢乐却让悲伤在心里筑巢。
我终日在哭泣却不知泪流何处是终端。

190 又对心儿说道:你必须做到坚定不移!
别心太软! 期限未到你不会痛苦倒下。
眼泪无济于事我无法没有上苍的关心,
天命不可改变:祸不可违而福不可清。

191 又说:这样艰难活着远不如死了的好。
吉娜晶胜过太阳她必将出来与你相邀,
假若她问起那武士下落你该作何回答?
他始终想着这件事情在灌木丛中盘绕:

192 我浪迹天涯将云端的飞鸟都仔细看视,
就是武士的下落哪儿也未能打探清晰。
人们认为他是个魔法师此话正确无疑。
眼泪徒劳无益哪怕流成河亦无补于事。

193 阿夫坦季尔走下山来绕过河流和森林,
因悲伤蓦地田野上所有色彩变得霾阴。
双手立刻下垂双眸眨眼间便黯然无光。
一条乌黑黑的光带将青翠的山谷装点。

194 力量的储备已耗尽他打算立刻把家还。
他朝谷地踯躅自个儿往那边择路而行。
在那里他整整待了一个月人声从未闻,
虽说不止一次见野兽亦不将它们惊散。

195 尽管他本人在浪迹中度日与野兽相仿,
但毕竟是亚当子孙亦需有食物充饥肠。
他用比罗斯托姆[①] 还长的箭矢射得野禽,

① 罗斯托姆,也即鲁斯塔姆,古波斯著名诗人菲尔杜西(940—1020)的史诗《王书》中的主人公。史诗中有约六千行诗描写英雄传奇,其中有鲁斯塔姆与萨曼公主的爱情故事和他与埃斯梵迪亚王子决斗的故事。

跳下马来燃起一堆篝火熊熊在林子旁。

196 他放马去吃青草立刻对猎物垂涎欲滴。
蓦地他一眼看清有六名骑士疾驰而来,
便说:那定是伙强盗,好人谁来此光顾?
从来亦没有任何人来光临这荒山野地。

197 他手执弓与箭急匆匆朝他们飞跑而去。
驰来两个大胡子第三个骑士没留胡须。
他显然头部受伤火热的鲜血汩汩而流。
他痛苦地哭泣着年轻的生命行将结束。

198 阿夫坦季尔喊道:是谁?别是想掠取?
他们答道:放心,请帮我们减轻痛苦。
若无力相助也请给痛苦的泪水以同情。
请以青苔涂面伴随我们兄弟一起痛哭。

199 阿夫坦季尔走上前去继续自己的盘诘。
骑士们同声哭泣透过泪水来回答问题:
我们三人是亲兄弟,泪水将我们灼刺。
我们在哈塔伊① 的城堡是对敌人的威胁。

200 人们盛赞此地的狩猎我们也就跟过来。
许多士兵随我们同行大伙儿傍水扎寨,
我们心向神往在此整整一月追逐野兽。
我们猎获野兽无数在田野上和山岭外。

① 哈塔伊,在今土耳其境内。

201 三兄弟胜过所有猎人使他们蒙受耻辱,
但后来我们兄弟间却发生了激烈争论:
我最棒! 不,我最棒! 争论无休无止。
争论中无法找到真理我们产生了不睦。

202 我们打发全体士兵带着野兽皮毛上路,
并决定:谁的手最灵巧必须搞个清楚,
我们开始各自分开射猎无须旁人眼睛,
无人发号施令单凭双目视力瞄准猎物。

203 我们带上执箭侍从三兄弟每人各一名。
打发士兵们离去未想到会有任何不幸,
我们在林边和山后的谷地里尽情狩猎,
我们射猎野兽和在头顶上掠过的飞禽。

204 突然有位武士出现心灵重创脸色阴郁,
他骑着匹上等宝马那毛色乌黑四蹄轻。
头上的帽子身上的长衣都由虎皮缝缀。
从未见过谁人能有他这样的外貌英俊。

205 我们看得出神但闪电般光亮令人眩迷,
有如一道光华射向天宇致人间的敬礼。
我们想把英雄俘获便紧跟他身后疾驰。
因这件事上犯傻我们由此在泪中呻吟。

206 我是老大因而要求将那强盗留下归我,
老二年轻些他看中了那匹乌黑的骏骜,

老三他渴望战斗于是我们便火上浇油。
我们追,武士跑,他俊美赛过阳光辉照。

207 他的面容似水晶般清秀如红宝石闪耀,
他用莫大的恼怒粉碎我们甜蜜的梦幻。
他用轻蔑和鄙视让我们听凭命运摆布,
他用马鞭让我们明白举止粗鲁的后患。

208 为让老三寻衅闹事我们两人都没动手。
老三便朝武士驰近,大喝一声:你站住!
我们徒然等待但是敌人连马刀也没抽,
他给老三一鞭子只见鲜血淌涌似河流。

209 他就挥了这一鞭子便让那脑袋开了瓢,
我们的三弟倒在地脸色苍白失去知觉。
武士因受辱而报复将他生命之火熄灭,
且当着我们的面扬长而去耀眼又高傲。

210 他不瞧我们一眼便离去从容而又镇定。
看哪,他就在那边走犹如太阳和月亮!
他们说罢重新号啕大哭心情十分沉重。
远处可见一匹乌骓在阳光下欢快奔进。

211 脸颊上雪在融化!幸福是飘泊者结局!
不离开祖国的岸边浪迹天涯便无收获!
一个人若是达到了自己所希望的目标,
便会想起从前毫无目标的奔忙和痛楚。

212 他说：兄弟们，我是个飘泊者居无定所，
我离开舒适安宁的家就是为了寻找他。
如今却通过你们打听到了此人的消息。
我祈祷，但愿你们快离开那艰难时光。

213 倘若幸福在向我微笑心灵便倍感欢愉，
我将向上天哀求把你们的小兄弟治愈。
他指指自己的歇脚地说：别忙着赶路，
让慰藉来到他的身旁将他放到阴凉处。

214 说着，他用马刺让马儿陡立猛然上路。
他有如一头挣脱绳索的雄鹰振翅高飞，
又如月亮迎着太阳去迎接那光辉灿烂。
那颗火热的心又重新勾起相见的幸福。

215 待到靠近时他仔细思忖如何同他相与：
若说话不当着魔的人将变得更加疯魔，
有理智的人自能将困难之事应付自如。
他必须避免思想混乱惊慌失措瞎忙乎。

216 显然，他昏头昏脑在白白地颠沛流离。
他避开说话声，对人的目光充满憎恨。
同他会面我们之间一场死战不可避免。
我们中一人将白送命！说着走进密林。

217 充满忧患的道路不可能全都徒劳无益。
无论如何没有栖身之地谁都无法生息，
但愿他流浪的尽头是难以攀登的要塞，

也愿我能在那里找到完成任务的钥匙。

218 一前一后两人急行白天黑夜两次光临，
一天一夜没有食品两人内心充满悲辛。
路漫漫，哪怕一瞬间双眸都无法消停，
悲切切，泪水落下将那整个谷地淹浸。

219 两人疾行了一整天傍晚一排高山岧峣，
群山间和流淌的小河旁有处岩洞陡峭。
沿河芦苇丛生密密麻麻多得难以想象，
那参天大树高耸挺拔树冠直上凌云霄。

220 武士越过那小河朝岩洞方向逶迤而上。
阿夫坦季尔下马闪进密林树丛下隐身，
他将坐骑缚在树身下自己攀缘上树梢，
他观察武士怎样上山如何将泪珠抛洒。

221 当虎皮武士越过卉木蒙蒙密林的当口，
有个穿黑外衣的少女便出现在洞穴边，
她开始哭泣热泪滚滚恰似洪水入海洋。
武士忙跳下马将她紧紧拥抱脸色阴忧。

222 他说：阿诗玛妹妹，海上的桥全已倒塌，
充满希望的太阳对我们已经永远熄灭。
说着他捶胸顿足暴雨从高处倾盆而下。
他们紧紧拥抱相互用手指将血泪儿擦。

223 密林因他们扯下的头发变得更加稠密。

武士和姑娘相拥痛苦将他们融为一体。
只有那峭壁回答着他们的呻吟和哭泣。
阿夫坦季尔在惊讶中将一切看个明晰。

224 姑娘站立在忧闷的山谷里抑制住痛楚。
她把骏马牵进岩洞解下嚼子任它自如,
又把武士厮杀时候穿的那身盔甲卸下,
然后双双进洞整整一天再没有出洞府。

225 阿夫坦季尔困惑莫解:什么藏在洞里?
晨曦初露姑娘出洞身上依旧那袭黑衣,
她用衣角给骏马擦拭干净再戴上嚼子。
她给备好鞍鞯穿上铠甲一切悄无声息。

226 武士像通常那样只在岩洞里待了一天,
姑娘捶胸顿足用手揪下了一大把青丝,
武士与姑娘告别又踏上那条蜿蜒小径。
阿诗玛伫立泪流满面心儿又蒙上忧悒。

227 阿夫坦季尔见到他的脸仿佛就在身边。
胡子和唇髭依稀可辨莫非太阳闪金光?
阿夫坦季尔说着陶醉于飘拂来的香味。
他盯着身后说:气味能将那狮子熏眩。

228 武士顺着昨日的小径跨乌骓徐徐而行,
绕过那田野和密林他往一旁纵马驰骋。
沉寂中阿夫坦季尔惊慌地从树后张望,
他说:这事儿全由上苍替我安排停当。

229 由于上天的恩惠眼下我还需什么要干？
我将姑娘俘获强迫她说出英雄的情况。
我将把秘密揭开兴许她能说上句好话，
我与武士也就不必刀光剑影决一死战。

七

阿夫坦季尔与阿诗玛在岩洞中交谈

230 他从树上爬下来替快马把缰绳儿解开。
他骑上马向岩洞行来猛地将门儿推开。
姑娘满腔热情出洞眼泪却刷刷流下来。
她原以为是前额明亮放光的武士归来。

231 未曾想这个勇士面容同她那位不相像。
她急忙夺路逃跑那喊声响彻平原高山。
但她刹那间便被抓住有如老鹰捉小鸡，
群山响起呼喊声应和着远处的呻吟声。

232 她不从，拼命挣扎甚至回避接触目光，
一如鹰爪下的猎物痛苦的生活无欢畅。
她向塔里埃尔呼救可他已经远在天边。
阿夫坦季尔做个下跪姿势请她心放宽。

233 他说：你面前是亚当子孙用不着呼救。
我见过此人那玫瑰花越来越黯然枯暮，
身躯似梧桐面容放光华，请问他是谁？
请告诉我，你放心我决不会将你欺负。

234 姑娘哭着回答道,随声附和他的请求:
如果你神志清醒那就请你别痴心妄图,
你请求的那件事情我不可能替你完成,
别幻想你能听到对此秘密的坦率直语。

235 又说:勇士,你想要干什么我并不清楚。
谁能用笔墨将他的事业称心如意描述?
你若逼我说,我将一百次地回答说:不!
人们常说笑比哭好可我的快乐很凄楚。

236 他说:你不知我从何处来内心多痛悔!
我走遍世界的每个角落寻找他的踪迹。
姑娘,我找到了你看来却让你更伤心。
我不会再打扰你求你千万别将我怪罪!

237 姑娘说:我同谁在一起?你究竟是谁?
同我在一起的并非灿烂阳光而是严霜。
你危及我的命运,唠唠叨叨令人生厌。
不管怎么样我一句话也不会再对你说!

238 他跪在姑娘面前向天上的诸神们祈望。
对上苍呼喊无济于事姑娘她不为所动。
他气得双眸滴出鲜血又恨得满脸发烧。
他一把揪住她头发想一刀刺穿她喉咙。

239 他说:让我万分痛苦这是给你的教训。
有什么可使你委屈的?泪珠儿哗哗流。

你倘若说出一切那我就会把怒气平息。
如果不说我就杀了你,上帝可以作证。

240 姑娘说道:你寻人达到了罪恶的边缘。
你不杀我,我便只能活下去完整无损,
只要我未被死神的烟雾笼罩我不会说。
你将我杀了一切消失我亦就沉默永远。

241 又说道:勇士,你究竟是谁有什么企图?
只要我活着你就别想逼我将真相供出,
我同意当你的牺牲品将自己自愿献出,
我做好准备亲自将你的罪恶使命摧辱。

242 别以为我在自己的死亡中将蒙受痛苦,
是你使我从今以后摆脱了眼泪和痛哭。
对我来说整个生命是棵小草并不神圣!
我对陌生人并不信任故所以缄默不语。

243 阿夫坦季尔心想:我的方法选得不当。
我必须另想办法让她明白我另有手腕。
他恢复常态坐到地上眼泪将双眸湿润,
对她说:我把你得罪如何再活在世上?

244 姑娘脸色阴沉坐在边上未消心头恼怒。
阿夫坦季尔一言不发,坐着号啕大哭,
鲜艳夺目的玫瑰园被一泓泪水湖覆盖。
姑娘此刻突然失声痛哭满脸伤心泪珠。

245 勇士的眼泪引起她的怜悯一掬同情泪，
但与陌生人坐一起话语在双唇上凝结。
他发现内心的波涛已经在她身上平息。
勇士再次跪倒在她的脚下哀求流着泪：

246 我无可挽回地失去称你为妹妹的权利。
我孤苦伶仃生活很凄凉让你难过伤心，
我要恢复你的信任要知道古话说得好：
无论罪孽多深重还是能受到宽恕七次。

247 虽说我的粗鲁无礼使自己蒙受了羞辱，
对痴情人毕竟还该怜悯听我说个清楚。
我需要你的支持,要知道我孤立无援。
还能如何除了向你开诚相见倾吐肺腑？

248 刚听完痴情人对自己恋人的爱情倾诉，
姑娘便以百倍的力量呻吟号哭泪哗哗。
她的生活在恸天大哭中重又变得可悲。
上帝的意志完成了阿夫坦季尔的意愿。

249 他发现这番话后姑娘花容月貌变颜色。
显然她在泪雨滂沱的感情中极度悲切。
他说:连敌人都会怀着敬意接受我们，
痴情人自己寻求死亡离开人世并不怕。

250 我是个痴情人爱情狂的日子都不轻松。
我从遥远的地方被太阳派来寻找英雄。
我浪迹天涯走过的路连云彩都不熟识，

但我找到你们就意味着我的目标已通。

251 在心灵的圣地里我高举着太阳的圣像，
但渗入飘泊者心灵的是黑暗并非光明。
你可以突然将我俘获或是给我以自由。
请给我生或死以使我的痛苦达到顶点！

252 姑娘开口把话说语气比原先温和动听：
你的话说得很好听它将使你达到目的，
可此前你想用刀扎我心比恶魔更锋利！
从今后你是我的朋友比亲姐妹更亲近。

253 倘若你痴情的目光看到了希望的世界，
从今后我的职责将吩咐我要当你奴隶。
在此之前我一直拒绝，黑暗笼罩着你，
而如今我打算为你把那整个生命燃尽。

254 倘若你能将我的建议完成准确而坚忍，
那么你努力寻找的目标必定能够实现。
你完不成便达不到哪怕日夜号啕痛哭。
当你埋怨世界时将发现生命已经腐烂。

255 阿夫坦季尔说：你这句话让我回想起，
有两个行路人不知从何处来到哪儿去。
后面那位见到前面的人突然掉进水塘，
他跑到井边为自己那位旅伴洒泪哭泣。

256 他对不幸者说：喂伙计，待着将我等候！

待我去找根皮条来,我希望把你救助。
那个落水者笑着大声叫喊将命运诅咒:
我还能往哪儿跑倘若不待在水里等候?

257 妹妹,今后我生命的绳结握在你手上,
没有你,我无法伸出右手来向你求救。
带着我做你想做的你是我的希望之舟,
我似乎发了疯把没有受伤的脑袋包扎。

258 姑娘说:勇士啊,你的话令我心悦诚服,
毫无疑问智者这赞誉之辞你当之无愧。
虽说在难以承受的痛苦上你登峰造极,
但是你听我说你终将达到希望的结局。

259 这里无人能向你提供有关武士的消息,
如果他本人不将奇异的故事告诉相知。
你再等一等待他归来事情就该有转机,
别让玫瑰受冻眼泪可挡不住那暴风雪。

260 如果想知道我们的名字那我就告诉你:
武士名叫塔里埃尔那名字起得很平易,
我叫阿诗玛在火中备受煎熬不得安宁。
可是莫非只有我的心灵在衰竭和叹息?

261 关于他我不再多说我的话便到此为止。
他俊美的身躯在荒野游荡从来无宁日,
他随身带回的兽肉便是我果腹的饭食,
是早是晚连我也不知他何时返回家里。

262 我请求你留在这里千万别再到处乱跑，
待到他回来我就恳求他也许会有结果。
我将帮你们相互了解。倘若心情相投，
他会告之一切而你则会愿意同他相交。

263 聆听过姑娘的话阿夫坦季尔恭顺备至。
河那边传来那嘈杂声他向她投去一瞥。
河上飘着一轮明月高山丘陵一片银辉，
勇士和姑娘忽然想起来立刻飞速分离。

264 姑娘说:是上苍让你实现所有的心愿，
但你得躲到门后去待着千万别被发现，
活着的人中谁也别想违拗武士的意志。
若想你们的会面顺利得靠命运的调遣!

265 姑娘立刻将阿夫坦季尔藏在岩洞深处。
忧伤的武士下马目中铠甲的反光闪烁，
他痛哭眼泪流向大海悲痛声回荡山谷。
勇士遵照规定只偷偷将一切看得清楚。

266 泪水的暴雨落在他们脸上如番红花絮，
武士不可遏止地痛哭姑娘哭泣似修女。
解下嚼子将马牵进那岩洞灰暗似牢狱。
双双静止泪珠儿在玛瑙般睫毛上干涸。

267 阿夫坦季尔观察着一如牢狱里的囚犯:
姑娘把母虎色彩斑斓的兽皮铺在地上。

武士在虎皮上坐下发出一串痛苦叹惋，
黑琥珀色的睫毛挂着带血的泪水汪汪。

268 姑娘用火镰敲出点点火星将篝火点燃，
希望烤熟的兽肉武士不再发怒吃得香。
她有如树上摘果子将撕成块的肉端上，
他咬上几口但是虚弱得无力将它吞咽。

269 他半躺半卧小睡片刻有如行进在路途。
他突然战栗一下大叫着狂奔如在地狱，
忽而用劈柴忽而用石块击打如在梦中。
姑娘抓破脸颊望着他的不幸满脸血污。

270 她说:为何回来？你又发生了什么事？
他答:国王捕猎在森林突然与我遭际。
他率领大队人马其中许多人不带武器，
围猎者成群结队狩猎者顺着谷地奔驰。

271 我胸中充满怒火人们的举动令我愁楚。
为了不见到他们我离开诅咒自己命运，
我脸色苍白往回转把乌骓往林中驱赶，
打算直到明天在密林里悄然把身子伏。

272 姑娘听罢伤心胜过百倍眼泪哗哗地流。
她说:你在山谷里只有野兽与你为伍，
人人令你感到讨厌无人能够让你欢愉。
你天天如此打发日子对心上人无好处。

273 你四海为家浪迹天涯全世界到处周游，
你到处流浪飘泊难道就找不到个好友，
能与你相知相交不激起你的万丈怒火？
你死去或是他牺牲这将会有什么好处？

274 他答：你所说的一切同你的善良相似，
但有谁能够找得到世上能治病的良药！
须知我们无目的寻找的东西还未来临，
也许我所最珍贵的惟有灵魂离开肉体。

275 为了能给我带来减轻痛苦的妙药灵丹，
上天替我诞生了一个命运相同的生灵。
可他在哪儿？谁像我那样将苦酒饮尽？
降生的人中除了你再没有合适的人选。

276 阿诗玛说：别生气！我苦苦向你哀谏，
好像命运指定要让我当你的御前大臣。
当你面我不想隐瞒在这里发生的事变，
耽搁得太久的人是在拿自己脑袋冒险。

277 他答道：你需要什么就径直朝它奔驰。
对我有益的朋友不可能诞生若无上帝。
但是路漫漫天意难违我已被上帝抛弃！
我只能够与野兽为友变得与野人无异。

278 姑娘大胆道：你为何用痛苦将我折难？
倘若有位勇士按自己意愿站在你面前，
想用友谊使你在沉重的命运中变轻松，

你得发誓对那个无害处的人不予伤害！

279 武士说：如果他出现我必将万分欢喜。
我，荒漠隐士以对心上人的爱恋起誓，
我的手决不让他遭受苦难死亡和悲凄，
我们的友谊将让双方感到快乐和福祉。

八

塔里埃尔与阿夫坦季尔相见

280 阿诗玛去见阿夫坦季尔他样子像囚犯，
她鼓励道:武士知道了一切并不愤然。
她把他领了出来。他有能力盖过月亮。
塔里埃尔见到他说:他像颗巨星耀闪。

281 塔里埃尔迎上去他们俩如同一对太阳，
或是一对明月将整个地球照得亮堂堂。
他们的身躯就连那梧桐树亦无法相比，
不！无法比！他们集七颗行星的光亮！

282 他们拥抱又亲吻并不见有丝毫的陌生，
透过玫瑰的双瓣皓齿洁白闪烁着光芒。
他们痛苦得号啕大哭脖颈与脖颈相交，
红宝石的色彩成琥珀虽说前者更贵重。

283 他们转了一大圈武士抓住勇士的手掌，
他们一起坐下哭了很久眼泪汹涌流淌。
阿诗玛的语气温和要求他们平和安静:
别让黑暗危及生命别让阴霾遮住太阳。

284 白霜将塔里埃尔的玫瑰覆盖但没冻死。
他说:我想把你的一切秘密打探分明:
你从哪里来到哪儿去你是谁有何打算?
对于我死神并不需要早已经将我遗弃。

285 阿夫坦季尔回答他言语中充满着敬意:
塔里埃尔你是强壮的英雄温情的雄狮!
我是阿拉伯人在阿拉伯国家统领全军,
我被爱情之火笼罩充溢痴情人的情意。

286 是的,不幸的我爱上了庇护主的闺爱,
后来她登上女王宝座更使她增添光彩。
你我并不相识但你曾见过我在悬崖旁,
那里你将国王奴隶击毙未让他们叫喊。

287 我们在田野里遇见你曾对你紧追不舍。
我们的国王怒气冲天让我们准备厮杀。
我们呼喊但是你离去听凭士兵们穷追,
田野被你染得殷红鲜血汩汩流成了河。

288 你剑不出鞘用鞭子将追赶者头颅打碎,
士兵们呼喊着疾驰有如在将巫师追逼,
我们不见你的踪影国王气得纵马疾驰,
人人惊得目瞪口呆生活变得毫无光彩。

289 国王郁郁寡欢那身皇袍使他一意孤行,
一道圣旨传遍世界各地务必将你寻觅,

老人和年轻人那惶恐的心灵不得安宁，
女王的美貌赛太阳是她亲自将我派遣。

290 她吩咐我：去打听到这个幽灵的秘密，
到那时我将实现你那梦寐以求的翘企。
她命令我在坚忍的泪水中生活上三年，
在不见她倩影的情况下度日是否如年？

291 那些亲眼见过你的人至今我未遇上过，
除了那三个库尔德人他们说话太莽撞。
其中有一人被你一马鞭撂倒半死不活。
从他们那里我才打听到你的一些情况。

292 塔里埃尔想起了那件曾经发生的往事，
说：我还记得，虽说早已过去了无踪迹。
当时我不费力就发现你和国王在狩猎，
虽说想起令我不幸的女人我正在啜泣。

293 真不知我们间发生了什么事有何关连？
你们心满意足多幸福我却两眼泪涟涟，
你们壮着胆让一群奴隶将我拼命追赶，
没有让我倒霉反倒自己身后拖着尸骸。

294 我转过身子并且见到了你的那位国王。
我开始可怜起庇护主来于是没有碰他，
离开他的视线疾驰而去什么也没有干。
我想可以把我的宝马乌骓比作隐身马。

295 它像旋风似的飞驰转瞬间便不见踪影。
我骑马疾驰远离那些令我讨厌的人精。
却不得不将那几个库尔德人狠狠惩治，
他们不该如此对我威胁恫吓自作聪明。

296 而现在则是欢迎声！你来此令我欢喜，
你梧桐似的身材面如冠玉是人中豪杰。
你蒙受着巨大的痛苦经受命运的打击，
倘若凡人能躲避上天的恩惠更属不易。

297 阿夫坦季尔说:过奖！你才值得赞颂。
我这样的人在事业上有什么可以传诵？
你的面容似太阳,阳光普照我们世界。
痛苦中你坚定不移泪海上你心定气闲。

298 今天同你在一起我要忘掉心头的阴郁，
抛弃功名与利禄当一名善与恶的判官！
绿松石永远要比典雅光洁的水晶珍贵。
同你在一起永远快活将一切忧伤抛除。

299 武士说:透过心灵的火焰你与我牵手。
我怀疑我能以什么为朋友效力作弥补。
不过也只有痴情人理解痴情人的痛苦。
是我使你远离心上人我应该如何答酬？

300 你为女王效力千方百计尽快将我找到。
由于上天安排你找到了我将目的达到。
可我的生活谁来诉说为何与野兽为伍。

倘若由我亲自告诉你我便将烧成灰膏。

301 此时阿诗玛说道:雄狮,眼泪帮不了你,
亦无助爱的火焰。若愿意请听我一言:
我看出这位勇士将默默为你赴汤蹈火。
让他说说自己想法你的伤痛他知原因。

302 他曾请我像朋友般同他讲讲过去事情。
其实无须说多余的话若上天赐你力量。
他同你未必要尽情欢宴才能了解一切。
至尊的上帝赋予的一切多么美好光明。

303 塔里埃尔保持着沉默仿佛被烈火烧灼。
然后对她道:痛苦中,你一直陪伴着我。
你知道被命运的巨掌击倒便无法治疗。
我可怜这样的英雄他全身被热泪围裹。

304 我们人类如果拒绝上帝如何找到光明?
心灵在烈焰中燃烧只要一回忆起幻景。
痛苦遮挡我的道路双眸在幻景中失明。
世界不是幸福而是些草禾岩被和魅影。

305 上帝多美好以太阳的形象将世界照射,
通过这样的途径他赐给我双份的施舍:
我首先帮助他同自己的太阳关系亲密,
其次在叙述中耗尽精力在烈焰中丧生。

306 又对勇士说:谁如亲人般与同辈亲切,

就应该在死神面前表现坚强保卫自己。
上帝只给一人幸福对他人则惩以灾异。
我将告诉你一切，你听着，我行将毁灭。

307 又对阿诗玛说：你带水过来向我靠近，
往我身上浇水让我清醒将那心灵洗涤。
假如我一命归天就为我哭泣将我思念，
给我死亡的摇篮我将在那里找到安谧。

308 他敞开胸怀准备叙述双肩上毫无遮盖，
他端坐着目光黯然仿佛在云端发微光，
将嘴唇紧闭思想在哽咽的话语中凝固。
他沉重地叹了口气大叫一声眼泪汪汪。

309 他失声大哭：哦亲爱的，你是我的生命，
我的理智希望和安宁是我失落的珍品！
谁乐意把你，伊甸园的秀木齐根折断？
大火中你拼命挣扎被上百次玷污心灵！

九

塔里埃尔向阿夫坦季尔诉说自己的命运

310 你听着并请理解我对自己命运的倾诉，
我的语言未必能包罗所有交谈和事故。
与她相比我相形见绌期待幸福亦枉然，
我的应分之事只是流泪和无穷的痛苦。

311 大家知道印度诸国有七个国王掌大权。
其中六国归属帕尔萨唐拥有权力无限。
王中之王门第显贵他幸福富有而辉煌，
身材如雄狮面容似太阳他是全军统帅。

312 我的父亲战胜了敌人第七国由他统治，
他大名沙里唐曾为保卫边疆建立功勋，
无论公开或私下他都从未遇到过麻烦，
他喜欢狩猎从不知道世上什么是灾异。

313 但在凄凉的孤独中伤痛将他的胸膛刺，
他说：在同敌人的战斗中，我夺取土地，
高踞王位十分满足一切全都完美无缺，
我要去找君主帕尔萨唐服从他的统治。

314 他遣使者带着他的决定去见帕尔萨唐，
禀告道：全印度都满足于由您来统领。
我情愿为您效力想感受到心灵的舒畅。
让我们子孙永远保持这份忠诚和友善。

315 帕尔萨唐听到此消息设盛宴满心欢喜，
他回答道：我，各封邑之王要赞美上帝！
倘若我等同印度人的国王你便是手臂，
我要将你父兄的那份荣誉标记授予你。

316 他将王国留给他阿米尔巴尔是其称谓，
阿米尔巴尔在印度居军事统帅的高位。
他各方面都未受损失无论荣耀和地位。
他还是庇护主只是未将国王的头衔委。

317 统治者帕尔萨唐对我的父亲平等相待，
说：别的国王没有这样的阿米尔巴尔。
他狩猎如同上战场征讨敌人勇敢无畏。
我与父亲极不相像就如同别人不像我。

318 但国王和王后没有子嗣朝霞没有升起，
军队和百姓们悲切地向上天呼唤祈求。
这时候我出生了这真该死一个苦日子！
国王说：我来养育，我们是同一个种姓。

319 我敬他们如父母双亲当了国王的儿子，
他们教我管理如何治理国家统率军队。

他们给我派哲人贤士教育我熟悉政事。
我发育成熟长得面如太阳刚毅如狮子。

320 倘若我有何不实之辞阿诗玛可以纠正，
从五岁起我就像朵玫瑰脸色鲜红娇嫩。
做儿童游戏我极认真揍狮子如打鸟儿。
我是帕尔萨唐的幸福让他感到很快乐。

321 阿诗玛，你可以证实，我如何变得枯朽，
我曾美过太阳如阳光将山间迷雾驱散。
人们夸奖我说：美得像伊甸园的花木！
如今我成了自己影子将昔日面容毁朽。

322 我记得我五岁那年王后有了身孕……
命运给了她一个女儿……他失声痛哭。
阿诗玛虽说给他淋了水眼前依然漆黑。
他继续说道：她长得似太阳，将我晒枯。

323 书信一封接一封说我们诞生了个美女！
信使一个接一个急匆匆讲述美丽仙女。
月亮与太阳戏嬉争辉照耀着万里晴空，
举国欢腾人人兴高采烈到处欢声笑语。

324 如何描绘她的美貌我的语言苍白粗俗。
帕尔萨唐天天欢宴人声嘈杂歌声荡漾。
邻国急忙给国王送来贺礼和奇珍异宝，
按习俗连全体士兵都分到了一份礼物。

325 时光飞驰他们开始将她和我一起培养，
幼年时闪耀的光芒在她身上更为明亮。
国王和王后爱我们，如同一家的孩子。
现在我要说出她芳名对她我充满真情。

326 但忆及心上人名字他无法使自己平静。
阿夫坦季尔流泪倾听心儿又蒙上阴影。
姑娘给塔里埃尔喷水使他又清醒过来。
他又说：请接着听，虽说它已接近尾音。

327 请记住，她的芳名叫涅丝丹-德勒贾。
七岁时已经美艳动人从小就思维清晰，
她欲与太阳试比美惟有月亮似她清丽，
同她分离我命中注定要将那苦酒饮尽。

328 姑娘长大成熟，我却已经准备上战场。
国王见女儿已有能力将父亲王位继承，
便把我打发回自己老家既然我已长大，
我已学会舞剑能将狮子像猫那样掐死。

329 满怀关爱的国王为姑娘建起宫殿一座，
尖晶石的拱门气派玄武岩的宫阙高耸，
宫廷内花园处处一泓清水散发出芳香。
她住进宫里痛苦的火焰将我的心烧灼。

330 手提香炉燃着神香香烟袅袅昼夜灼灼，
时而从高塔俯瞰世界时而在园中漫步。
一个巫师的儿媳是她姨同她住在一起，

国王亲自将女儿托付给她抚养受教育。

331 那里蒙着毯子到处是天鹅绒的长帘幔，
将姑娘娇美的面容挡在众人视线之外。
身边只有阿诗玛和两名女奴与她为伴。
在这座美如加巴翁[1] 的宫里她越发鲜艳。

332 我长到十五岁时国王对我的关照依然，
我经常同他在一起就寝号响亦不离分。
我力大如狮子面容如太阳身材如梧桐，
我武艺高强竞赛中成绩卓著备受赞扬。

333 我箭无虚发野兽在我箭矢下个个丧命，
一踏进狩猎场我打猎的热情从不消泯，
我举行宴会整个一天是最醉人的时刻，
而如今与姑娘分离我失去了生活志向。

334 我的父亲去世沙里唐的最后日子结束。
帕尔萨唐的宫里不再有那豪华的宴会。
在他面前曾吓得发抖的人又红光满面，
而他的朋友们失声痛哭显露内心痛楚。

335 我服丧一年艰难的生活让我愁容满面，
我孤独一人悲痛欲绝整日里以泪洗面。
抑郁不欢的国王派遣贵族来接我回去：
塔里埃尔，够了！该脱下你的黑丧服，

① 加巴翁原为巴勒斯坦一风景如画的地区，《圣经》中偶有提及。

336 与我们同样尊贵的人离去我们心悲苦。
帕尔萨唐还让使者给我带来大批礼物。
按照国王的命令我被宣布为继承父职：
任命我为阿米尔巴尔在全国博得声誉。

337 我胸中燃着永不熄灭的火焰心却悲凉，
但贵族们脱去我身上的丧服把我拽领。
印度的国王非常高兴设盛宴款待来宾。
他迎面朝我走来像亲生父亲将我抱拥。

338 我发现让我在他宝座旁就座不无原由，
国王王后态度亲切祝贺我获高官厚禄。
我十分激动表示不接受如此高的荣誉，
他们命令我于是我俯首称臣当了统帅。

339 但许多事已经遗忘从那时起过了多年，
很难立刻把一切诉说痛苦使心里沉重。
阴险世界不顾信义让虚伪和邪恶生长，
刮起罪恶之火的旋风将我们焚烧毁贬。

十

塔里埃尔的爱情故事

340 他又开始诉说刚刚从泪水中获得安逸：
有一次我和国王一起打猎归来回家里。
他紧握住我的手说：我们去看看女儿。
这不奇怪吗，我不知如何控制住自己？

341 我见到一座御花园苍穹环抱美丽非凡，
枝头鸟鸣听来比塞壬[①] 歌声更悦耳柔婉，
无数喷水池芬芳四溢那点点水珠飞溅，
塔楼入口悬挂着天鹅绒般柔软的壁毯。

342 听到一声命令：把鹧鸪给公主送进殿！
我转过身感到一阵痛楚静静来到宫前。
从此我将向世界偿还自己沉重的孽债。
为把铁石心肠刺穿必须金刚石的矛尖。

343 国王不许陌生人目光觊觎他女儿容颜。
我掀起天鹅绒的挂毯未见到那位天仙。

① 塞壬为希腊神话中半人半鸟形状的女妖，用迷人的歌声诱惑航海者。

只听得一声吩咐我内心顿时激动不安，
那是让阿诗玛立刻把统帅的鹧鸪取走。

344 阿诗玛掀开帘幔我在门槛后激动等候。
姑娘的目光令我丧魂差点儿昏厥过去。
我把野禽递给阿诗玛激动得满脸通红。
长相思遥无期从此我在爱火中受折磨。

345 比太阳更明亮的光芒如今哪能再熄灭?
他呻吟起来面容苍白已然无力再回忆。
武士和阿诗玛一起痛哭传来回声隆隆。
他哭道:双手衰弱无力呵,无礼的威胁。

346 阿诗玛给武士淋水又将他的神志恢复。
他终止诉说长时间的痛哭将智慧模糊，
泪水混合着泥土心灵感受呻吟的痛楚。
他说:每当忆起往事,他心中悲苦难诉。

347 谁相信生活之杯就将意中人当成花苞，
亲身感受却立即发现背信弃义的征兆。
反对偶像崇拜的智者们的劝诫我熟读。
倘若命运未将我毁掉请听从我的劝告。

348 我交出那只猎获的鹧鸪立刻帖耳垂首，
我俯首在地双肩和手臂都已无法动弹。
稍微清醒过来听到叫喊声我放声恸哭，
宫内老小走上前来仿佛顺序走向小舟。

349 我躺在大厅里松软的床榻上像个显贵。
人声嘈杂啜泣声号啕大哭声处处可闻，
人们个个神情沮丧众毛拉被召进宫来，
他们商议后得出结论说这是恶魔缠身。

350 见到我重新睁开眼睛国王他将我抱紧。
他说:孩子,你没死,为我们快快开言。
我不理睬他们的呼喊战栗着像个疯子。
我再次陷入那狂怒之中心儿鲜血滴沥。

351 伊斯兰教的毛拉们到来将我团团围拢，
在我头上将他们珍贵经书《古兰经》念诵，
偏见让他们着迷认定我那是魔鬼附体。
我躺了三天毫无知觉受尽烈焰的灼弄。

352 巫师们说:这种怪病我们可始料不及，
因此无法替他医治:命运使心灵忧伤。
我时而疯狂跳起,时而说话语无伦次。
王后流淌的泪水似急流涌向茫茫大海。

353 我就这样在宫中待了三天不死也不活，
我重又控制自己明白一切不明白之事。
心想我在生命的小路上把秘密打探到，
于是我向上苍祈祷让我的心灵更强壮。

354 我说道:主啊,别拒绝我,求你保佑我，
给我力量战胜痛苦悲伤助我一生平安。
在此他们会发现我的秘密请让我康复。

我的上帝接受祈祷心儿重新变得坚韧。

355 我坐在床榻上人们急忙去向国王禀报。
他们刚禀报王后便跑着来到我的身旁。
国王没戴冠冕亦急忙赶来将公务遗忘。
国王的嗓音将上帝赞美四周安静寂寥。

356 他们紧挨着我坐下不得已我把药喝下。
我禀告说:噢,陛下,我心脏没有毛病,
我想骑马顺河边走走再在田野上驰骋。
仆役们牵来马我和国王重新来到户外。

357 我们一起穿过集市广场田野就在河边。
国王将我领过田野后分手城堡已不远。
我回到了家情况却更糟心忧郁得哀伤。
我说:我生活在黑暗中,伸手不见五指。

358 泪水冲刷我的脸颊变得像番红花颜色。
我的心儿被千万把利刃刺得伤痕累累。
卫兵一早就把管卧室钥匙的管家叫走,
我心想:多奇怪,难道他们知晓了一切?

359 仆役说阿诗玛派来信使不知有何情势?
他带着封情书进来我忙揪下绸带读信。
我觉得很奇怪怎么会将她的心灵点燃?
猜疑树下我感到内心里一片茫然惊疑。

360 我惊异于权势显赫的她对爱情的表白。

我认为沉默不合适她会当我冷漠无情。
一旦她失去希望便会指责我使她不幸。
于是我按照情书的格式给她写信回拜。

361 数日过去我的心中又重新燃起了火焰，
我既不与士兵们来往亦不去参加欢宴。
我不进宫被医生们强行卧躺在病榻上，
从此为昔日的欢乐向命运把贡赋交验。

362 夜色朦胧降临在床头一切均徒劳无益。
谁也不会明白我已被火热的爱情俘获。
人们将我右手割破国王认为血有问题。
我表示同意心想这样就保守住了秘密。

363 我待在卧室里放过血的手指疼痛难熬，
奴隶进屋我思忖他会给我带来些什么？
说有信使从阿诗玛那来，我让他进来，
我对自己悄悄说：她同我搞什么名堂？

364 我读完信，全身充满了对情欲的渴望，
信中我发现她对会面不可遏止的愿望。
我回信道：我们倾听心灵的时刻来到，
请吩咐，我将出现在你面前毫不延宕。

365 我对心灵说：激情的长矛使你遭悲愠：
按等级作为统帅全体子民都是你奴仆。
他们相信所有告密者却猜疑我们不轨，
他们会告发我们使我遭流放者的命运。

366 国王派来使者,问候致意后他开腔道:
是否按王上的旨意让我给你放点儿血?
我答道:我的病情已有明显改善征兆。
我将进宫,这份快乐会使我停止悲号。

367 我到宫里,国王说:让我来结束那烦恼。
他让我不穿铠甲不戴头盔坐在马鞍上。
国王徐行,鹰隼的翅膀扇动惊起小鸟,
箭矢呼啸,将左右两侧那些飞鸟射落。

368 长时间狩猎后归来人们设宴张灯结彩,
歌声嘹亮竖琴悠扬人人不知疲惫困乏。
国王慷慨又大方馈赠的礼物不知其数,
那天国王的随从们无忧无虑发了大财。

369 无论我如何设法还是失去自己的余暇,
一想起心上人心中的痛苦便无法忍受,
在自己家我继续开宴请一帮朋友痛饮,
试图觥筹交错间掩盖自己的内心悲怜。

370 阿米尔巴尔家的大管家对我悄悄说话:
姑娘有请阿米尔巴尔她在凉棚下等候。
看来她美貌非凡,虽说放下了恰得拉①。
我说:你就把她领来我在卧榻旁等她。

① 恰得拉为伊斯兰教妇女蒙头的面纱,在中亚还从肩披到脚。有时薄纱衣服亦称恰得拉,质地均很华贵。

371 我从宴会突然离去使朋友们心神不安，
我对他们说：别起来，我很快就会回来。
我走近自己的卧室奴仆们在门旁巡视。
我暗示内心，暂且将自己的激情克制。

372 我进屋姑娘迈着畏葸的步子向我迎上，
她说：谁能亲眼见您的家，该有多幸福。
姑娘竟然对情人鞠躬行礼直令我惊讶，
心想只有爱情上初出茅庐才如此着慌。

373 我过去在沙发床上落座姑娘站立一旁，
她不认为自己与我平起平坐礼数得当。
我问道：既然找我有事为何如此生分？
她什么话也不说，在寂静中默不作声。

374 她答道：因羞愧，我心中痛苦达到顶点，
倘若你认为我此刻来到这里不合时宜，
但是你举止平静得体使我产生了希冀。
我并不抱怨上帝他给了我应得的东西。

375 又说：在你面前，我的思想又一片空荡。
请相信我此说不无原因我来完成使命。
美丽的姑娘要当面向你敞开她的心扉，
但愿这封信能把难以启齿的话语说清。

十一

涅丝丹写给自己意中人的第一封书信

376 见到那封信她的形象又燃起我的想望。
太阳写道:雄狮!伤痛是否使你变相?
我是你的何苦自咎?我是虚华的敌人。
我渴望的一切你从阿诗玛那儿能知晓。

377 为何叹息死亡,难道这是情人的正事?
你让我看到英雄的功勋,勇敢而无畏。
我们的王国自古拥有哈塔伊人的土地,
但哈塔伊人叛乱你应该去将他们惩治。

378 我至今有个梦想希望你能成为我丈夫,
光阴荏苒我在忧伤中未能将此告诉你。
我坐在轿子里发现你突然间昏死过去,
后来我才知道你那些令人悲伤的遭遇。

379 我把所有实情都说了请听从我的劝告:
你去同哈塔伊人作战我等你胜利凯旋。
抛弃你空洞的泪水别把玫瑰花儿弄皱。
倘若我在黑暗中放光明你还期待什么?

阿诗玛告诉我一切,我不再自怨自艾。
还说什么?突然间心明眼亮幸福无比,
心潮起伏感情那明镜似的水面亮闪闪。
脸庞高兴得水晶般清澈面颊红似宝石。

十二

塔里埃尔致心上人的信

381 我将心上人的书信献给了自己的双眸。
回信道:明月,黑夜中太阳如何胜过你?
上帝的建筑师没给我云梯可与你相会,
我如在梦中不相信有足够的力量生活!

382 我对阿诗玛说:我不能做更多的回答。
你向她禀报:倘若太阳你赐我以朝霞,
从死神魔爪中将我解救不留疯狂痕迹,
毫无疑问我必将履行对你的爱情誓言。

383 阿诗玛说,公主吩咐,我们应有个约定:
为了使我们间的交谈不被旁人们察觉,
你去她那里时目光却要对我表示爱意。
姑娘请求统帅保守秘密直至最佳时机。

384 她的主意和明智的想法简直让我着迷,
连太阳亦无法用徒劳的争论使她为难。
从她那里我学会了不让自己蒙上耻辱。
在她炯炯的目光前正午阳光亦显森阴。

385 我赠给阿诗玛满满一酒盅贵重的宝石，
她说：不，在公主身边我什么也不缺欠。
她挑了颗分量最轻的宝石戒指戴手上：
留作纪念！我有许多美得出奇的戒指。

386 姑娘起身离去使我免受那长矛的一击，
欢乐将黑暗照亮炽烈的火焰已经消失。
我重新回到桌旁那里朋友们继续欢宴。
我们乐不可支将礼物赠送又开怀畅饮。

十三

塔里埃尔致哈塔伊人的信

387 信使带着我致哈塔伊人的一封信上路。
我写道：印度国王，他有着赫赫的建树，
谁与他的意志步调一致便将丰衣足食，
不听话者制造麻烦只能够是咎由自取。

388 盟国兄弟和庇护主你们别想挑起不和，
倘若你们忠于职守接令后便火速启程。
我们只能稍作等待不久便将发兵征讨，
不过最好还是放聪明些免得白白流血。

389 我把信使们派遣自己直觉得心花怒放，
我出入宫廷火焰不燃烧我便无法忍受。
世界给予我良好的祝愿令我万事如意，
如今野兽遇见我亦觉寂寞从一旁溜光。

390 有时我想去打猎但很快便把念头打消，
我请朋友参加聚会不分贵贱将他们邀。
但狂热的爱情使我与所有人格格不入，
有时我心中忧愁便会对这个世界懊恼。

十四

涅丝丹邀请塔里埃尔相会

391 有一次我从宫中回来走进自己的卧室，
因无法忘记心上人的面容而难以入睡。
我拥有那么多她的来信心中无比欢喜。
突然看门人唤奴仆台阶旁悄悄把话说。

392 他说:阿诗玛派人来！我吩咐他进来。
她写道:用刀刺向你胸膛的人在等待。
喜悦照亮了黑夜,枯木逢春锁链断开。
我走着一名奴仆同我在一起脚步飞快。

393 我来到花园奴仆隐去再也没有见到他。
阿诗玛在我面前微笑有如天际的光华。
她对我说:好哇！我拔掉你胸中的刺，
去看玫瑰那纯洁的蓓蕾在何处,走吧！

394 她用不小的力气往上掀起沉重的挂毯，
我面前是一张镶满红宝石的华丽床榻。
床榻上是那容光焕发千娇百媚的太阳:
银海光摇那生花的乌黑光芒令我目眩。

395 我站着但她缄默不语虽说我光临应邀。
只是笑吟吟仿佛将那爱情的火花闪耀。
阿诗玛同她窃窃私语后对我悄声说道:
走吧！她不敢说话。我又被火焰笼罩。

396 我同阿诗玛一起返回到挂毯的帘幔旁。
我说:哦,世界！不久前你还打算帮忙,
可为何唤起希望却又将残酷命运赐我?
要知道对我来说分离的考验已是经常！

397 阿诗玛陪我穿过花园回家她许我幸福,
对我说:会面之后,请保持心灵的平复。
将痛苦的幔帘拉上敞开你欢乐的心扉,
在你跟前涅丝丹不能支配自己太拘怵。

398 我说:我期待得到你治疗心灵的药剂,
别忘了你的誓约别毁了我给我以慰藉。
经常给我写信千万别让我的激情熄灭。
倘若了解到什么可别隐藏命运的打击。

399 我骑着马这次会面激起了痛苦的泪水。
我躺在床上无法入睡意识中没有光辉。
我的水晶和红宝石黯然脸色胜过蓝靛。
黎明不可企及漫漫长夜伴我不愿消退。

十五

哈塔伊人给塔里埃尔的回信

400 我们派出的信使这天从哈塔伊国回来，
带回哈塔伊人信函一封语言粗鲁无礼：
我们哈塔伊人并非懦夫拥有城堡无数，
我们不认你们国王我们的国王是自己。

401 可汗写道：莱麦斯国王向塔里埃尔致函：
来信中你完全有失分寸令朕不胜遗憾。
你凭什么决定召回哈塔伊人的统治者？
今后你不再给朕写信对此我坚定信念。

402 我立马派遣行政长官去集合各路军队。
印度半岛的大队人马数量超过诸星辰。
人们不知疲倦从远处从近处奔驰而来，
漫山遍野大道阡陌到处都挤满了军队。

403 人们全不在家中耽搁将所需时间缩短，
检阅令我着迷全军队列整齐甲胄鲜亮，
士兵们人人英姿焕发个个威武又慓悍，
坐骑是高头快马而铠甲是镀锡的钢片。

404 我高举国王的旗帜一面暗红色的大纛，
翌晨大军出发如一股难以置信的洪涛。
我却为自己变幻不定的命运号啕痛哭：
见不到心上人我如何能走过平坦大道？

405 在家里依然悲伤生活的担子何其沉重。
泪水那沸腾的河如冲破堤坝汩汩流涌。
不幸时拥有的权力幸福时反倒得不着。
既然不能摘花玫瑰的魅力于疯子何用！

十六

塔里埃尔与涅丝丹相会

406 奴仆突然进到我屋里这令我大为疑惑。
阿诗玛那里有书信来拿着它心中烧灼。
信中写道:你的太阳在热烈地等候着你,
来吧,这总比在忧愁和哭泣中腐烂要妥。

407 我没能像希望的那样被巨大幸福笼罩。
黑夜降临,我走出来穿过花园的门廊。
那里阿诗玛在栅栏旁的老地方等着我。
她莞尔道:快点儿,见到雄狮月亮心旷!

408 她领着我进楼,那里的楼房层层幢幢,
那夺目的光晕中月亮在对我闪闪发光,
她全身绿妆素裹坐在紫红色的地毯上,
以娇美的面容和婀娜身姿令情感激荡。

409 我踩在地毯边上感情融洽使悲痛消失。
心中阴霾已退快乐柱升起像一轮红日:
靠垫上端坐着那位比太阳明媚的可人,
遮着脸不让我看清只把目光偷偷睥睨。

410 她对女奴说:你让阿米尔巴尔别受累!
我与女王并排坐下那面容与太阳匹配,
这世界令人高兴虽说不期待它的恩惠。
倘若我还活着就要将她所说的话叙汇:

411 为我默默无言的接见你徒然对我生气,
你枯萎如谷地里的花儿缺乏阳光怜惜。
你流着憔悴的眼泪在忧伤中极度悲凄。
但请你相信面对我们的统帅我很羞栗。

412 虽说面对男子姑娘的天性是怕难为情,
但我们若将内心感情永远隐藏更不行。
透过微笑冒出来的是心中暗怀的不幸。
我遣阿诗玛去找你以姑娘的真情自明。

413 自打我们相互向对方倾诉了内心隐秘,
你就该把我当自己人而我便是你娇妻。
这就是我的决心我可做担保对天发誓。
我如若变心便让我从九重天跌入地狱。

414 你出发吧去同哈塔伊人作战保卫边陲。
按上帝的意愿取得胜利再来与我相会。
假若我长久不能同你见面那该多伤悲。
把你的心给我做抵押亦取走我的心髓。

415 我说:若能为你效力,我愿做火的牺牲,
你点燃了我的生命之烛却未将我毁损,

你似太阳艳阳天的光辉将我心儿照亮。
对哈塔伊人我是雄狮我去把他们讨征。

416 作为一介武夫我本不配受到你的青睐，
上苍的慈悲并不足怪一切都由他决定。
你明眸的光华是照耀忧郁心灵的朝霞，
只要大地不将大嘴张开我永远属于你。

417 我当着誓书向她起誓她是我的心上人。
而爱神以重复的誓言再一次向我重申：
倘若我把你忘却让你身处那异国他乡，
就让上天给我以惩罚使得我无处葬身。

418 在温情的呢喃中我同她待了不长时间，
我们尝到细语的欢愉和爱之果的甜蜜。
我打点行装准备上路又将那泪雨抛洒。
心中落下由她身上发出的那光的幕帘。

419 与红宝石离别多么困难她华贵又晶莹，
心儿开始狂跳不已忧伤世界得以复兴。
一切都属于我无论太阳还是太空的光。
在这临别时刻我的心比花岗岩更坚硬。

十七

塔里埃尔向哈塔伊人进军和征战

420 我下令用喇叭般洪亮的嗓音集合军队！
人人摩拳擦掌那整个场面我能否描绘？
由我统领着如雄狮般涌向哈塔伊边界，
走旧路挤得慌走新路我们迈开了大步。

421 印度边界抛在后我们的队伍浩浩荡荡。
莱麦斯汗觉得有责任派遣使者将我访。
还编了一套话挺有头脑想让我变心肠：
印度的山羊眨眼间便能吞掉我们的狼！

422 他们想用莱麦斯的奇珍异宝让我目眩，
并转述道：恳求您，别白白将我们错杀！
我们用誓言保证一定向你们俯首称臣，
我们将带着家当和货物不战前来归顺。

423 我们懊悔自己的罪孽等待你们的宽恕。
你们不必动用军队如神那样慈悲为怀：
千万别朝我们派遣大部队将我国毁灭，

带少量士兵来到我们将城堡拱手相与。

424 我召集众大臣和将领听取他们的言论，
他们说：你还年轻，该听取智者的遗训，
这些人居心叵测对此我们已深有体会，
他们想不让你开杀戒揭穿其险恶用心。

425 我们决定：您先出发，勇士们与您同行，
大部队跟随其后由信使与您互相呼应。
倘若哈塔伊人确有诚意让其对天发誓。
他们不顺从就采取相应措施严惩不贷。

426 他们如此明智的建议我感到十分满意。
我写道：莱麦斯，你的答复我深表同意。
你是对的：离开这世界，不如平安生息。
我将不统领大军而独自前往向你致意。

427 我从大军中挑选了三百名最勇敢士卒，
让他们随我同行其余的全部舍弃不用。
我下令全军：在我后面穿谷地越山川，
倘若需要，一俟我发出信号立刻猛扑。

428 我们急驰了三天又遇见汗的那位信使，
又是那样鲜艳夺目的珍宝和名贵礼品。
他对我说道：汗渴望见到您健康无恙，
他将出迎印度的统帅已经准备好厚礼。

429 并修书道：我恳求的声音道出了真理，

我十分渴望见到您,要亲自将您来迎。
我回复他:我完成您的意愿如同命令。
我们相见定比父子相逢更为令人欣喜!

430 我在林子边休息那里的密林已到尽头。
使者们再次出现在我的面前俯首请安,
驱来可汗的骏马数匹作为赠我的礼品。
说道:可汗渴望见到您,与您意气相投。

431 又说道:可汗陛下说他也走那条小路。
离开汗宫,黎明时分他便可与您相遇。
他已为您的使节搭起大宫殿而非帐幕!
他将亲切接待让他们睡在一起作护佑。

432 对善良人们的善意将永远保存作纪念。
他们中有人突然落后偷偷地对我直言:
我并不表示我欠您什么暂时不想去死,
只不过不想永远忘记我的恩公当叛逆。

433 从小我由您的父亲照管将我抚养长大。
发现反对您的叛变行为我便飞驰到达。
您是玫瑰和梧桐难道我能够见死不救?
请您注意所发生的一切我将彻底传达。

434 这些人在制造阴谋你们可千万别入彀,
敌人已有十万之众的士兵埋伏在前方,
再远些他们还有三万军队等候在小道。
设若您没有巧计胜过他们便无法逃脱。

435 可汗毕恭毕敬欢迎想用假相将您迷蒙，
他们有秘密指令：阿谀奉承，铠甲伺奉。
军队见到黑烟信号立刻飞驰投入战争。
他们多得成千上万自然便将你们战胜。

436 我对他表示感谢，回答得尽可能得体：
我若活着定将重赏。虽说我对你感激，
你也别让旁人发现快同他们一起回去。
倘若我把你忘记那便是我对你的欺骗。

437 我对谁亦不吐一言仿佛将那谗言隐瞒。
我自做决定：听其自然，议论于事无补。
地域将我们分离我只派信使赶赴军队，
传达命令：踏破那崇山峻岭，快速向前！

438 一早我就对使者说，语气少有的和善：
莱麦斯，快来迎接，我欲一睹你的风范。
上午我继续行军并不怕遇到什么麻烦。
命运到处可置人于死地不管藏身何方。

439 山谷上空扬起尘土我从远处便能看见。
我说：莱麦斯是敌人，他已把圈套设下。
我的手用长矛就能将他们击毙不用剑。
此刻全体将士都明白他们面临的危险。

440 我说：弟兄们，那帮人企图将我们背叛。
人人皆知决战中他们一定会手辣心狠，

为王上献出生命者的灵魂将升入天堂。
今天我们要用宝剑决定哈塔伊人命运。

441 我披上铠甲的命令变成了阵阵隆隆声。
我们披挂上阵将锁子甲头盔武装全身。
我们列好队形向前疾驰惩罚即将来临。
这一天我的宝剑让我的仇敌魂飞魄散。

442 敌人接近后才发现随从们都全副武装，
他们又派人前来欲想与我们进行谈判。
他们说:迄今可见,我们并未改变誓言，
见到你们全副武装我们只能表示遗憾。

443 我说道:你们的背信弃义我了如指掌，
但你们决定要做的那件事并不太妥当。
倘若愿意我们来杀一场这才正大光明。
等待你们死亡马刀早在刀鞘里憋得慌。

444 他们的使者回去后再未见使者重新来，
升起的浓烟已暴露出那里有敌人伏埋。
敌军从埋伏处冲出来成两列纵队合围，
他们密集的队形使我们厮杀得更爽快。

445 我握着长矛举起手想戴上钢制的头盔。
我渴望战斗有如渴望拍岸浪进行搏击。
我在军旗下迈开大步全身肌肉绷得紧。
他们的队伍静悄悄但不溃散一片阴鸷。

446 当我一靠近敌军他们便咒骂我是疯子。
我带着强健的手掌向主力集结处冲击。
我将士兵刺穿马儿戳翻但长矛被折断！
多亏我的宝剑出尽风头是谁将它锻铸！

447 我冲入敌阵一如雄鹰落入大群山鹑中，
我连人带马将他们踩压变成一堆肉虫。
人们在空中旋转他们的脚踵闪闪发光。
队伍中只剩下高高的尸首可怜的脚踵。

448 这时敌人全朝我压过来开始激烈战斗，
我那无法抗拒的打击令他们血流成河，
尸体从马上耷拉下像搭在两边的褡裢。
我威风凛凛把他们吓得全都望风逃走。

449 到了傍晚传来他们各路巡逻队的声音：
离开吧别停留上天又要来抽我们的筋，
我们看得见一条可怕的尘带飞速驰近。
我们全将完蛋他们多得像浓密的森林。

450 那是我特意留下的军队急匆匆地赶来。
他们作我后援马不停蹄日夜兼程驰来。
顺着峡谷越过重岭他们全都及时赶到，
驰近时他们吹响进军号角号声震天响。

451 敌人见到他们狂奔起来我们紧紧追赶，
出于一时气愤我们再次飞驰越过战场。
我把宝剑一挥便将莱麦斯打落在地上。

我军把被俘士兵捆绑起来在地上拖荡。

452 我们的后续部队将逃跑的溃军们踩踏，
吓得丧魂落魄的士兵当俘虏给拉下马。
对彻夜未眠的敌军一切如梦惊恐害怕，
虽说还都活着但俘虏的呻吟声似狼嗥。

453 我召唤自己的战士在战场上原地休整。
我的手臂受了剑伤鲜血从伤口里流迸。
战士们一次又一次成群结队过来探问，
他们竭尽全力把我赞扬甚至闻所未闻。

454 他们的词语滔滔使我不得不洗耳恭听。
有的将我拥抱有的则用语言表示祝贺，
名门显贵见我获此成就竟将热泪抛洒，
我宝剑的劈杀令全军都感到动魄惊心。

455 我派遣战士们去打扫战场收集战利品。
对他们来说这差事既轻松又令人开心。
我让那些含有敌意的人流血无论何地，
我迫使敌人不战而栗将城堡大门开启。

456 我对莱麦斯说：我看穿你的阴谋诡计。
既然你是囚犯拿出行动才能饶你不死。
你得下命令谁也不许对工事进行防守。
若不下命令因为不服从你将必死无疑。

457 他对我说：我忠顺于你，一切都听你的，

请你委派我作为庇护主同贵族们交涉，
让他们将命令发布到还有驻军的地点。
我将实行你的法律会把一切归你统摄。

458 我给了他一名贵族又派一队士兵跟随，
因为哈塔伊的驻防军未必会对我归顺。
结果他们交出工事老的少的痛苦哭泣。
我作为胜利者所得珍贵财宝成山成堆。

459 这样我才进入哈塔伊国进行观察巡视，
大门旁他们向我献上所有宝藏的钥匙。
我对各界代表说：请大家尽可以放心，
我不会用烈日烤炙你们虽说气候炎热。

460 从入口到角落我们将所有的仓库察视，
那琳琅满目价值连城无法用言语描记。
在那里我发现了一条卡巴恰[①] 神奇无比，
谁见过都对它的出神入化至死不忘记。

461 我不知道它是从何处搞来及如何编织，
我给旁人看人们啧啧称奇是神的奇迹！
精制的织物将经纬线隐蔽得了无痕迹，
仿佛一团火红的炭将织物熔合在一起。

462 我留下织物给照亮天宇的公主作赠礼，
为国王亲自挑选更珍贵的一切当贡品。

① 卡巴恰，为妇女用的一种质地高贵的头巾或坎肩。

我在那里选了千匹骆驼和强健的骡子，
作为礼物献给王上表示我对他的敬意。

十八

塔里埃尔致印度国王的信和胜利归来

463 我给国王去信:陛下,敬祝您福星高照!
哈塔伊人背叛于我们我让他们遭灾祸。
我无法如期将这一确切消息向您禀报。
汗已成囚徒我将带着战利品晋见陛下。

464 哈塔伊是罪恶之源那里已经被我征服。
我将汗国的专横消灭把所有财宝收罗。
骆驼已显太少每条犍牛都驮上了财物。
不管怎样该国各城市的占领者便是我。

465 哈塔伊国的统治者我带在身边当俘虏。
印度国王纵马相迎充满温情心满意足。
我无力向你转述此起彼伏的褒奖话语!
国王解开我裹伤的纱巾重新替我包扎。

466 他搭起许多美丽的帐篷在广场上安营,
为交谈和会面事先已做好了一切事情。
这天我们在帐篷里随便坐下举杯痛饮,
他宠爱有加坐在我身旁询问我的伤情。

467 我们欢宴度过夜晚时光快乐而又满足。
翌日凌晨我们撤去营垒帐篷纵马进城。
国王下令:让我的军队集合,汇成巨流。
成为我们阶下囚的可汗和部队在何处?

468 被俘的莱麦斯可汗见到国王面容安详。
对他温和恰如在看摇篮里的婴儿一样,
他一团和气对那叛徒和坏蛋表示尊敬,
仿佛这就是国王的美德和勇士的气量。

469 帕尔萨唐设宴款待哈塔伊汗目光温存,
他和颜悦色同可汗进行长时间的谈论。
次日早晨国王问我预先已将判决决定:
你能否宽恕哈塔伊人至今他还是敌人?

470 我说:倘若上天不考虑罪孽将他宽恕,
您也可以做出判决将那无力的人饶恕。
他对莱麦斯说:听着,我饶恕你的罪行,
别再用你那阴险的骚乱将我们心激怒。

471 国王下令所确定的赎金为十万两白银,
全部支付贵重的丝绸和哈塔伊的货币。
国王让贵族和他们的莱麦斯穿着华丽,
不但宽恕他们而且以善报恶赠与钻石。

472 莱麦斯俯首帖耳向国王表示万分感激:
因背信弃义上帝以悔悟让我净化心灵。

倘若我在你面前再犯罪就请将我处死。
于是军队和亲属全都随可汗一起离去。

473 朝霞初升国王便遣手下疾驰来到我家：
我与你分别三月稍纵即逝如白驹过隙，
这段时间我没有尝过用箭射死的野味。
倘若你有精力我们便去狩猎扰乱安泰。

474 我动身去王宫在那里见到了猎豹无数，
王宫四周被鹰隼和苍鸟密密麻麻围住。
国王端坐着已经准备停当面容似朝阳。
他说：很高兴见到你炯炯有神的美目。

475 国王悄声对王后说为的是不让我听见：
塔里埃尔光彩照人比在战场上还潇洒，
他能将朋友的心照亮哪怕无一丝光明。
我要告诉你一件事你去完成别出差池。

476 你不在时我未吐露半句现在该你知悉：
我和你将给姑娘安排未来女王的重职。
要让全世界都见到她是伊甸园的恩赐。
当我归来离马镫你们母女俩都来迎接。

477 我们在群山里的林中旷地上愉快狩猎，
苍鹰猎犬表现甚佳给我们逗乐把闷解。
但是穿过广阔的田野后我们便往回返，
总共只玩了两次就急急忙忙结束狩猎。

478 屋顶上街道上通道上挤满好奇的人群，
我腰悬长剑身穿大翻领上衣英俊威武。
我以泪洗玫瑰[①] 虽说经过征战略显苍白。
人们肃立观望将自己的苦难忘诸脑后。

479 手臂上那条纱巾是战斗留给我的纪念，
令所有忌妒者沮丧缠在手上更显光彩，
国王从马上跃下宫门随即为我们打开，
见到了那灿烂辉煌的太阳我全身战栗。

480 太阳姑娘外衣的反光将整个宫殿映照，
蓦地宫女们站定簇拥着她如花团锦簇，
她的光芒充满屋宇和街道的所有角落，
红宝石和珍珠宛若孪生子将玫瑰点缀。

481 我走近前去脸色苍白悬着受伤的手臂，
王后见到我老远便快步走来将我迎接。
她亲吻我如亲人使我脸颊上玫瑰绽放。
她对我说:该敌人倒霉,他们遇见了你。

482 同国王王后并排而坐我感到无比幸福，
对面就是那太阳面容和盛装令我心醉。
我们只能用目光相互交谈虽近在咫尺，
倘若我将自己目光移开生活便似地狱。

483 国王和王后按我们王国习俗设宴欢庆。

① 诗中鲁斯塔维里常用“玫瑰”“红宝石”“珍珠”等来形容脸庞、明眸和皓齿。

如此豪华的场面人们何处能见此胜景！
葡萄美酒在碧绿鲜红酒樽中闪闪发光。
国王甚至不让酩酊的客人从梦中惊醒。

484 我高兴与他们坐一起表现出极大热忱。
我们目光的交融抹去了我心灵的伤痕。
为了隐藏心的躁动我要做到长久忍耐。
世上还有什么比见恋人的芳姿更甜美！

485 有人命歌手们停下人人垂下头如麦茬。
国王道:这种奇迹我无力用语言表达！
你让军人们嫉妒每颗心儿都生气勃发。
谁决心以你为榜样他的行动绝对正大。

486 虽说我们应该给你穿上极华贵的服装，
但是雄赳赳的武士你还身披这件战袍！
百座仓库的一切任你挑让全身放光华，
你尊重我们的习俗去给自己做件衣裳。

487 给我送来百把仓库钥匙里面装满财宝，
我忙躬身致谢将尘世法庭的国王颂扬。
他们夫妇俩国王和王后将我紧紧拥抱。
分发给军队的礼物任何地方都找不到。

488 酒满樽歌满楼国王就座众人欢声雷动，
盛情款待歌声令人情绪激动热血沸腾，
王后她站起身这才发现夜幕已然消散。
人们尽情欢乐虽说东方早就一片深红。

489 我们全都起身新换的高脚杯不再斟满。
我回到卧室已失却清醒的头脑和精神，
我，感情的俘虏无法熄灭心灵的激情，
我幸福地想着她，她的美丽令我神往。

十九

涅丝丹致意中人的信

490 奴仆出现在我面前告诉我真实的消息：
有个姑娘要见您，她全身将恰得拉披。
我顿时明白过来，心中感到七上八下，
只见阿诗玛走过来顺着她熟悉的小径。

491 见到她令我想起那个魂牵梦萦的形象，
并觉得最好的欢迎仪式莫过于细端详，
我将她紧紧拥在怀里并肩坐在床榻上，
问道：我为之落泪的那位是否已回家？

492 告诉我她的真实情况我渴望得到慰藉。
她答道：我会的，没必要施什么诡计！
今天您已同她见面含情脉脉令你入迷，
我必须毫不迟延，给您送来她的消息。

493 阿诗玛交给我书信一封令我喜出望外。
涅丝丹给我写道：我目睹了钻石风采。
你雄赳赳骑着骏马归来显得多么健美，
我流下关切的泪水自有我充分的由来！

494 既然我拥有一份天赋值得为你添光彩，
我哪怕接受死亡也不会徒然将你伤害。
我将为雄狮把一群玫瑰培育成达尔神[1]。
除非你我不是谁的礼品我对太阳表白。

495 虽说你哭泣但理智告诉我们这并无妨，
从今后你别再流泪保持好自己的健康。
人们见到我们便争论谁更美这很正常。
你将裹伤的纱巾让人带上以此表衷肠。

496 我要将这袭纱巾当心爱之物留作纪念，
你会高兴见到自己的礼物带在我身边。
请你也亲自把我的套袖戴上给我慰藉。
但愿你在生活中不再遇到类似的夜晚。

① 达尔为古代语言中的一个代表光明和晴朗天气的神。

二十

塔里埃尔的痛哭和失去理智

497 塔里埃尔有如一头野兽受命运的摆布，
说:那就是姑娘一直戴在手上的信物。
他把袖套解下它的价值超过一切财富，
他将它贴在自己唇上祈祷命运的祝福。

498 他就这样一动不动死人般躺在墓穴旁，
被巨大力量击打出的伤痕发着青紫瘢。
阿诗玛撕破她双颊上的皮肉血流似注，
但洞穴里的水流再次减轻英雄的悲伤。

499 阿夫坦季尔痛苦叹息将目光投向武士，
阿诗玛号啕大哭，泪水涟涟滴穿岩石。
她使武士恢复知觉将炽热的冰雹熄灭。
塔里埃尔道:世界想将我的鲜血啜饮。

500 他重新坐起脸色苍白但目光依旧错乱，
鲜红的玫瑰变成番红花一样的黄颜色。
再睹她风采的愿望在他身上已然熄灭，
对他而言一切不幸再次在生活中回旋。

501 他对阿夫坦季尔说：我不擅思维能力，
但要告诉你使我心灰意冷的姑娘情形。
你是我的朋友虽说未曾见过我的太阳。
奇怪的是我依旧留在令我厌恶的人世。

502 我乐意见到阿诗玛：我是她的干兄弟。
她一起交给我金丝织的套袖和这封信。
我取下手臂上鲜红的纱巾将套袖戴上，
带给自己心上人这件罕见礼物和回信。

二十一

塔里埃尔给心上人的回信

503 我写道:我被你的光辉所包围,太阳,
心中怀着不和谐的豪迈产生一片柔情。
你令我神魂颠倒的目光激起所有意识,
像你那样金子般的心灵何处再去寻访?

504 我记得这一天那时你恢复了我的生气,
同时从那天起你使我获得了幸福无限。
我收到你的礼物使我的手臂漂亮无比,
我完全无法理解这种幸福的全部涵义。

505 如你所要求的那样我将自己头巾奉上,
这样的头巾简直是奇迹语言无法表述!
请你重新将我拯救别把我这个疯子忘!
除了你我的爱人世上有谁能令我欢畅!

506 阿诗玛起身离去我倒在睡意的怀抱中。
突然我战栗起来她出现在我的梦境中。
我醒来后一切消失生活重又充满苦痛,
我的四周夜色深沉心上人却鸦雀无声!

二十二

关于涅丝丹出嫁的会议

507 我来到宫里,因为清晨我听到了命令。
我站定打听情况,一瞬间将目光聚凝。
我走过去那里有国王王后和三位大臣。
我坐在国王对面按宫廷会议所做规定。

508 国王王后说:根据上天旨意,人生短暂,
老年是我们的伴侣青年时代一去不返。
我们无子只有一女虽说她是掌上明珠,
但是老年无子今后的幸福与我们无缘。

509 我们需要为女择婿我们需要将他寻觅,
让他像我们一样登王位戴家族的标记,
让他高举胜利的旗帜保卫我们的王室,
让阴险的敌人不能磨剑置我们于死地。

510 我说:虽你们没有儿子心灵蒙上阴影,
但公主艳若太阳完全是你们俩的希冀。
得知此情无论谁被选中此人都会乐意。
我同意进行御前会议来挑选乘龙快婿。

511 我们着手讨论内心激动使我满脸发烧。
心想：我能对他们提出什么别的忠告？
国王说：花剌子模的沙赫他国势强盛，
倘若他能将儿子入赘，我们何需他招？

512 我发现国王的意见对在座的并不新颖，
他们彼此交换了眼色此后便做出决定。
我没敢进行反驳此刻我的话毫无力量，
我成了尘土成了草芥，心儿再次战凛。

513 王后说：花剌子模的沙赫是位大国君。
倘他能将儿子入赘，有谁更优秀谦逊？
我知是国王如此教她哪敢再与她顶撞，
我只得表示同意让乌云遮蔽我的黄昏。

514 他们给花剌子模王致函派贵族去提亲：
我们的国家虽然强大却无人继承王荫。
但是我们的帝位上有位姑娘年已及笄。
但愿您的爱子能成为我女婿两相合卺。

515 信使们归来并被慷慨赠与了无数礼品，
花剌子模的那位统治者感到无比喜欣。
他说：如今，神让整个生活的梦想实现，
我们的孩子毫无疑问将互相产生感情。

516 于是又派遣使节去迎接那位年轻女婿。
他们说：既然同意，何必再把时间拖延？

我独自到狩猎场累了便躺下休息片刻，
内心痛苦不堪那胸中只感到无限失意。

二十三

塔里埃尔与涅丝丹交谈及他们的决定

517 无限忧愁使我真想一剑刺穿我的心脏。
阿诗玛派来信使;我重新被烈焰灼伤,
我读着信:身躯如此像梧桐树的太阳,
别再白白浪费时间快快去涅丝丹那方!

518 我骑上马穿过花园只觉心中喜气洋洋。
过了花园便见城堡阿诗玛在它底下站,
她在痛苦哭泣我见到泪水挂在脸颊上,
却无足够勇气用语言使她不再泪汪汪。

519 望着她痛苦的面容我自己也难过惨沮;
与往昔的会面不同我问她好毫无情绪。
阿诗玛在我面前只将眼泪流沉默不语,
泪水刺痛我眸子即使安慰也于事无补。

520 任凭我如何盘问她都默然无言打哑谜,
她高高掀起幔帘将我领进涅丝丹卧室。
我见到月亮的光辉没有忧伤便觉冰释。
心灵被光明照亮但没有融化依旧坚实。

521 那颗太阳没有生辉在地毯间发着微光，
我送给她的那条纱巾不经意搭在肩上。
她全身缟素躺在沙发上样子极度悲伤，
容光焕发的脸庞因泪痕满面变得黯怅。

522 她躺着有如丘陵旁一头被激怒的母狮。
梧桐明月和晨星全都无法与公主相比。
见我丧魂落魄样阿诗玛妹妹让我坐下。
而涅丝丹蹙眉微微欠起身子怒目而视。

523 她说:食言的无耻之徒竟然还敢露脸!
你是个叛徒和背信者违背自己的誓言，
上天将为我复仇让你遭受痛苦和灾难!
我回答她:我不知自己犯了什么罪戾!

524 倘若我不知怎么回事又如何向你禀明?
我有什么错,罪在哪里,看我枯槁面形!
她答道:对背信弃义的人,我无话可应。
作为女人我铸成大错这就是我的不幸。

525 你难道不知花剌子模人要和我结夫妻?
你参加御前会议居然会确认那个主意，
将自己的誓言和对我爱情的约言抛弃，
我要对你的奸诈进行报复对上天起誓!

526 你难道不记得你为爱情呻吟泪洒田地，
难道不记得医生们为你送去各种药剂?

一个男子汉谎话连篇竟然还涕泪交加。
既然不仁那就不义看谁哭泣我还是你?

527 你要明白:不管谁被指定为印度国君,
或用什么方法我依旧是印度的庇护主!
你的事业无法实现收起你那无耻谎言!
你如同自己的思想你的信条就是欺侮。

528 我将活下去,而你必须离开印度国境,
倘若你胆敢留在国内我让你化为灰烬!
哪怕你在天上也找不到像我这样的人!
这时塔里埃尔中断故事在痛哭中呻吟。

529 他又开腔道:听后我又重新振作精神,
我充满力量打算想再次洞悉她的光彩。
可奇怪的是如今我活着却失去了爱情。
阴险的世界你将吸干我的鲜血到何时!

530 我见到床头边放着一本打开的《古兰经》。
我起身拿起它向上苍和姑娘诵赞美诗:
太阳!我被烧伤。请将生命之烛燃尽!
但请宽宏大量允许我啰嗦几句作话柄。

531 倘若我所说的是另一类废话或是谎言,
让上天将我诅咒太阳的光辉陷入黑暗。
但是如若你慈悲聆听便知我决无罪愆!
说吧!涅丝丹说道点头表示让他开言。

532 我说道:太阳啊倘若我将那誓言背弃,
那么就让我遭那天谴雷霆轰不得好死。
难道还有谁能像你那样令我心旷神怡?
我若在爱情上不忠让利剑将我心脏刺。

533 我是被国王召进宫参加最高御前会议,
国王他们早就想招花刺子模人为半子。
在他们的会议上企图持异议枉费心机,
我虽说内心极度痛苦也只得暂表同意。

534 倘若国王不明白印度有自己的继承人,
及自己的统治者,同他争论徒劳愚笨。
塔里埃尔不当继承人有谁能充此大任?
我不知国王想招谁但已无须议论纷纷。

535 我心想需要搞清情况争论只会坏事情。
我对自己说:别激动,需得将傲气抛尽。
毕竟心儿似野兽咆哮灵魂消失在田塍。
如今我把你交给谁或是如何据理抗命?

536 为了心灵而出卖灵魂我的城堡被动摇。
但是初冬威胁玫瑰的那场雨不再喧闹。
我见到朱唇开启花边下露出珍珠妖娆,
她对我说:现在我明白,你选了条正道。

537 我不相信你会去触及口蜜腹剑的门槛,
为了自己平步青云而拒绝上天的金钗。
坚持住！通往印度之路只在我爱情海,

我和你将一起登基不需异国人的襄代！

538 我重新感到了欢乐她已变愤怒为原谅，
不知太阳是世界的欢愉还是美是月亮。
让座和抚爱这是她给予我的意外褒奖！
她这样说道一切烦恼都在她心中消降。

539 她说：有理智的人从来不该行事仓促，
他们的行为才有益，才不为灾祸所憷。
倘若你不接受这个新郎国王便会气咻。
你们互相闹翻印度必将会有灭顶之虞。

540 倘若你接受花刺子模人他便与我成婚，
我们的嘴唇将会发黄双眸也变得混沌。
他们当国王而我们则哀毁骨立受耻辱。
不，不能让波斯人像贵族般趾高气扬！

541 我说：愿上帝保佑，让他别成为你男人。
只要他们一来到印度立刻会被我知闻，
我会像使武器那样干净利落惩罚他们，
把那个上门女婿打残废让他成不了婚。

542 她答道：打仗这件事上，我只是个女人。
但面对敌人的血海我像墙似的站不稳。
假如他们到来你只杀女婿别杀他家人。
真理也许会使干枯的树木恢复其身生。

543 英雄中最勇敢的雄狮此事你就这么办！

别带士兵偷偷地就像盗贼那般将他砍。
别像一群母牛和骡子那样朝敌军蛮干：
无辜人们的鲜血是个十分沉重的负担。

544 完成一切后你要向父王显示自己意图，
向他报告：我决不把印度奉献给异族，
决不将自己继承的王位拱手让给敌寇，
你别屈从否则你的所有堡垒都将崩溃。

545 但是有关你热恋着我的话别向父王提！
这样你将很快置身于正义的光环无疑。
国王便会站在毁灭性的界线旁请求你，
让你领着我一起登上那王位无人可及。

546 她的主张很合我心意便决定如此行事：
我将手擎宝剑挥舞着把我的敌人消弭。
我起身告辞她向我暗示朝她俯下身子，
虽说我渴望拥抱但怎么也鼓不起勇气。

547 我稍许等待便同她离别心灵重又麻木，
眼泪刷刷流下我同阿诗玛在花园趑趄。
短暂的幸福未能克制住许多次的痛苦！
在别离的遗憾中我不急于回自己家寓。

二十四

花剌子模的继承人来到印度
并死于塔里埃尔之手

548 信使带着消息奔驰而来:新郎按时抵达!
但可怜虫却不知道何种命运等待着他!
国王听到消息心满意足不想厄运将临,
他点头把我招呼过去命我坐在他侧旁。

549 国王说:要知道,今天我充满新的福气。
我们要为你的妹妹举办婚礼大摆宴席,
我们要将宫廷库房里的礼品大肆分发,
我们得慷慨大方愚昧无知的人才吝惜!

550 我立刻四处派人吩咐他们把礼品搬运。
新郎已来到并没有超过规定期限许多,
我们的人马出宫迎接客人们已临城关。
宽阔大道容不下他们排列整齐的队伍。

551 国王下令:你们在广场上把帐篷搭起,
时候还早你们先让新郎一行在此休息。
你不在他们便会从另一方将客人迎接。
你就在此迎候那边的人已足够办婚礼。

552 无数顶缎子帐篷搭起将广场染得鲜艳，
新郎来到翻身下马那日子便像主日节[1]!
我们的人彬彬有礼前往迎接毫不拘泥。
他们的军队列成方阵队形整齐不拥挤。

553 我自然因为费力操心而累得筋疲力尽，
我疲惫不堪回到家中打着盹期待安宁。
阿诗玛处有信使来给我带上爱的恩惠:
快走！他吩咐道,纵马往高处上奔驰。

554 我毫不犹豫服从命令往玫瑰花园疾驰。
阿诗玛泪容满面。我说:你为何流泪?
她答道:同你保持联系怎么能不流泪?
但我要为你辩解到何时？这就是问题。

555 我们进屋。涅丝丹神色严厉靠着枕席，
太阳将四周照得炽热气冲冲将我怒视。
她发问道:大敌当前你为何延误战机?
或是你投靠国王与他串通搞阴谋诡计?

556 我大感委屈但急匆匆跑出去未置一词，
大喊道:看着吧,谁在爱恋,谁有所爱。
姑娘唆使人去战斗,英勇的规则何在?

① 主日节,即主日,亦称“礼拜日”。据《福音书》记载,耶稣受难后于安息日的次日复活。为此,基督徒在这一天举行宗教活动以纪念耶稣复活,称为“主日”,也就形成了现在的礼拜日。

我纵马回家。新郎问题解决:他必死!

557 我聚集起百名家奴说:快整装去作战!
我们骑马穿过城市走的是条秘密小径。
帐篷里新郎躺在床上。我想他挺可怜。
我没流血便杀了他虽说流点血亦应该。

558 我把帐篷弯弯的边缘撕成一道道宽条,
抓起敌人双腿将他的脑袋往柱子上抛。
响起看门人的喊声一如童话中的嗥叫。
我骑上马绝尘而去身上的铠甲亮堂堂。

559 消息很快传开快追的呼喊声此起彼伏。
人们将我紧紧追赶我让信使一命呜呼。
我在国内拥有几座城堡敌人无法攻取,
我平静地去了那里悲痛万分别无它路。

560 我派人到处去向士兵们转达我的号召:
请打算帮助我的士兵火速前来我城堡!
黑夜里他们匆忙动身来了一拨又一拨。
战士们心知肚明不惜把自己的脑袋掉。

561 清晨我起床整装黑夜跑在了黎明前头。
我发现国王的三名宫廷大臣前来找我。
国王命令道:要知道我把你当亲儿子,
却为何你不让我高兴反感到无限忧愁?

562 你竟用无辜者的鲜血使我们家遭恶名。

如果你愿意娶我的女儿可以向她求亲！
你使我这个老人的生活变得痛苦不堪，
临死之前你还准备让我与你彻底分庭。

563 我吩咐他们转达：陛下，我比铜铁还坚，
假如我声誉已经下落死还有什么可怜？
你自己知道捍卫权力对我们有多重要。
我指天发誓我要的不是公主而是权限。

564 谁都知道印度王国的王位有多么显赫！
我在你的身边是众人之中唯一继承人。
有世袭统治权的氏族中断只由你治国。
有权继承拥有王位的惟有我别无他人。

565 我有什么可贪图的？你的推论有错讹：
上天给了你一个女儿但不能继承事业。
花剌子模人得到王位那我将得到什么？
我怎么能把王位让难道我的剑不坚韧？

566 你的女儿我不期盼，你可以把她嫁出，
但国家是我的遗产，我不能把它献出！
谁想把它夺走他就将失去自己的生命，
即使无旁人相助没有奥援我也能对付。

二十五

塔里埃尔得知涅丝丹失踪

567 我把使者打发走自己失去理智快发疯，
没听到有关涅丝丹的消息我心急如焚。
我爬上陡峭的土墙进入一片葱绿世界，
却见到一幅可怕景象差点没将我毁灭！

568 我发现两个步行者便转眼纵马到跟前，
那是阿诗玛和她的女伴我便惶恐顾眄：
她头破血流脸庞染成血红色惨不忍睹，
她不像往常那样相迎面无笑容战兢兢。

569 见到这一切我不知所措脸色死灰僵硬。
我冲她叫喊道：快说，发生了什么不幸？
她只是号啕大哭勉强才对我说出一句：
上天发怒将天地砸开使我们遭遇血腥。

570 我下马靠近她又问：告诉我所有真相！
泪水又重新流淌烧灼着她美丽的面庞。
遭遇这深重灾难所有言语都无足轻重！
鲜血从面颊流到胸前手指亦殷红一汪。

571 她说:谁也无法沉默,我定要说出真相!
为这样的消息请你减轻我沉重的负担!
求你让我离开生命它的门槛充满悲伤,
让我摆脱尘世的压迫得到上天的褒扬。

572 谁是新郎之死的肇事者很快便知分晓。
国王得知此事暴跳如雷无法将怒气消。
他可着嗓门下令:把杀人犯给我带上!
并在狂怒中听说寻找你的事虚无缥缈。

573 他们报告说:你骑马从后门疾驰而去。
国王叫道:我知道这晚上发生了变故。
他爱我的女儿,他杀人并非无缘无故,
他们已经会过面无法忍受别离的痛苦。

574 我发誓为遭此沉重打击要将妹妹惩罚,
我曾令她普施善举而不是阴险的魔法。
是她将我女儿诱惑把情人的秘密隐瞒,
我将是一个渎神犯倘若她逃脱了惩罚。

575 国王有个固定习惯从不平白无故起誓,
起了誓决不食言定将它实现坚定不移。
有人熟知内情将国王发怒告诉了女巫。
达瓦尔会看星象知道朝霞是什么预示。

576 某一个上天的仇敌告诉达瓦尔女巫师:
你哥哥当着众人的面发誓要将你杀死。

她回答道:我是无辜的,上天可以证实。
我的哥哥并不了解让我下地狱的原意。

577 涅丝丹同你离别时目中已经没有光彩,
但她裹在自己的头巾里依然柔情绰态。
达瓦尔冲她叫喊的那些话太有伤大雅:
荡妇,你把我毁了,如今也尝尝那悲哀!

578 新郎被你强令杀死,哦,这淫荡的情妇!
为何用无辜的鲜血将惩罚往我头上扑?
你怎么敢招致哥哥来向妹妹实施报复?
你要知道等待你和杀人犯的并非欢愉!

579 她伸手抓住公主将发辫扯得披头散发,
她目光阴沉冷漠冷酷无情将公主毒打。
姑娘只是勉强喘着气将一切默默忍受。
虽说呻吟声不绝于耳但我却无力帮她。

580 达瓦尔召来两名黑奴让他们吃饱喝足。
他们站在姑娘面前像巫师模样儿丑陋。
他们准备好一条小舟爬过去像是小偷,
他们又像卫兵般把姑娘围住让她上船。

581 女巫下令:把她抛掉,那里的波涛汹涌,
那里的泉水神秘莫解不结冰也不解冻。
黑奴高兴得龇牙咧嘴发出含糊的声音。
此刻我全身僵硬撞上山岩也不会破孔。

582 于是他们悄悄漂走有宫墙将他们遮挡。
这时达瓦尔自言:死神为此将给我奖赏!
但是他们就要摔死我活着不如进地狱!
于是她把自己捅死倒在地上鲜血汪汪。

583 而我没有成为长矛的牺牲品是否蹊跷?
我带来悲痛的消息亦等待同样的回报,
请接受我的誓言帮我结束自己的生命!
她身上迸发出的热量竟未将泪腺烧掉。

584 我答道:你无罪,你完成了自己的事务。
我欠涅丝丹许多是否该将她好好保护?
我上高山峭壁下江河大海也要找到她。
说着我便失去知觉心儿重又变得冷酷。

585 激动让我失去理智寒噤使我全身发颤,
我对内心说靠热恋得到的快乐是欺瞒。
只有为寻觅而浪迹荒野才能找到安宁。
如今朋友们将会显示旅途中谁是好汉。

586 我急匆匆整好行装翻身上马绝尘而行,
身后紧随与我同龄的一百六十名勇士。
我同他们一起穿过城门往该方向疾驰,
那里面对大海一叶小舟在波浪中簸颠。

587 我坐上小舟在海上开始我的大洋之旅,
航海家们谁也别想从我身边偷偷开溜。
但我的希望全部落空对命运更加愤恨,

它对我毫不仁慈就连上苍亦将我鄙弃。

588 虽然仿佛期限茫茫其实也就过去一年。
但梦境中的涅丝丹海上人谁也未曾见，
慓悍的战友们却因历尽沧桑全部牺牲。
我不敢责骂上苍！命该如此劫运难免。

589 我重又来到岸上大海的宽广难以承受，
心儿变得如野兽一般廷臣已令我厌恶。
我只落得没有旅伴孤零零一个领头羊，
但创世主没出卖他虽说世界将他抛却。

590 只有阿诗玛和她女伴是我的全部希冀。
三个剩余的生命使我的心情变得轻盈。
有关涅丝丹的消息依旧一丁点也没有，
我为她痛哭将热泪抛洒心中方感甜蜜。

二十六

塔里埃尔与努拉丁相遇

591 夜晚我骑马至清晨发现海边有座花园。
走近一看便见城市及山岩上一排洞穴。
人们的目光伤我心不乐意与他们相见。
我下马休息树木的样子令我感到惊惶。

592 奴仆们坐下用饭而我躺在树阴下休憩。
心儿陷入一片朦胧受忧愁煎熬我坐起。
不管真与假没有打听到她的任何消息。
眼泪从我的眸中流下河流将山谷洗涤。

593 听到叫喊声:有名勇士召唤谁去厮杀,
他疾驰着跑过海岸但显然是受了重伤。
他手握半截断剑全身血红流满了鲜血,
他愤怒地将敌人痛骂毫不吝惜骂人话。

594 他骑匹黑骏马就是如今我拥有的乌骓,
他盛怒而狂暴似飓风顺谷地疾驰而归。
我想见到他便纵马沿着平原一路猛追,
并且想问问是谁使雄狮遭受如此大亏?

595 他没有听清奴仆的问话也不做出回答。
我纵马飞驰迎面赶上想接受他的打架。
我叫道:我该了解你的痛苦！请回答！
他迟疑一下喜欢上了我不再加快步伐。

596 他说:上帝令我长成像你这样的梧桐,
雄狮,我将说出你想知道的一切实情。
老山羊靠阴谋战胜了我们便成了狮子。
哦是的,打倒手无寸铁的人便算强劲!

597 我说:请放心,我们且到花园旁去休息,
战士不回避打击激烈战斗他乐此不疲。
于是我们同行那份快乐如同父子相遇。
我感到英雄的目光竟温柔得令人诧异。

598 奴仆中有位高手医治伤口熟练又精心,
他拔出勇士的断箭包扎伤口毫无疼痛。
我问英雄:你是谁,谁敢让你受此伤害?
他答应向我讲述这些稀奇古怪的事情。

599 他说:我不知道你是谁,怎么将你比拟。
你因何落难？原先幸福的源泉在哪里?
为何娇柔的玫瑰和梧桐的幼芽变黯淡?
为何上帝亲自点燃了明烛又让它灭熄?

600 我住在穆利加赞扎这四周是我的国土,
努拉丁-普里东是我名我当的是君主。

那边厢你休息过的地方全是我的国土,
虽说是个小国但是人人富有生活幸福。

601 祖父将整个王国归由我父亲叔叔分治。
大海间我们有座岛屿祖父令我来统治,
叔叔将岛屿强行夺走这就是灾祸起因。
因为这块领地我们双方开战互相伤毙。

602 今天我狩猎在那大海水拍堤岸的地方。
要知道参加这次鹰猎的人们为数不多,
我吩咐人们留下让部队在大海边待命,
我只带着五名狩猎长随我一起去那方。

603 我乘坐快艇渡过山坡旁的一条小河滩,
我没有顾及亲属根本没想到会有争战,
虽说那边他们的人很多但我没瞧一眼,
我狩猎叫喊声在那辽阔的海面上回荡。

604 我听见他们的喊声发现他们对我不满,
他们在偷运军队我被海浪将退路截断。
此刻叔叔和侄子疾驰而来投入了战斗,
他们的许多人马毫无忌惮地开始杀伐。

605 我亲眼目睹宝剑的挥舞和激烈的打斗,
我在渡口旁抓住小舟,高声喊:别动手!
我开始漂浮,士兵们波浪般朝我冲来。
他们竭力想把我毁灭但未能将我打败。

606 他们那无数军队的进攻使我进退维谷，
他们步步进逼令我陷入顾此失彼境遇！
我击退身后的敌人又落入他们的包围，
箭矢消耗殆尽抽出宝剑它也已经折断！

607 他们将我包围。我飞身上马摆脱围困，
我纵马在海上泅水这令众人惊惶失措。
我的所有人马全部被杀尸首逐浪漂浮。
我奋力将敌人击溃迫使他们狼狈逃窜。

608 不管怎样我不放弃对天意的指责探究，
既然宣了誓我就能向他们报血海深仇，
整个世纪从早到晚他们都应该受诅咒，
我要招来群大乌鸦在他们头上敲丧钟。

609 努拉丁令我入迷我的心站到了他一边，
我说：你且放宽心，没有必要仓促行事。
我同你一起去把他们打入十八层地狱，
谁也不能使你和我一蹶不振垂头丧气。

610 我补充道：暂且我不把自己情况绍介。
倘若以后有机会我将平静地述说一切。
他答道：我热切渴望能听到这个故事。
一息尚存我将为你当牛做马无怨无悔。

611 我们抵达他的城堡它虽小但十分美丽。
所有人都登上土城人人心情极度悲凄，
他们个个失声痛哭将红润的面颊撕烂，

他们拥抱国王连连亲吻统治者的兵器。

612 他们向我伸出双手表示出强烈的爱意,
说道:太阳,你是达尔神请为我们疗治!
我刚走到他们城边便发现城市极富庶,
居民们身上穿的是外国金丝织的锦衣。

二十七

塔里埃尔帮助努拉丁

613 他恢复健康已经能身披铠甲骑马疾驰，
他毫无阻碍便武装起部队准备好舟楫。
他神采飞扬但双眸因操劳而略显困疲。
现在我向你描述一番他战事上的业绩。

614 敌人已做好战斗准备放下头盔的脸甲，
为了乘船至我方他们寻觅得舟艇八艘。
敌人快速驶来而我方坚如岩礁迎上前，
我将敌船弄翻水中浪涛龇牙将它吞没。

615 我抓住那船尾将敌人统统淹没在海上，
我让那死亡到处漂流使战斗痛苦难当。
部分残敌逃进港湾将所有的入口封上。
人们对我感到惊叹全体同声把赞歌唱。

616 我们绕过大海敌人从陆地上疯狂反扑，
那击剑声不绝于耳我们展开殊死搏斗。
我赞赏努拉丁-普里东充满战斗激情，
战斗中他脸若太阳身如梧桐精神抖擞。

617 他亲自挥舞宝剑将那叔侄俩打翻在地。
为了表示贬损他猛地砍下他们的手臂,
他将他们拽在自己的身后抓去当俘虏,
迫使他们的士兵哭泣而自己心里高兴。

618 他们军队开始溃逃我们在后穷追不已。
我们乘胜追击没费力气便将城市占领,
俘虏们被敲碎膝盖像桥墩般摞在一起。
缴获的战利品无数其重量也无法估计。

619 所有放珍宝的库房努拉丁都亲自查封,
被战胜的叔侄俩给他抓起来当作战俘。
他让敌人的鲜血为复仇者在田野飞溅。
他对我说:你是梧桐,我为你感谢上苍!

620 我们回到自己城堡到处是叫喊和喧腾。
艺人们使所有人的心都沉浸在悲痛中。
为对我和努拉丁表示敬意响起赞叹声:
敌人至今在流血全仗你们有力的手掌。

621 军队赞颂努拉丁为国王称我为王中王,
让自己听命于我尊崇我是他们的首领。
他们不明白失去玫瑰我的忧伤更强烈,
人们不理解欢乐中我的内心有多悲伤。

二十八

努拉丁讲述涅丝丹的情况

622 有一天努拉丁-普里东邀我打猎玩耍。
我们爬上一座突兀在海上的岩礁解闷，
这时他开腔道：我要告诉你一件事情，
这座岩礁向我暴露一个景象十分可怕。

623 努拉丁-普里东注意到我探询的目光，
说：有天我想去打猎便骑上乌骓驰骋，
骏马像山鹰飞翔云端又似水鸭落碧波。
我停住看见那边有头鸢鹰在蓝天翱翔。

624 当时我在高处将目光往下投向那海滩。
我发现远处勉强可见漂浮着什么物件，
我感到惊奇何物能如此轻巧在海上漂？
对那幽灵似的怪物我认真思考了一番。

625 我仔细端详见到小艇上几张守卫的脸。
我想那个物体像什么？野兽还是鸟类？
不，那是条船，帷幔从外面轻轻地颤动。
仿佛自身在发光原来是位灿烂的姑娘。

626 两名奴隶登上海岸他们的脸色似焦炭，
他们双手抬着个姑娘发辫竟有一肘长，
她容貌娇美光彩夺目鲜花亦无法媲美，
那光泽照亮整个天空脸上却满是烟炱。

627 欢愉催我去战斗心脏狂跳脸上出虚汗。
我已是一朵未经霜打的鲜花力不从心。
我猛扑过去不想让一个黑人奴仆活命！
听到我骏马的响鼻儿谁还能活着逃散？

628 我催促乌骓芦苇荡里响起喧嚣与叫嚷。
他们急忙逃离就差这么一步我没赶上。
我站在海岸边只见浪涛中留下的痕迹。
我简直急得无地自容失去了所有希望。

629 听到努拉丁的这番话我情绪激动不已，
我从马上拼命跳下来给自己一阵痛击。
我的双手在自己面颊上留下斑斑血迹。
真要命！我未能见到她那苗条的身姿！

630 努拉丁觉得纳闷此人难道遇上了鬼怪？
他可怜我眼泪在他的眼睑间刷刷流转。
他安抚我发誓永远是我的最好的朋友。
他泪如雨下好似那晶莹的珍珠落雪原。

631 努拉丁喊：我真糟糕！干了些什么事？
我说：你要保持好心灵的融洽别悲戚。

那月亮是我的明星思念她我陷入地狱。
我要把一切告诉你以今后你是我兄弟。

632 我向努拉丁讲述了阴忧日子种种灾祸，
他说道：毫无办法，我简直不可能想到，
你，伟大的王中王，竟然处在痛苦之中。
你需要一座宫殿内有代表权力的王座。

633 倘若上帝想让年轻的茎秆成参天大树，
他先会将心脏刺伤然后再把钢刀挪动。
我们头上会轰然作响宣告上天的仁慈，
上帝不使我们陷入悲伤代替的是欢愉。

634 于是我们回宫富丽堂皇的宫殿惹人烦。
我对努拉丁说：瞧，没有你我多么孤单。
要知道世上像你这样的人上帝没创造，
他帮助我们相互见面使我感到很温暖。

635 我将永远是你的朋友假如你需要的话，
但眼下请给我帮助用思想语言和才华。
要想同心上人一起获得幸福该怎么办？
倘若不能给她带来幸福我便撒手人寰。

636 他说：既然印度国君慷慨对我表同情，
我已经不需要从上帝处得到别的福音。
我殷勤好客接待你难道还需要致谢意？
我的心只同你相好为你效劳当你奴丁。

637 航海家们开辟从遥远国度到此的航线，
从各地给我们带来了奇闻趣事和消息，
我们将知晓令你焦躁不安的姑娘情形。
上帝会帮助我使我不欠你太多的情面。

638 我们将派遣勇敢的水手把全世界走遍，
让他们寻找你心中的偶像在何处闪现。
在此之前你应该压缩自己回忆的宽边，
千万别再让痛苦来取代那欢乐的盛典。

639 转眼间他召来众人:拿出你们的麻利劲!
我命令你们立刻乘船四处飘流去远行，
要找到一位姑娘她能抑制情人的激情。
你们须做千倍努力而并非七八次就行!

640 凡是有海船停泊的地方他都派出人马，
吩咐道:到处探寻,有谁听说过她情况。
等待使我精神振奋呼吸变得自由通畅。
没有她我亦感到幸福并为这些天觍颜。

641 努拉丁在庇护主宝座处为我建立王位。
他说:请原谅,我早就该为你设立王位!
印度统治者登王位我们方才感到欣慰!
哪有热心肠的人不愿意为你尽力而为?

642 废话少说！信使们跑遍天涯海角归来。
全白费劲！他们不得不踏遍荒漠野外，
却没找到涅丝丹因而沉默寡言直发呆。

现在我比过去更让自己泪涕零空悲哀。

643 我对努拉丁说:我又落入忧伤的桎梏。
上天是目击者我已经无法用言语交流。
没有你不仅夜晚连白天也变得黑黢黢。
我真不幸那心儿因尘世的痛苦而哀呼。

644 听不到涅丝丹消息我还在此待到何时?
给我敕令让我离开在外面忆及更容易。
努拉丁听到这些话一口血染红了土地,
对我说:哦,兄弟,今后我再见不到光焰。

645 虽说我们感到很难过但我已打定主意。
将士们把我团团围住跪在我面前哭泣,
我和努拉丁拥抱在一起恸号如丧考妣。
士兵们叩头道:我们至死是你的奴隶。

646 我对他们说:我与你们虽说难舍难分,
但我同心爱的人分离这生活并不甜美。
我怎能让她受奴役她可比你们更珍贵。
我不能留下。我的面前只有一个心声。

647 这时努拉丁牵来匹骏马双耳峻四蹄轻。
说:你看,太阳,我把它给你当作礼品,
你别的东西不想要保持着武士的脾性。
它将显示出自己的灵活体态火样热情。

648 我与努拉丁-普里东分别热泪洒湖滨,

告别时我们的亲吻声响彻了辽阔远方。
士兵们表达自己痛苦的方式则是沉默。
儿子离开双亲的目光亦不过如此悲伤。

649 我沿着指定的痕迹前行去寻找涅丝丹，
无论荒野还是大海我没放过一寸一帆。
但我并没遇见一个人曾亲眼见到过她。
我的心变得冷酷无情同野兽没有两样。

650 我心想：如此毫无目的转悠该到何时？
在野兽间和荒漠中我较易忍受住苦罹。
我对自己人说：使你们受痛苦没必要，
我让你们钻树林进山谷拖得力尽筋疲。

651 请你们将我抛弃离开我做命运的主宰，
别让我流不尽的泪水使你们愁容不散！
但他们一听到我的告别之辞便回答道：
我们不愿听到你这样的话语令人伤哀！

652 毕竟谁也不能像你那样当我们庇护主。
我们将随着你的蹄印追随你无悔无怨，
为的是见到你那美的化身及美好形象。
看来我们这样的英雄汉亦受厄运摆布。

653 我留下了他们听到他们的抱怨和感叹，
并把他们带到了一个不见人影的地方。
洞穴成了我的家那里只有马鹿和山羊，
我离群索居孤独一人踏遍群岭和山冈。

654 于是我找到了这个巨人们居住的岩洞。
我们大战了一场结局对他们十分悲恸。
他们将入口挡住杀死了我的两名仆从，
我将精力耗尽又重新感到尘世的伤痛。

655 巨人们的叫喊声在那天空的高处消失，
我用长矛击打令世上的穹隆晃动不已，
尘土使太阳黯淡树枝因坏天气而颤栗，
许多巨人立刻倒下第百位被撕成碎片。

656 兄弟，从此我便留在了此地，等待死亡，
我时而失声痛哭时而在那荒野里发狂。
阿诗玛并未抛弃我为涅丝丹急得要命，
我只是想见到那死神将它的天惠珍藏。

657 在美妙的虎身上我见到了姑娘的形象，
因此我喜欢上虎皮将它穿在自己身上。
替我缝制的是阿诗玛虽说她备受煎熬。
看来那也磨不快钢刀假如我无法自戕。

658 即使圣人们亦无法为我的姑娘唱赞歌，
如今经过意外的波折我依旧将她思念。
瞧我像野兽似的同兽群一起厮混飞奔。
在神灵众多财富中我祈求的只是永别。

659 塔里埃尔抽自己脸颊将玫瑰撕扯揉弄，
红宝石变成为琥珀色水晶棱面受损毁。

那泪水顺着阿夫坦季尔的睫毛如泉涌；
阿诗玛开始跪下，嘴里将祈祷文念诵。

660 塔里埃尔在阿诗玛照料之下清醒过来，
说：我给你带来快乐，自己却痛苦难耐。
我把一切告诉于你却将自己投入地狱。
走吧，去寻找太阳，你的快乐时光到来。

661 阿夫坦季尔答道：同这样的朋友分离，
我感到忧郁它会带来无法计量的泪水，
但我要告诉你实话真理之声并非忧悒，
你去世并不能使你的心上人感到福祉。

662 倘若医生自己病了最好全世界都知情，
他会邀请别的大夫来给自己摸脉看病。
只有那位大夫会向他叙述病情和病因。
只有别人会对病人痛苦提出有益建议。

663 你听着，我是个诚实之士而不擅撒谎。
凡事智者千虑只有那愚人才不求思量。
匆匆忙忙意气用事他的结果只能坏事。
如今我也该去见我那位火一般的女王。

664 见到自己的吉娜晶我将坚定她的信义，
我要告诉她一切说我又见到你的容止。
请以神灵和天宇力量的名义向我起誓，
我们俩决不互相抛弃，我也同样起誓！

665 你得答应我决不离开此地去任何地方，
我也向你保证任何时候决不将你背叛！
我会再来看你，路漫漫对我并非灾难，
我不会再让你的伤心泪留下任何印痕。

666 他说：素昧平生，你为何对我如此爱护？
甚至难分难舍有如那夜莺离不开玫瑰。
我不会把你忘怀哪怕暴风雪漫天飞舞，
神灵将帮助我重睹你那梧桐树的风骨。

667 倘若你玉树临风般的外貌再令我倾倒，
我的心再不会像鹿啊羊啊上田野乱跑。
倘若我欺骗于你便让我遭天打五雷轰！
你的形象将重新洗去我心头无限忧悼。

668 朋友俩用心灵重复着永世不爽的誓言，
红宝石的脸色变成琥珀再也无力思辨。
他们相互敬慕感情弥深再也无法分离，
两位好朋友形影不离度过了这个夜晚。

669 他们啜泣并抱头痛哭呼天抢地泪汍澜，
黎明时分他们分诀相互亲吻互道珍重。
谁能测量出塔里埃尔此刻心情多沉重？
阿夫坦季尔穿过密林忍不住失声大恸。

670 阿诗玛给阿夫坦季尔送行再次作邀集，
她跪下匍匐在地行那邀请的誓约礼仪，
紫罗兰哭得披头散发全身衣衫不整齐。

勇士说道:妹妹,我不让你高兴还让谁?

671 我不会忘记一定再回来不在家乡滞留。
但愿朋友别再在荒野徘徊好让我相遇。
倘若我过了两月的期限你就将我指责,
而眼下你可是清楚我的心头充满痛苦。

二十九

阿夫坦季尔回到阿拉伯半岛

672 阿夫坦季尔往回返忧愁使他胸中压抑，
脸颊撕破玫瑰失色他双手上斑斑血迹，
贪婪的野兽疾驰而来想将地上血迹舔。
勇士策马急驰要将漫长路途缩短距离。

673 阿夫坦季尔重新回到了他部队的驻地。
将士们立即就认出了他全军欢天喜地。
舍尔马丁兴高采烈,老远就朝他奔驰。
他说:真是他！我们多痛苦同他分离。

674 他迎上前去拥抱握手然后再躬身行礼，
他高兴得热泪纵横泪水将那山坡润湿。
说:天哪我见到了什么,是否梦幻成真？
我真不配见到庇护主回到我们的身边。

675 武士深深鞠躬将嘴唇与嘴唇紧贴一起，
简短地说:倘若你别来无恙,谢天谢地。
贵族们向他致敬所看重的是他的豪气。
喇叭齐鸣声音惊天动地全民惊喜交集。

676 他骑马去宫中那里的院子人们常集会，
很快市民们成群结队出现在那个院落。
他立刻参加盛宴目中闪烁着庄严光辉。
那盛大的场面无法来用文学语言描绘。

677 他向舍尔马丁描述异国的美丽和魅力，
以及如何遇上武士世上无人与他配对。
他合上眼睑，让泪水重又猛烈流淌，说：
没有他那宫殿和粮仓对我已经无所谓。

678 舍尔马丁亦告诉他如何保护他的封邑：
仿佛你在命令你的离去始终是个秘密。
阿夫坦季尔摆脱各种事务欢宴一整日，
待到太阳一露面他急忙上路披着晨曦。

679 一路上有什么宴席？连休息也谈不上。
舍尔马丁在前头急驰向国王禀报情况。
这段十天的遥远路程他们只花了三天。
雄狮急于见美人两人一起将世界照亮。

680 他遣人禀报：陛下，您该为那荣光骄傲！
我怀着应有的敬意而非狡猾向您报告：
你不知武士的秘密因而哭泣血泪满面，
如今我已将一切打探清楚来向您禀报。

681 罗斯杰万威严的统治者和全国的骄傲，
召见舍尔马丁想听听他的消息和通报：

阿夫坦季尔将向您把武士的情况叙述。
国王说:我听到上苍对我请求的决断。

682 信使亦向吉娜晶来禀报:英雄的勇士,
正带着消息来见您这消息将使您欣喜。
太阳的竞争对手目光中立刻火花闪烁。
吉娜晶慷慨给予了舍尔马丁许多奖励。

683 国王忙骑马相迎往那个方向风驰电掣。
阿夫坦季尔期待到的是建功般的欢迎。
他们心儿在燃烧纵马飞驰相遇在一起。
许多显贵兴奋得恰如喝醉了琼浆玉液。

684 他跳下马走上前去面对国王躬身行礼。
罗斯杰万亲吻他对上苍表示不胜感激。
他们怀着愉快和幸福的心情走进宫里,
所有刚巧在那里的人充溢相会的欢欣。

685 狮中之王再次向阿拉伯国王鞠躬致意,
他听到了水晶玛瑙玫瑰那悦耳的声音,
心爱人的光辉盖过一切令所有人窒息;
惟有苍穹才容得下它王宫拱顶太逼仄。

686 人们欢宴整整一天美味佳肴令人心醉。
国王的眼神充满对阿夫坦季尔的爱意,
一老一少气度俱佳宛如那雪花和玫瑰。
国王慷慨将礼物分发那珍珠灿然生辉。

687 宴会结束客人们回各自的家脚步蹒跚。
国王让显贵和阿夫坦季尔坐在他对面。
国王聆听他的叙述如何同不幸做斗争，
并询问陌生人情况他如何与骑士遇见？

688 勇士答道：回忆朋友，我很难不作叹息，
要知道这位英雄的脸庞似太阳般标致，
人类的所有美德同他相比均徒劳无益。
但玫瑰花遭受摧残正在变得日渐枯蔫。

689 倘若世界用不幸使人的生命过早凋败，
蒿柳将取代刺柏，玫瑰为番红花取代。
阿夫坦季尔将英雄回忆伤口留着泪痕。
他记起听说过的一切将它们详细叙谈：

690 他占领岩洞大战巨人建起自己的篷门，
他心爱的女奴阿诗玛在那里与他做伴。
他身上只披虎皮绫罗绸缎都与他无缘，
他拒绝一切尘世的享受正在渐渐死亡。

691 至此阿夫坦季尔讲完武士的悲惨故事。
他急忙走向太阳她的光芒在远处闪映。
只听得一个温柔而坚定的声音赞许道：
倘若您赢得荣誉，对您再好不过，勇士！

692 吉娜晶听到这些消息打心里感到高兴，
阿夫坦季尔同样高兴与众人一起欢饮。
阿夫坦季尔回到家一名奴仆已在等候：

吉娜晶邀请他,为这份荣幸他心中欢喜。

693 勇士疾驰而去原先愤懑的心充满欢腾。
那头曾四处飘泊的雄狮依旧精力充沛,
他在珍珠的闪光中听到了欢快的歌声,
心与心交融在一起内心的感情很纯正。

694 宝座上她的目光闪烁着太阳般的雅静,
幼发拉底河的波涛湿润着她苗条身材,
晶莹剔透的水晶装饰着她乌黑的云髻。
我该如何赞美她?这需要雅典的歌星!

695 她让他坐在自己的对面勇士满心喜欢。
命运弄人一对情侣充满了共同的幸福。
话语自由流泻有如辽阔江河滔滔水流。
他听到:你达到了目的,经受无数艰苦。

696 他答道:倘若人们在世上达到了目的,
那就不必再去回忆为此所经受的一切。
我曾见到梧桐树上那热泪如何似泉涌。
英雄宛若一朵玫瑰虽说花瓣不再红俏。

697 我见过梧桐和玫瑰:英雄失宠孤零零。
他说:我失去形象并非玻璃而是水晶。
我明白远方的骑士同我一样充满激情。
随后他向她讲述骑士的全部悲伤故事。

698 他向她讲述武士遭遇到的灾难和忧戚:

上苍如何帮助他达到其心上人的授意，
英雄如何无法容忍和鄙视尘世的恶习，
他如何像疯子与野兽为伍为命运哭泣。

699 我无力把他赞颂，最好还是就此打住，
谁只要见过他一次将不会受人世诱惑，
太阳的光芒令人炫目人世间黑灯瞎火，
玫瑰看似番红花或是寻常一束香堇草。

700 对自己的所见所闻他描述得十分详细：
武士如何居住在那野虎栖息的洞穴里，
阿诗玛如何与他在一起共患难同苦行。
唉，可恶的世界，你让那世人饱经忧悒！

701 姑娘听完那冗长的故事心中感到欣喜，
似皓月用明亮的一面将世界各地照亮，
她说：我该如何回答？他的心上人呢？
何处能找到灵丹妙药将英雄伤痛医治？

702 阿夫坦季尔答：无法履行诺言者可悲！
武士曾对我说过：生活打算将他毁害。
我曾答应如期返回重新去给他以帮助，
并以自己心中的太阳的名义发过誓言。

703 忠实的朋友帮助好友灾祸吓不倒他们，
他将心献心而爱情则是那途中的星辰。
他总是把恋人的痛苦当作自己的苦痛，
同他离别我痛苦异常幸福亦失去踪影。

704 姑娘说:生活的幸福给心灵带来欢笑,
你与骑士在峡谷相逢之后又平安归来,
因此爱情之花更比以前开得绚丽多彩,
充满炽烈情感的心灵也有了医治良药!

705 这世上生活如天气和塔罗斯[1] 变幻无常,
时而是光明与太阳时而是狂风与暴雨。
如今我心中轻松愉快而此前却是痛楚。
既然有了摆脱灾祸的出路就静静等候。

706 你并非背信弃义之徒这是勇士的美德,
你恰如爱的保护神在友情上有始有终。
为了帮助那位英雄需要有位秘密证人。
同你分离我该怎么办? 我的希望渺然。

707 勇士说:我经历的种种不幸已达八趟。
愚蠢地朝冰块吹气这样无法使水升温,
太阳从高处照耀的并非那鄙俗的爱情!
同你在一起遭不幸但你我分离则更糟。

708 逃进荒野? 但大火过后能否保持完好?
心脏对箭毫无屏障很容易成为它目标,
生命的时间缩短整个儿减少三分之二,
在这个世上我找不到躲避痛苦的地堡。

① 塔罗斯为古语言中的神祇,光明和幸福的化身,但变化无常。

709 听了你的一番话我心中已经一切明了！
玫瑰虽说长满了刺有无必要将它拔掉？
太阳，倘若你曾用你的光芒将我照亮，
那么恳请将你随身带的一件物品赏犒。

710 温情的勇士用热情词语把请求对她言，
他们的谈话在阳光的炽热下继续进行。
姑娘赍以珍珠项链结束了热切的交谈。
上帝啊愿你给他们未来日子带来福音！

711 倘若乌黑的玛瑙和晶莹的水晶紧相抱，
或是花园里白杨和梧桐并排哪个更好？
见到它们便好别的只是对幸福的渴望。
远离意中人听到的是叹息：哦，你在哪？

712 一对恋人在两情相依中感到无比欢畅。
勇士辞别后离宫全身还沉浸在欣喜中。
他两眼泪涟涟浩瀚的大海亦无法相比，
他说：我的鲜血亦填不饱这贪婪世风。

713 他痛苦万分骑在马上用力捶自己胸膛，
须知恋人别离时惟有泪与泣是他友朋。
倘若乌云遮住太阳大地上便一片黑暗，
没有心上人心中便昏暗朦胧不见曙光。

714 面颊仿佛变成涌泉血泪汩汩到处流逝。
他说：为英雄事业，阳光让我感到憋气。
奇怪的是黑睫毛竟然烧穿心灵的钻石！

没有她任何欢愉的闪光全都毫无意义！

715 这之前是谁将我赞美成伊甸园的梧桐，
如今这个世界又怒气冲冲将我心刺穿；
它用痛苦的火苗将我心烧得千疮百孔，
我知道这世界上依旧存在欺骗与谎言。

716 勇士流着泪全身战栗说出话来凄惨惨，
忧悒中他蜷曲着身子准备去经受苦难，
离别使他与心上人的爱情蒙上了阴影。
瞬间的世界！你有如坟墓植被和尸骸！

717 他回到自己家呻吟声响彻卧室的拱顶，
他心里无法摆脱心上人那美丽的倩影。
他因痛苦而脸色煞白一如植物经霜冻。
却原来一清早玫瑰便经受落日的暮景。

718 自古以来人心对贪欲的追求深不可测，
它将尘世的痛苦忘却去贪恋新的享乐，
它盲目将黑暗的小天地吹得一片光明，
死的权利或尘世的权力与它完全不合。

719 对人心说了这番话他的内心充满力量。
他把那串珍珠摘下吉娜晶曾经戴过它，
柔和的光华映出他心上人皓齿的光泽，
他把它放到脸上亲吻泪水将珍珠照亮。

720 清晨宫里派来一名侍从向他发出邀请。

勇士高傲地骑着马虽说未眠但无倦意。
为见他一面阿拉伯居民累得筋疲力尽。
国王打算去狩猎锣鼓喇叭全已准备齐。

721 国王纵马疾驰都没来得及把去向说明。
鼓号齐鸣那喧闹声和叫喊声震耳欲聋。
猎鹰遮天蔽日那猎犬的吠声此起彼伏。
那一天野兽的鲜血顺着田野四处漫溢。

722 他们转身踏上归途在田野中享受清凉，
被邀参加狩猎的贵族和军队铠甲鲜亮。
大家就座接待准备就绪宅邸富丽堂皇，
歌手们齐唱颂歌昌吉琴① 奏出华彩乐章。

723 阿夫坦季尔坐在国王旁急忙把问题答，
唇如红宝石闪烁齿若闪电般皎洁明亮。
将士们坐得稍远些国王和谋士们居中，
人人都在谈论塔里埃尔这唯一的英豪。

724 阿夫坦季尔回到家中眼泪湿润了地面，
脑海中浮现出对爱的回忆，目光灼灼。
他时而坐起时而躺下火烧火燎难入眠。
谁能向心灵恳求将隐忍已久的话语说！

725 他躺下思忖：这些天我把什么给了心？
芦荟，我同你分离将伊甸园精华舍弃。

① 昌吉琴为格鲁吉亚多弦拨弦乐器，竖琴类。

与你重逢是幸福不相逢便是莫大悲辛。
你啊,爱之梦的种子哪怕来到我梦乡!

726 他开始号啕大哭痛苦地抽泣泪流满面;
他对心灵说:忍耐是我们智慧的源泉。
考验多么残酷!不忍耐我们能怎么办?
倘若我们期待上苍的善灾难中该坚强。

727 他又重复道:心啊,倘若你如此渴望死,
请准备做出牺牲并忍住生活所有悲凄。
把爱情变成秘密哪怕你已经晕头转向!
请相信,爱的首要职责是保守住秘密。

三十

阿夫坦季尔请求廷臣向罗斯杰万请准允许他再次动身出远门

728 白天来临勇士收拾停当跃马离开家门。
他说:若能掌握心灵秘处该有多幸甚,
接着又呼吁忍耐道:请你将一切忘却。
月色如银他急匆匆朝廷臣家纵马驰奔。

729 廷臣出迎道:如银月色将我的家照亮,
好像要向我的梦想预示你的大驾光临!
随即朝他鞠躬致意并且说出一番话语:
倘若所期望的客人莅临是主人的福分。

730 机灵的主人忙不迭接待勇士满腔热情,
脚下的走道给铺上了华贵的中国地毯。
勇士容光焕发使得整座豪宅喜气洋洋。
人人说:大雷雨给他们吹来玫瑰意兴。

731 他落座人人朝他细观望看得神采飞扬,
意识之光在被俘获的目睹者身上灭熄。
他们呻吟着不是一次而是上百上千次。
终于廷臣下令让所有人退下只剩他俩。

732 勇士一言不发等待着直至所有人离去。
方才说:你在宫廷事务中乃无所不能。
国王虽说是主宰但你的力量无所不在。
你将是医治我痛苦的医生一定得帮助。

733 年轻武士的痛苦对我乃是苦难和火焰,
我渴望同他相见离别使我深感到压抑,
他对我坦率而又忠诚功勋期待着报答。
这样无私的朋友我理应对他满腔热情。

734 急切同他会面的渴望重新占据我的心,
这颗心变得空灵留下的惟有这份感情,
上苍造就他如太阳熊熊燃烧闪闪发光。
而阿诗玛也和他一样,与我情同理枝。

735 离别时我们曾起誓我的誓言气吞万里:
我将回到你身边让敌人见到我的豪气,
我要找回你的太阳使你不再阴沉忧悒。
如今归期已然临近我的痛苦如火如炙。

736 我把全部真想告诉于你并不指望夸奖!
但是我害怕他没有力量等候我的到来。
我不会违背我的誓言友爱将我们连结。
从来没有背信弃义者会戴上胜利花环!

737 请你进宫将所听到的向罗斯杰万禀报:
我发誓,说心里话,您在这里是位主管。

别剥夺我的自由让我离去否则怎么办?
您是庇护者请你治愈我那心灵的创伤。

738 请禀报说:您,国王,享有那无上荣光,
在您面前我全身颤抖上苍见了也动容。
我在火一般痛苦中见到朋友无地自容。
我无法保护好这颗心顷刻便被他俘获。

739 陛下,同这位武士别离,我生活无滋味,
我把自己理智交付他须知疯狂非游兴。
倘若我有益于他这亦将是你一份荣光。
我不撒谎我既不能也无权破坏这誓言。

740 我的离去并不会使国王的心充满忧伤。
只要上苍愿意做的事情我必将去完成。
如若他赐予我们胜利我便凯旋来见您。
如若我不归有你在此敌人亦不得安生。

741 阿夫坦季尔又说:我给你出了道难题!
请你快快去晋见国王拿出自己的气势!
想方设法滔滔不绝一五一十讲个明晰,
而且你将得到一笔十万元的丰厚酬资。

742 廷臣淡然一笑道:酬金请你自己留下,
你给我指明这么一条道我已经很开心。
我把听到的一切将如实禀告我的国王,
他定会加倍给我重赏所得总是很舒心。

743 但我发誓他会当场打死我不让迈一步。
保存好你的金币我找到的是一条死路。
除了生命任何别的对我们都一文不值。
我什么也不会对国王说哪怕有人发怒。

744 我毫无退路却为何要将生命白白断送?
他立马会杀了我:你怎么敢如此起哄?
你应该明白你都听到些什么。真可恶!
活着总比死了的好我习惯于这样推断。

745 即使国王准你离开,军队也不会上当:
放了你,他们何必要从远处看到光明!
你一走,敌人又会兴风作浪挑起事端,
像小鸟那样也想变成雄鹰去搏击长空。

746 勇士哭着说:你看,我想用刀将自己捅!
唉,我的大臣,看来你不懂什么是爱情!
你既没见过情侣也没听说过爱的誓言!
你若听说过为何不见我因离别而神伤?

747 太阳在转动但我却不知道它为何旋转?
我们最好让它停止以免会将冬天焐暖。
倘若我都不知道自己事业和痛苦谁知?
听从愚蠢的建议聪明人亦将遭受灾患。

748 不让军队和国王知道疯子的强烈感情,
我只能不停地流泪独自一人神志不清。
信守诺言是人格的尺度我得遵守誓言。

不曾经历生活的痛苦怎会替生命忧心？

749 作为廷臣你容易心怀卑劣去忍受一切，
我若是钢铁铸成也会变成蜡而非岩石。
我哪怕用天河之水也洗刷不掉英雄泪。
请帮帮我你可以提出任何要求和酬谢。

750 倘若你不愿意我也要偷偷离去如绿林，
为的是点燃英雄的火焰心与心紧相连。
如果国王还需要你他便不会将你背弃。
即使他生气毕竟为了我你也该去冒险。

751 廷臣说:对我而言,你的激情胜过言语。
见到没有乐趣的英雄和眼泪我很痛苦。
有时言多必失有时话中自有一条生路。
听其自然吧但愿生命的太阳带来好运。

752 廷臣说完此话立即动身进宫去见国王。
国王起身将他迎全身如日冕闪闪发光。
但勇敢的大臣未下决心用言辞冒犯他，
预感到结局的可怕一脸的沉思与恐慌。

753 但国王很快便发现痛苦得变形的脸庞。
国王问:你掩饰什么为何那神色惶然？
廷臣壮胆道:不知道,但心中充满痛苦，
你若听了我说的消息有理由将我正法。

754 但这痛苦并不比我亲眼目睹的更心烦。

我感到害怕但它还不足以把使者吓跑。
阿夫坦季尔要同你告别但并非因争端，
离别友人的生活对于他只是烟云过眼。

755 他把所听到的和盘托出虽说胆战心惊。
并结束道:陛下,我已当面倾诉一切:
他如何因生活而感到苦恼如何泪潸潸。
我是死是活如今你都有权亲自作裁定。

756 国王听完这一切气得目光模糊头发昏。
他真令人无法承受脸色苍白面目可怖。
他叫喊:疯子！我不想听这样的话语！
看来,这真是好事不出门恶事千里传！

757 你急匆匆跑来向我报告好似有何喜庆，
却原来口蜜腹剑想做对不起我的事情。
疯子,你怎么敢带着这些话爬来找我?
凭你这样的智力当廷臣已是最大荣幸。

758 看来连你也没想到庇护主会大发雷霆，
你将那些蠢话不妥的话闹得纷纷扬扬。
这样的话只有耳朵不背的人才听得清，
我杀了你,你会把鲜血涂满整个山岭。

759 倘若你不是为阿夫坦季尔而是为别人，
不是为他当说客那么你就当场把命扔。
别让我再见到你,疯子骗子恶棍粗人！
瞧啊,你有多光荣！多么热心多么诚恳！

760 他抓起一把椅子举起将它摔成了碎块，
没有击中但廷臣仿佛被小刀割破脑袋：
你怎么敢说那个阿夫坦季尔又要离开?
痛苦的泪水沾满了廷臣苍白的灰脸袋。

761 不幸的廷臣神色木然步履踉跄心发毛，
他像只狐狸踽踽而行心灵创伤苦难熬。
他阴沉着脸像个贵族迈出宫祸从嘴出。
敌人与敌人互不伤害他却不幸受损耗。

762 他说:上苍向我显示如今我罪孽深重。
我怎么啦,瞎了眼打错了算盘为谁忙?
谁当着庇护主的面忘了君臣高低之分，
他就将同我一样失去宠爱庇护遭祸凶。

763 他惶恐不安步履蹒跚抑郁寡欢心悻悻，
他见到阿夫坦季尔狂怒不已开口责问:
我该如何感谢你？无意中我成了显荣，
我曾经无可指责如今却将那名声玷辱。

764 虽说热泪滚滚他已亲切如初请求报酬。
真令人奇怪他居然振振有词不忘此事!
说是答应过他的事不能再加拒绝反悔。
谁都知道有钱能使鬼推磨即使下地狱。

765 他如何将我痛骂我无法用言语来表达，
他居然把我称作粗人恶棍疯子和笨蛋。

我给他骂得狗血淋头做人都没有资格。
他没有杀我很奇怪吧？是神阻止了他。

766 我清楚干了什么！国王生气事出有因。
惹他生气无济于事自己给自己生悲辛。
谁也无法绕过命运那万劫不复的深渊。
为了你生活幸福我准备接受死的下场。

767 勇士说：留在这里，对于我可能性没有。
倘若玫瑰花凋谢死神便会将夜莺偷走。
为了替玫瑰花寻找露珠他跑遍了各地。
若是找不到那该怎么办？该如何解忧？

768 是真的还是在梦中同他分离无法忍受，
我更喜欢解寂寞像野兽般在田野奔走。
但是我将如何在对敌战斗中向他伸手？
倘若不能信任友人最好便是没有朋友。

769 哪怕国王生气我也要把一切向他禀告，
让他来判断我胸中什么样火焰在燃烧。
倘若他不放我走那我就偷偷离他而去，
我死了但愿我的世界随后也就消逝掉。

770 说完一切主人乐意设宴款待十分慷慨。
他给阿夫坦季尔献上了一件华丽服饰。
给客人们的赠与也丰厚人人喜逐颜开。
直到晚霞在那宫墙上闪烁人们才离开。

771 面容似太阳的勇士亦将十万金币清偿，
还精心挑选了三百匹上等的丝绸锦缎，
以及六十颗价值连城美丽非凡的宝石，
派信使将这些礼物打包送到廷臣府上。

772 他带话说：一份薄礼是否能付清欠账？
我怎么也弄不明白如何才能对你报答。
我要把生命交给你作奴隶无债一身轻，
为了在爱情上同你相比我得履行诺言。

773 我不需歌颂阿夫坦季尔的美德和长处，
他在自己的所有行为中都是美德支柱。
对挚友就应该这样充满那关心和互爱。
人在不幸和痛苦的日子里更需要亲故。

三十一

阿夫坦季尔同舍尔马丁交谈

774 梧桐树般的阿夫坦季尔告诉舍尔马丁：
这一天是希望的源泉幸福愉快的日子，
是你坚定不移忠实可靠地服务的标志。
只有细心的读者能够颂扬他们的业绩！

775 他说：国王不放我，亦不想听我的请命，
他不明白在远方的那位武士我最关心，
没有他，我独自忍受寂寞，简直活受罪，
难道正义公正的神祇能姑息宽容恶行？

776 我决心成为忠于他的人并非没有原因，
好撒谎者和背信弃义者都是神的仇敌。
离开友人他心中痛苦，无法忍受忧悒，
他不能见到人们孤寂的心中一片幽冥。

777 为发现友谊是否存在我们有三种方式：
不愿同朋友分离而与他在一起此其一；
为朋友献出一切不吝惜而不是做样子；
第三是关键时刻奋不顾身将朋友救治。

778 我说那么多话干什么？还是长话短说。
立刻去远方这是我心头要卸去的包袱。
你答应我的请求暂时别把腿伸入马镫，
在意识中牢牢保持我以下训令是根底。

779 首先你必须做好准备完成国王的指示，
你得将你的美德充分展现表现更完美，
保护好家园照顾好军队当好它的首领。
你曾为真理服务那么就更忠实地效力。

780 愿你在对敌斗争中坚强保卫祖国边境，
对忠义之士别吝财物奸诈之徒需处置。
倘若我安然返回定将慷慨委你以重任。
庇护主决不忘忠诚的服务和善良本性。

781 这番话引得舍尔马丁痛哭流涕泪如雨。
他说:我将孤身一人,这倒并不太可怖，
但我怕命运使我失去你内心一片黑暗，
请你把我带走路上我会对你有所帮助。

782 谁听说过有人单枪匹马独行漫漫路径，
或忠实的仆人对主人的不幸漠不关心？
我对你的命运担心如何度过岁岁年年？
勇士说:你不能去！须知我一言九鼎。

783 我并不是怀疑你对我的爱戴真心诚意。
我无法实现请求因世界对我充满敌意。

我能把家托付给谁除了你我能信任谁？
你别去安下心来别再做那徒劳的努力。

784 如果我是恋人就该独自一人四处飘荡，
孤零零的单身汉就该安于命运的感伤，
并在旷野里寻找乐趣别让岁月太沉重。
妖魔的世界就这样建立！你听天由命。

785 别离之后请记住我更加坚定对我的爱，
一生中我不怕自己的敌人不会当奴隶。
勇敢者拒绝悲伤以无畏的心准备战斗。
只可惜有的人不再振作在苦难日子里。

786 对我而言世上所有财富是过熟的黄瓜。
我为朋友带着欢乐歌接受自己的日暮。
倘若日冕对我表示同意我还迟疑什么！
倘若我舍弃心上人那家和宫殿算什么！

787 我将与你一起向罗斯杰万把遗言转达，
为了让他将我所培养的人应分地接纳。
倘若我死去你得活着别再循可怕足迹。
只是请为我一哭听凭自己的泪水滴答。

三十二

阿夫坦季尔给罗斯杰万
国王的遗言

788 他坐下写遗言诉说心灵的悲伤和忧悒：
陛下，我秘密离开，去寻找我渴望的人。
我因他而死没有他我生活包袱太沉重。
告别时请呼吁上苍给我以帮助和恩赐！

789 我知道你最终不会拒绝我的这一决断。
用爱联结起来的贤哲决不会出卖朋友。
我敢于把柏拉图的言词当作遗训引用：
撒谎者两面派躯壳之后腐烂的是灵魂。

790 谎言是所有不幸的根源和安定的丧失。
今生比兄弟还珍贵的人我怎么能背弃？
倘若你不采取行动圣贤堂便毫无用处。
认识的目的在于增加最高方式的严密。

791 圣徒们所写的关于爱情的经书你熟悉。
他们歌颂它赞扬它但愿你为它添光彩！
一曲《爱情使我们变得高尚》响彻云霄。
倘若你不理解那世俗的人又如何知悉？

792 是谁生养了我给予我战胜敌人的荣光，
是谁将一切赐予自然界以无形的力量，
是谁让生命获得极限使诸神永世长在，
谁便能在瞬间使百变成一使一变成百。

793 所有不合好人们心愿的事情都不应该。
没有天上的光照玫瑰花每天都得凋败。
美总是以不朽的形式使人们变得高尚。
难道我抛弃朋友能够生活得逍遥自在？

794 请原谅不管你对我的不听话多么恼恨。
痛苦世界对于我变得憋气我无法再忍。
为了熄灭痛苦的火焰我必须动身离开。
获得了自由的人对不幸已经置若罔闻。

795 叹息无补于事有钱人反倒两眼泪潸潸。
上苍指派给人们的事没中止也未告成。
豪迈的氏族忍受着勇士们的一切不幸，
尘世的创造无法改变自古相沿的规范。

796 神祇交付给我的一切应该由我来完了，
但愿能实现！将一切完成后回归故里，
我将再见到您伟大的君主命运的主宰。
成为一个对塔里埃尔有益的人有多好。

797 若有人谴责我的思想请陛下将我惩治。
难道我的离去中有着作为恶名的口实？

我决不背叛塔里埃尔我非恐惧的奴隶，
我不能让他在天上对我作可怕的指斥。

798 不忘朋友的痛苦乃是一笔不小的财富！
我鄙视那种人如果他是个乖戾的叛徒。
我不对统治者撒谎说鲜红色光芒闪烁！
傲慢的勇士和过时的斗士都毫无用处。

799 没有比士兵怀着恐惧投入血战更糟糕，
面对死亡一个健康者胆战心惊似筛糠。
软弱狡猾的士兵比得上瘦弱的纺线女？
我们获得的美好荣光胜过所有的财宝。

800 陡峭的山峰和深邃的峡谷挡不住死神。
勇士和懦夫在它面前都是同样的命分。
年轻人和老人最终结果全是黄土一堆。
堪称光荣的去世亦远远胜过苟且偷生。

801 陛下，我诚惶诚恐，不敢大胆向您进谏：
倘若有谁忘记他将成为尘土那就错了。
倘若有人白天黑夜无所事事那他快了。
要知道倘若我与你不再见面那就完了。

802 倘若我将要被摧毁一切的世界所抛弃，
我便独自死去不去听那些偶像的哭泣，
不用弟子们给穿衣不用神圣世界抹泥，
但愿你的好心同世界一起接受此消息。

803 我府第里保存有大量珍宝都无法估计，
请把它们赠与穷人并给奴隶们以自由。
请将财富慷慨分给无家可归的可怜人，
我本人也将在他们中间获得美好回忆。

804 从这些珍宝中你若找到什么无法储备，
请将部分用来修桥部分用来建慈善院。
请别考虑我的损失怎么合适就怎么用。
能够替我解忧让我高兴的舍你还有谁？

805 但愿那时贫民们向上帝的祈祷声飞扬，
以便从腐朽中将我扶持保护我的容颜，
从我的脸上发现痛苦让梦想变得温暖，
并将我高高托起让我心上人得到安康。

806 以便从黑暗中将我托向奇迹闪耀之处，
在那里露珠的清香令罪人亦死而复苏，
在那里躲开尘世浮华脸颊亦重新鲜艳，
心灵将获得翅膀飞往那天堂极乐之都。

807 到那时信使不再带着我的书信去你家！
我给你写信诉说自己的灵魂并非拍马。
谄媚乃徒劳无益阿谀奉承终究要完蛋。
请你宽宏大量一个死人何以对你致谢？

808 要是挑选可靠之人我请求选舍尔马丁，
今年这一年带给他的是无穷尽的悲凉。
请您爱护他须知他习惯于陛下的宠爱，

别让眼泪充血的堤坝穿过双眸而溃浸。

809 写完遗言我把手贴在这封遗书的上面。
教养者，理智让我无法忍受与你离分！
请克制内心的痛苦你不必要为我戴孝，
但愿恐惧将四周笼罩面对国王的庄严。

810 手稿到此结束他把书信交给舍尔马丁，
说道：怎么样，下决心说出一切壮起胆。
有谁还能像你那样成为我的忠实朋友？
他拥抱舍尔马丁血红色泪水开始流泻。

三十三

阿夫坦季尔的祈祷

811 他开始祈祷：至高无上的神，天庭主宰，
你令众生时而获得幸福时而陷入悲哀，
你不可思议难以言状创造了公正法律，
你是情欲的统治者请给我力量战胜爱！

812 天啊，天啊，你是那命运的靠山和主宰。
你创造了心灵的诫条为我们诞生了爱。
如今世界又将我引向远方远离心上人。
请别毁坏爱情的播种而让它生根发芽。

813 天啊，天啊，我已经再找不到别的希望，
我恳求你给我希望无论我在旅途何方，
消除敌人力量海上风暴和心灵的黑暗！
倘若我得解救保证向你供献祭品不爽。

814 祈祷完毕勇士偷偷上马离开自家宅第，
不幸的舍尔马丁也被打发掉泪流满面，
他捶打自己鲜血把高冈冲得坑坑洼洼。
见不到庇护主的奴隶何处将幸福寻觅？

三十四

罗斯杰万得知阿夫坦季尔秘密出走

815 如今我要开始另一支歌曲为勇士送别。
这天罗斯杰万没有接见宫廷的访问者，
一早起来他满腔火没完没了怒不可遏，
他下令召该大臣进宫只见他面如土色。

816 国王见到:大臣进得宫来把目光下垂。
罗斯杰万说:昨天你说的话我已忘记。
那阵你得罪了我让我差点儿没背过气，
我意识到,伙计我给你的回击太严厉。

817 你难道已不记得是什么使我如此暴怒?
常言说得好:伤心是张令人痛苦的网。
你要知道不该让我生气这样岂不更好!
如今你回答我的问题将一切重新叙述!

818 于是大臣又把昨天的事儿对国王说道，
罗斯杰万听罢立刻下令向统帅把话传:
如果我把你看作聪明人我便是犹太人，
你莫开口倘若不想让我永远将你忘掉。

819 大臣从国王处出来眼前是个悲痛的家。
他听说左邻右舍得知勇士出走全悲辛。
他说:我不进屋,昨天的轰雷记忆犹新。
谁有胆量谁进去这样的事儿让人伤心。

820 国王未见大臣回来便派人将他四处寻。
那些人找不到站在宫外没敢晋见君主。
国王罗斯杰万满腹狐疑心情越发忧郁,
他说:看来万夫莫敌的勇士已经离去。

821 伤心的国王低下头将阿夫坦季尔回忆,
他内心苦闷悲痛欲绝吩咐将大臣召来:
让他进宫将一切说明虽说他满嘴谎言。
于是大臣又来见国王脸色苍白魂魄失。

822 他刚迈进宫国王严厉目光便向他投去。
国王说:就是说,我们的太阳也已熄灭?
大臣说出一切仿佛有人给他意外打击:
是的太阳不再照耀达尔神也不再保佑。

823 听到这番话国王重又发出可怕的呼叫,
他哭泣:哦你的面容不再将我们照亮!
他揪胡子撕脸颊令满朝文武惊惶害怕:
你去了哪儿?你的光柱都在何处低垂?

824 倘若你的理智与你同在你不会受悲痛。
我该怎么办?我的家处在沉沉黑暗中,

你听从别人却将我抛弃在残酷孤独中，
我为无意中无法同你相见而深感悲恸！

825 我再也见不到你打猎归来的笑貌音容，
你矫健匀称的身材是集市广场的骄傲，
再也听不到你唱颂歌发出的高亢嗓音。
没有你这个宝座这些拱门对我有何用？

826 哪怕你的旅途多么艰险你都不会挨饥，
绷紧的弓会养活你锋利的箭会供你吃，
上苍也会给你增添力量让你战胜苦难。
但是孩子，当我去世，谁来我墓前哭泣？

827 于是人们聚集在一起哭泣声四处回响，
不同种姓的贵族们把胡子撕成小碎片，
那自怨自艾的呻吟声回荡着响彻云霄。
他们说：太阳扭过脸，人的命运黑茫茫。

828 国王流着泪叹息着在宫中会见贵族们，
说：你们看啊，太阳吝啬地照耀着我们。
在他面前我们有何过失他要离开我们？
军队充满忧伤谁能找到挽救它的途径？

829 人们号啕大哭很久过后方始渐渐平息。
国王问：他是一人离去，还是带有奴隶？
舍尔马丁战兢兢进来国王的目光森严，
他呈上勇士遗言生活对于他充满悲戚：

830 我在卧室里找到了这些码放整齐的纸，
仆人们在那里揪头发泪水雨点般洒滴。
他独自一人离去，抛下那些妇幼老少，
我该受严厉惩罚生命的鲜花我没爱惜！

831 读完遗言，众人又开始哭泣，国王下令：
朕命令我们的军队不能穿着华丽盔甲。
召集起孤儿寡妇残疾人等民众共祈祷，
愿上天的力量降临保佑英雄一路安宁。

三十五

阿夫坦季尔动身去
与塔里埃尔再度会面

832 假如月亮远离太阳它的光辉将更明亮，
离得近些它会燃成灰离远则失去太阳。
但玫瑰没太阳会枯萎无阳光它不开花。
那么与心上人分离便会是旧疾添新病。

833 现在我要紧随勇士去远方讲他的故事，
他用哭泣使心儿湿润泪水让我睁开眼。
他时时刻刻祈求太阳用霞光将他照耀，
目光一离开太阳他就用谵妄代替思议，

834 极度的惊慌使他失去自己的语言能力，
泪水如底格里斯河的波涛从目中涌溢。
他兜着圈子在忧愁中用目光寻求帮助。
他催马儿飞跑不知远处的路通往何地。

835 他说：真该死，谁会同你一起忍受别离！
要是给朋友以理智心儿就该朝他飞驰。
要是知道泪水苦涩且让双眸望穿秋水，
要是恋人将痛苦承受对心上人更有利。

836 一切于事无补没有心上人尝不到欢愉，
我欲将自己杀死却怎能让你遭受痛苦！
我不能把这样苦痛加于自己的心上人！
不，我最好为泪的深潭睁开昏暗双眸。

837 他痛哭道：十个相似的倩影深印心上，
双眸粘在箭的睫毛上自行熄灭在荒野。
那是谁的明眸似玛瑙般美丽将我灼伤，
红唇皓齿黛眉将我俘虏秀发令我神伤。

838 他说：太阳，你在格言中是明朗的夜阑，
你超越时间天马行空乃是宇宙的主宰，
你有足够的威力让群星在一瞬间低首，
让我见到那双明眸请别将我命运改变！

839 你有如那神的形象英明贤良熟悉往事，
给我以自由我被关得太久在铁的锁链！
我找到那红宝石却失去了温柔的光艳，
无涯的路途让我感到无法忍受的落寂。

840 他似蜡烛渐渐燃尽命运结局令他神伤，
他怕耽误路程急匆匆往远方策马驰骋。
夜幕降临升起满天星斗令他心驰神往，
他有如同心上人那般与星星把话儿谈。

841 他对月亮说：明月啊，请当着上天起誓，
你让情侣们受爱情折磨并追随其遭际，

你又独自在残酷的悲痛中将他们医治，
请帮助我与被你清辉照耀的面容融会。

842 白天令人痛苦惟有黑夜心灵才得欢愉。
在河边跃下马水的反光就是他的乐趣，
泪水急流般从泪湖中涌出流入那条河，
然后又策马向前勇敢者的障碍在何处？

843 梧桐树般身躯高高耸立独自放声痛哭。
他射杀一头山羊就在山岩旁将它烤熟，
吃完烤羊他又上路胸膛似被战神刺穿，
他说：我拣了些紫罗兰，却撒落了玫瑰。

844 那位勇士说了些什么如今我很难转述，
他号啕大哭说出的话却是那么的舒悦！
他在雪地上留下的玫瑰花瓣多么鲜红！
突然他高兴发现前面是他盼望的洞穴。

845 阿诗玛满脸惊讶急忙朝勇士迎上前去，
她的意识沉浸在眼泪汪汪的喜悦之中。
勇士下马将她亲吻两人只有一个想法：
这相逢如此幸福是因为他们期盼已久。

846 勇士问姑娘：他在哪儿，痛苦是否止息？
姑娘痛哭苦涩的泪水如江河流向大海。
她答道：你走后，他寂寞难耐向往自由，
听不到有关他的任何议论和任何消息。

847 这一消息有如长矛刺穿了勇士的肺腑，
他说：不，妹妹，这样一点儿亦不合谱，
我赶着来找他他却改变了自己的誓约。
既然那么快便食言他何必又要把愿许？

848 与他离别后尘世生活对我已无关宏旨，
究竟发生了什么事会使他将一切淡忘？
他当着神的面起的誓言怎么能够违背？
不过这一切由恶引起我并不感到稀奇。

849 她说道：我理解您心情沉重意乱心烦，
请您相信我说的是实话决不会耍花样。
须知只有健康理智的人才能信守誓言。
可他是丧失理智的人等待他的是厄难。

850 理智感情和意识三者在一起相连相交，
不管理智去哪感情和意识都紧随其后。
丧失理智的人对人的一切都格格不入，
你不了解亦看不到何种火焰将他灼烧。

851 你完全有理由不满倘若被挚友所抛弃。
了解他情感的慌乱对亲人我能说什么？
他没有得到爱的回报用忧伤折磨自己。
目睹他所有痛苦我的痛楚亦无法比拟。

852 永远不会有谁会听说过类似他的经历。
这痛苦不仅使人就连石头也能变尘烟。
猛虎的啸声也在他流淌的泪水中平息。

您说得对:对别人指手画脚那很容易。

853 他离开时全身发着烧当时我曾问过他:
倘若遇见阿夫坦季尔我应该如何回答?
他说:他将见到我在阳光下变成何样。
我会很亲近我们的兄弟誓言坚忍不拔。

854 我将忠实可靠发誓忠于誓言决不虚妄,
会面前听凭泪水流淌将一切默默忍受。
倘若他见到死尸一具愿他一一洒伤心泪,
如果活着愿他惊叹心脏在痛苦中跳动。

855 对我来说从此高山之巅便失去了太阳。
我的热泪流淌将那平原谷地灌溉浸染。
痛苦的叹息和忧伤传播开一浪接一浪。
甚至死神也将我遗忘这是命运的拨弄。

856 中国的一处山岩上刻着一句至理名言:
君子见死而不救失友而不寻乃小人也!
那位玫瑰都无法相比的人成了番红花,
你应该迈开自己脚步急忙去把他追寻。

857 勇士道:我不想向你证明自己的无辜。
你看到我曾惺惺惜惺惺做出自我牺牲。
我离家出走像小鹿一样来到异国他乡,
我踏遍山谷原野呼唤友人将一切求索。

858 清秀的面容围着一圈珍珠和鲜红宝石。

虽说未尝到幸福我到底还是将她舍弃。
我还得罪了国王和王后偷偷一走了之，
以忧闷报答他们的心辜负他们的仁慈。

859 教养我的国王有如生命之神体贴温厚，
他像撒珍珠般将仁慈和恩惠撒于我身，
却被我背信弃义抛弃只落得极度悲愁。
不，我有罪，已不期待从神那里获幸福。

860 你看，我是塔里埃尔朋友，为他遭了殃，
我并没有欺骗他而是日夜兼程来找他，
可是我为他精疲力竭他反倒不知去向；
我徒劳无益白费力暗自哭泣在门槛旁。

861 妹妹，我得结束交谈，我没有工夫闲扯，
过去的事我不愿再提出主意方是上策。
我去把英雄找到或是突然间遭遇死亡，
既然是因祸得病我又何必去怨天尤人。

862 说着他号啕大哭离开了岩洞策马而去，
他穿过芦苇丛涉水过小河朝荒野驰驱。
从高山上刮来的劲风使玫瑰蒙上白霜。
他问命运：我的苦难何处才算是穷途？

863 伟大的上帝在你面前我犯了什么罪过？
为何要让我与朋友分离世界一片阴森？
我一人牵挂两头我知道我真没有招数，
我并不怜惜自己但愿死去而自食其果。

864 亲爱的朋友用一束玫瑰将我的心儿刺，
我履行我们誓言而他却与它背道而驰。
倘若我朋友从眼前消失我便失去欢乐。
除了他我谁也不需要对谁也不会相思。

865 每当议论者装出悲痛的模样我就惊惧，
让脸庞在泪水中腐烂此种不幸有何益？
我做出最好的选择深思熟虑采取行动！
我要找到太阳将他芦苇似的身躯高举！

866 于是他泪如雨下跃马将塔里埃尔寻找，
他寻找呼喊将黑夜亦当作白天不睡觉。
他三天三夜策马穿过峡谷森林和田野，
勇士谁也没见到忧愁重新为火焰笼罩。

867 他说道：天啊，我怎么会令你如此恼怒，
使你将这份痛苦赐予我让我遭此厄运？
既然要审判那就评判并接受我的祈祷：
将我的寿命缩短但让我在斗争中胜出。

三十六

阿夫坦季尔找到失去理智的塔里埃尔

868 勇士骑行痛苦地哭泣红脸颊变得黯淡，
他往上看山谷里黑暗与光明时隐时现。
见到密林旁有匹乌骓缰绳耷拉马背上，
他说：我见到了塔里埃尔！一定是他！

869 勇士望着乌骓心中闪烁着欢愉的朝霞，
像千百条闪光而并非十条将痛苦照亮，
是水晶而非琥珀的光芒使玫瑰放光华，
勇士旋风般往下纵马疾驰渴望再会面。

870 塔里埃尔见到他竟毫无反应像个死人，
他的面容疲惫不堪死的气息依稀可闻。
他默然坐着衣领破碎面颊上伤痕累累，
仿佛狂怒中他已进入另一个世界大门。

871 身旁一头击毙的狮子和一把沾血的剑。
稍远些一头受致命伤的猛虎也已断气。
塔里埃尔的双眸里涌淌出灼热的泪水，
痛苦在心中猛烈燃烧如胸中点燃火焰。

872 他轻慢地睁着双眼其实已经不省人事，
他失去了忍耐力离死神已经近在咫尺。
阿夫坦季尔朝他大声喊想把死梦惊醒，
但怎么也叫不醒忙跳到跟前行结拜礼。

873 他擦塔里埃尔的双眸用手掌拭干泪眼，
他坐在身旁呼唤叫喊想恢复他的知觉，
他说：你见到我了？那就为会面高兴！
塔里埃尔抬起眼皮但没有听他的训言。

874 那里所发生的一切我据实相告无删改。
为使朋友苏醒阿夫坦季尔将他拥在怀。
塔里埃尔醒过来他们兄弟般相拥相抱。
该诅咒的世界怎么创造这和谐的一对？

875 塔里埃尔说道：兄弟，瞧我履行了誓约，
我活着在生命的门槛旁誓言更为严肃。
请把我留下穿过泪雨我将踏上死亡路，
将我安葬在高处别让野兽把我当猎物。

876 他答：我听到了什么，为何受恶的操纵？
谁不像你那样当过情人谁没为情所伤？
凡人中有谁做过这么些了不起的事情？
撒旦的催眠暗示乃是自愿死亡的烟幕。

877 若你有头脑就该明白凡事心胸要坦荡！
有美德的男子汉就该做到有泪不轻弹。

哪怕痛苦万分也该沉着比岩石更坚硬，
人的一切不幸全在于痛苦得丧失理性。

878 你很聪明但并不明白聪明人善于推导。
你在野兽中痛哭怎么能满足你的盼祷？
离开这个世界你怎么明白自己的烦恼？
揭露创伤为了什么？为何疗伤有必要？

879 你说,谁没当过情人,谁害怕火的威慑？
谁不知世人的烦恼谁个不知梦想情人？
没有容貌结果如何面对死亡心又如何？
没有痛苦谁也不会在世上只将玫瑰折。

880 人们问玫瑰你美丽动人体态千娇百媚，
却为何全身长满刺这对你可并不好受。
玫瑰答:有苦才有甜,爱花还须惜花人。
倘若美对人人都开放那它便毫无价值。

881 如果没有感觉的玫瑰尚且明白此道理，
那么谁又能够获得幸福而不经过努力？
如果魔鬼的恶无形体谁能摆脱它逃离？
那么为何要责难世界它有什么不可以？

882 你听从我的劝告骑上马在原野上驰驱，
千万别自觉自愿向自己沉重命运屈服，
接受不合心意的现实而放弃热烈心愿。
倘若这仍无补于事我将不再抱怨痛苦。

883 武士说:我能对你说什么,舌头已木讷?
我无法用模糊不清的笨脑瓜将你理解。
如果我们责备别人忍受痛苦还算什么,
我愿以死神力量将平静永恒生命接纳。

884 面对死神我祈求上苍说的只是一句话,
让心上人在此分离到那里他们再相会,
他们相互见面再同享人间的幸福生活。
请你将我在坟丘的覆盖物下深深埋葬。

885 谁会拒绝同心上人相会?爱情多神圣。
我急忙去见意中人让她进入我的心灵,
我将同她相会一起来开始感伤的宴会。
听了上百次的劝告该由自己来做决定!

886 违背真理必定有害请你理解我的决意!
我急于投入死神的怀抱别再让我退避,
我若留下你亦不会去喜欢上一个疯子。
我将升入神的行列抛弃我的自然躯体。

887 你的话我不理解也没有功夫加以接受,
我一个疯子被死神拥抱一切成了瞬间。
生活中吸引人的一切蓦地成尘世空虚。
被我痛苦的泪水淋湿的土地是我归宿。

888 谁是聪明人智慧为何物?疯子明事理?
如果神志清醒那么你的话语才有道理。
没有阳光玫瑰不绽放无光芒它便枯萎。

别再折磨我！我无法让热情充满心间。

889 阿夫坦季尔继续规劝,说得情真意切;
你杀死自己有何益处？难道别无希冀？
你别一意孤行毫无顾忌地同自己为敌！
塔里埃尔不听劝告,他以沉默作回音。

890 阿夫坦季尔又说:既然不听友人之言,
那就让那灾难来临我也不再让你烦厌,
倘若你认定这样那就让玫瑰合上眼睑,
只是我有一事相求！说着便热泪涟涟:

891 我被高昂的激情所吸引没有留在那边,
姑娘水晶般清澈的面容被蒙上了阴影,
国王家长般责备的言词未能将我留住,
你却不想留意我。谁的目光给我慰勉？

892 别再折磨我别再拒绝我,只做一件事:
来吧,让我再次看到你骑在马上飞驰！
也许能使我心灵的痛苦重新得到减轻。
然后你就随心所欲我在一边袖手旁视。

893 我们上马吧！他重复道并且心里清楚,
转上八圈骑士的痛苦将减轻并且消除,
他将会变得坚强睫毛的帐篷重新张开。
他把武士说服因战胜不幸而感到幸福。

894 武士说:我同意！请将马儿给我牵来！

阿夫坦季尔扶他上马但第一回没驰骋。
他们在田野骑行马儿驱散武士的忧愁。
他们骑了很久看来情况已经有所改善。

895 阿夫坦季尔用引人入胜故事安慰朋友，
双唇似红缎子般闪闪发光将慰藉传播。
这言语能够使老人恢复青春变成顽童，
让人远离痛苦的折磨用理智学会忍受。

896 治忧伤的医生发现他的朋友不再悲痛，
而且欢愉突然笼罩他那玫瑰似的面孔。
阿夫坦季尔进一步扩大他的谈话范围，
既使塔里埃尔恢复神志又治愈了病痛。

897 他在交谈中突然找准机会直言不讳说：
我有一事相求请你稍许袒露一点隐秘：
心上人赠与的礼物对你可是十分珍惜？
倘若你说你如何喜爱将使我精神松弛。

898 武士答：面对完美，我们的语言太苍白。
我们的欢乐和悲伤都共同存在它之间。
在它面前，大地、水和树木都显得虚呆，
但是什么也不用回忆想起它令人悲哀！

899 阿夫坦季尔：我渴望从你处听到这些。
既然你承认我当然也不必要拖延时间。
你珍视一个女奴难道不比物件更好些？
虽然我这么说也许会使你感到很愤激。

900 只有一件金丝袖套能够使你倍感珍爱，
它既没有灵魂亦没有知觉不会把口开，
而阿诗玛你却并不需要她这公道何在？
哪怕把她当作你妹妹让她看到你的爱！

901 她侍候你充满爱意你自己也称她妹子，
并且在你们相遇时决心将她留在身边。
她全身心抚育服侍公主与她一起成年。
真理何在！她被你舍弃该是多么不幸！

902 塔里埃尔说:从你话里,我见到了真理,
听哀号想涅丝丹这是阿诗玛命定之事。
我已不信生活是你及时赶来给我帮助。
既然我活着定找阿诗玛哪怕丧失神志。

903 阿夫坦季尔和塔里埃尔说妥一起上马。
我没有足够的词汇但愿别把颂诗写砸:
皓齿赛珍珠嘴唇似花瓣的玫瑰花鲜红,
能言善辩的口才能引蛇出洞令人惊诧。

904 阿夫坦季尔说:为朋友我可两肋插刀。
只是你自己不能再让悲伤的心受伤耗。
倘若不顺着知识的足迹走知识有何用?
倘若财富不为我们所用就不值钱一吊。

905 苦恼有何用？眼泪能给我们带来什么？
要知道倘若劫数未到任何人不会死亡。

绽放的玫瑰没有阳光尚保持三日鲜活，
若上苍愿意斗争和胜利乃是命中注定。

906 武士回答：为你这番话，我将与你言欢。
老师喜欢明事理之人倒霉的只是蠢蛋。
假如悲哀依旧猛烈那时候我该怎么办？
你我同是天涯沦落人我等待公正判断。

907 蜡在火中燃那是因为它们都充满热能，
但落入水中它便熄灭那是水火不相容！
每个人只是和遭受同样不幸的人相濡。
你知道这颗心一直为忧愁孤寂所化融。

三十七

塔里埃尔讲述他如何杀死狮子和老虎

908 我将要向你详细讲述过去日子的灾祸，
你自己会用绝顶聪明的智慧得出结果。
在毫无希望的等待中痛苦将心灵折磨，
我离开岩洞在荒野疾驰为了解闷排忧。

909 我穿过一片芦苇丛驱马来到巍巍山岭。
只见到顺着林中旷地驰过雌虎和雄狮。
见到它们似乎是钟情的一对我很高兴，
但后来它们可能发生了什么令我吃惊！

910 我站在高高的山岭上惊异于这一场景，
我发现它们竟然是情侣心中感到舒畅。
但是它们突然互相啮咬搏斗得很凶猛，
雄狮猛扑雌虎疾逃没有什么可以赞赏。

911 它们先嬉戏取乐然后又暴怒不可遏止。
它们像喝醉了酒拼命厮杀用爪子猛击。
雌虎像妻子那样鄙视爱情将心思转移。
雄狮在后面穷追不舍狂怒而放肆不羁。

912 你疯啦！我大声喊叫谴责雄狮的行藏：
怎么欺负起心上人？言论会将你咒骂！
我刺雄狮一剑谁让它将爱的权利侵犯。
雄狮脑袋给搬了家它不知世上的刑罚。

913 我扔下宝剑抓住雌虎紧贴在自己怀里，
为纪念被我拥抱过的人我想表示亲昵。
凶猛的野兽发威吼叫用爪子使我染血，
我无情地将雌虎击毙又变得丧失理智。

914 我曾竭力想把它制服但怎么也没得逞，
我将它往地上摔让它脑袋和身子分家！
我记起同心上人的争吵有如乌云滚滚。
让我吃惊的是我还活着还能把眼泪淌。

915 瞧,我的兄弟,这就是我所发生的一切。
被命运压垮的我四处飘泊这难道特别?
我很高兴告别生命,死亡对我尤可亲。
就这样武士叹息着结束叙述哭天抹泪。

916 阿夫坦季尔流淌着眼泪同他一起哭泣，
说:愿你的心变得坚强,它已毁过一次。
要知道神的声音垂青于受难的恋人们，
倘若命运让你们分离当初决不会相识。

917 痛苦是痴情人的伴侣他该诅咒这尘寰。
谁能战胜不幸便能参加那幸福的盛宴。

痴情人的偶像让痴情人遭受万般痛苦。
痛苦中智者发疯而疯子获永恒的安闲。

三十八

塔里埃尔和阿夫坦季尔
来到洞穴并和阿诗玛相逢

918 他们俩边哭泣边朝山洞方向策马而行。
见到他们阿诗玛不知这究竟是悲是喜。
她出洞迎接他们泪水将山坡冲出沟洼,
亲吻使得思维进程加快三人痛哭流涕。

919 阿诗玛说道:非笔墨所能形容的神祇,
你至高无上完美无缺用阳光照耀世间。
你法力无边我怎能将你高举备加赞扬?
你光荣伟大却不让痛不欲生的我去死!

920 塔里埃尔说:妹妹,我流下了许多泪水,
为饱经风霜的幸福世界用不幸做报复,
那是早已有之的老一套而非新的套路。
我可怜你对我来说死亡才是我的归宿。

921 聪明人想喝水他不会把它洒落在地上。
泪水从我眸中流淌这种结果令我吃惊,
流掉一切又渴望湿润恰如在炎热天气。
遭殃的是一串珍珠和撕碎的玫瑰花瓣!

922 阿夫坦季尔心向着太阳和情人的玉貌。
说:受忧愁的折磨,别离生活如何度过?
远离亲人生活在孤寂中使我无法忍受。
关于我谁会对你说什么命运不济的话?

923 玫瑰知道没有阳光将失去自己的容貌!
倘若我们的太阳落西山我们将会如何?
心儿最好变得坚强像毫不动摇的岩礁。
为了见到心上人你应该学会控制心潮。

924 他们俩似落日后的天空心里变得轻松。
阿诗玛领他们进岩洞用热泪浇灭忧伤,
像过去那样在脚下给他们将虎皮铺上。
朋友俩在那里坐下促膝谈心互诉衷肠。

925 到了吃晚饭的时候他们开始将羊肉烤,
虽说没有面包款待他们的勺子也太小。
他们请塔里埃尔用餐他对食物已疏阔,
所有东西只吃了一丁点也许都尝了尝!

926 对人们来说能听到谈话是高兴的事体,
但也得会听别把话里的意思理解错误。
有时心灵的表白能有效影响热烈感情,
受苦的人们也可愉快分享沉重的悲凄。

927 这一晚两个雄狮般的英雄在一起畅叙,
将脑子里装的所有痛苦全都一一倾诉,

直至翌晨将言语编织有如冗长的叙述，
并且再一次回忆誓言那最重要的话语。

928 塔里埃尔说：我们无须把话拖这么长，
对你的善行神祇将会久久地给予奖赏。
我们用誓言起过誓而并非只借着醉意，
我们不会忘记朋友哪怕离开得很久远。

929 恳求你将我的火焰熄灭别再陷入深潭！
让我热情迸发的那股火并非来自火镰。
那火厉害它创造世界你若救我必自焚。
你该回到阳光明媚富有生气的她身旁。

930 创世主无法帮我，我的悲哀如此深重，
谁了解我但愿他明白为何我落荒而逃，
我也是个有理智的人也曾经有过创造，
命运使我丧失理智可怜的大脑受创伤。

931 阿夫坦季尔说：对此我难以做出回答。
你自己说出这句话同时亦把智者召唤：
上苍怎么就不能用智谋医治心灵创伤？
他为整个宇宙用上天的光使种子发芽。

932 上苍有意这样胡乱安排有情人的生计，
是让他们经受别离再重新结合在一起。
痛苦是痴情人的伴侣这将给你以帮助。
倘若你们不能重相逢就让我一命归西。

933 竭尽全力鼓起勇气就能忍受任何考验，
面对痛苦和命运不靠毅力难道靠争辩？
你别怕：比起吝啬的世界上苍更慷慨。
听朋友的！只有蠢驴不吸取教训经验！

934 学习的第一步就在于接受你所见所闻。
为了来到你面前我将自己的太阳抛下，
告诉她，你如何把我心中的火焰点燃。
我不再在这里滞留我是多余话的敌人。

935 我的心上人对我说：我对你表示钦敬，
你帮助不幸的塔里埃尔就是对我有情。
我同她讨论了一切来找你并没喝醉酒。
她若问：狗熊为何回来？我如何回禀？

936 与其徒劳地喋喋不休，还不如多听听：
只有自觉创造才能摆脱事业上的困境。
如果阳光从旁而过花儿便将徒然凋零。
我始终是你兄弟，没有我你孤身只影。

937 你就照老样生活在自己所期望的地方，
在自觉的行为中随你成为怪人或智囊。
带着这样高傲的气派这样端正的体态，
熊熊烈火中你得坚持住别向死神屈从。

938 我的所有祈祷全在此。你知道过一年，
我走遍天下带着消息来岩洞与你再见。
我们的标记便是明年五月玫瑰盛开时，

但愿玫瑰一如狗的吠叫声能把你唤醒。

939 如果一年的期限过去我尚未回到这里，
就是说大祸临头，我已经离开了人世。
到那时随你兴高采烈或为我痛哭流涕，
对我来说一滴泪痕便能使我感到满意。

940 说这番话莫非是想让你心中觉得悲戚？
也许马儿将我抛下也许漩涡将我吞噬，
对此保持沉默的只有不会说话的牲畜。
我如何知晓我的命运将把我送至何地！

941 塔里埃尔回答说：我将尽快结束交心！
我知道你并不会听从我那恳求的言辞。
如果朋友与你肝胆相照你该同他和好！
结果任何秘密都会变得更清楚更亲近。

942 请你理解我那沉重的命运，以表同情，
无论在此地或是他乡，对我全都一样。
虽说我丧失理智但定将服从你的意志，
不过待到你我相会我是否能活到那天？

943 于是他们的谈话到此为止并拿定主意，
沿山谷去转悠一圈猎杀一头野兽回来。
待到他们带着猎物回来心儿重又呻吟，
想起明天的离别两位朋友又痛苦哭泣。

944 诗篇的读者你亦遭受到痛苦的哭泣吧！

倘若别离使心与心变得懊丧该怎么办?
在遥远的地方告别朋友后冷漠地分开!
谁不明白生活的痛苦教训将能教会他。

945 清晨两位朋友骑上骏马与阿诗玛告别。
阿夫坦季尔塔里埃尔和姑娘流下热泪,
他们的脸颊通红如火比烧红的炭还艳。
两头雄狮吼声震天吓得野兽战栗不歇。

946 于是他们离开洞穴号啕大哭充满悲切,
阿诗玛流泪呼喊:谁为雄狮们唱赞歌?
阳光灼灼天堂巨星将我们的雄狮灼热,
我无限痛苦这种生活对我是极大磨折!

947 两位骑士告别岩洞一起跃身纵马驰骋。
他们离开陆路在海边找了个过夜地方。
这一晚他们没有分离最后再互诉衷肠,
行将到来的别离使痛苦叹息更为频仍。

948 阿夫坦季尔对朋友说:泪泉已经枯干,
你离开努拉丁独自驰往森林徒劳无益,
通过他我们才能达目的找到你的太阳,
我去找他,告诉我哪里是他家的门槛。

949 塔里埃尔告诉他怎么走能找到努拉丁,
并且解释丧失理智并不影响他的表达:
你朝东一直往前那里有挡海浪的围墙,
把我的情况告诉他,他记得我如兄弟。

950 他们打死一头野兽海岸上升起了炊烟，
他们开始吃东西痛苦中只能随遇而安。
这晚上两位朋友在树下找了个宿营地。
生命碌碌时而吝啬时而慷慨反复无常！

951 晨曦初露两位朋友起身相互紧紧抱拥，
听到他们彼此互道珍重人人无不动容，
他们的泪水如从裂罅中涌出滔滔不绝，
他们站着拥抱忧愁将他们俩融为一统。

952 他们哭泣撕揪头发悲伤得脸颊变了样，
他们不得不分手彼此消失在芦苇丛中。
暂且他们还相互看得见声音此起彼伏。
太阳低垂光线歪斜紧贴在变形的脸上。

三十九

阿夫坦季尔动身去找努拉丁

953 阴险的世界为何将我们引向不复万世？
像我一样谁顺从于你眼泪便从不停息。
你将我们抛来抛去却抽走那生命之梯，
但上苍对受你歧视的人们却充满关爱。

954 阿夫坦季尔的痛哭悲哀之声直达天际，
他说：现在我一如以往，在流血在哭泣。
相逢和别离对我来说都同样沉重悲戚。
这世上人与人各不相同有着巨大差别。

955 他那带血的泪珠喂饱了荒野上的野兽。
勇士耗尽精力已无法预防危险的火柱，
想起吉娜晶暴风雨使他感到心事重重，
透过那玫瑰图案水晶的光芒熠熠生辉。

956 玫瑰凋零失去生气白杨在风暴中摧折，
水晶和红宝石的边缘映着浅蓝的颜色，
但他顶住死神的猛攻悲痛中决不气馁。
他说道：失去太阳，阴天并不使我惊愕。

957 他对太阳说:你是吉娜晶面颊的反光,
你和她相同的面容将山谷和群山照亮。
因此你的形象赐予我一个疯子以安宁。
但你为何要扭过脸去使我的胸膛冻僵?

958 只要你离开一个月我们就将感受严冬,
倘若我失去了两个太阳怎么能不变冷?
但岩石不知痛苦,忧伤无法将它战胜,
须知刀子治不了创伤只能带给它苦痛。

959 骑行者对太阳说,把痛哭声传向天河:
上天啊,你拥有无上权力,我求你首肯。
你让一些小人物登天给幸运儿以王位,
请让我看见情人明眸别让白天变黑夜。

960 沙特恩①,请你让我号啕大哭悲观失望,
让心灵蒙上阴影坠入黑暗那无底深渊,
把我像骡子那样负着痛苦的重担驱赶,
并告诉我的恋人:他用眼泪代替向往。

961 朱庇特②,我向你恳求给我真实的判定,
允许我们公正地做心与心的温情争辩。
请别昧着良心有意让老实人愁肠寸断,
你知道我本无罪请别揭那心灵的伤情。

---

① 沙特恩,即萨图尔努斯,古罗马的播种之神,土星即以他命名。
② 朱庇特,罗马的天神,相当于宙斯。木星即以他命名。

962 阿瑞斯①，我恳求将我胸膛刺穿不留情，
并用鲜红鲜红的鲜血将我的铠甲染红。
请你告诉我的心上人我备受精神伤痛，
须知你很清楚我已失去了生活的意兴。

963 维纳斯②，请帮助我！烈火燃烧我胸腔，
谁那么妙不可言皓齿红唇充满着热情。
是你亲自赠给所有美人佳丽这份礼品，
为的是像我这样不幸的人儿丧失理性。

964 墨丘利③，我悲惨的命运只能同你相比。
太阳将我掳去那炽烈的火球把我焚尽。
请将我的痛苦描绘满眶泪水便是墨汁，
我的身躯和纤细的毛发注定做你的笔。

965 明月啊，可怜我吧，我将像你那样渐黪。
我同你一般阴晴圆缺全由那太阳控驭。
请告诉我的心上人我如何被爱情征服，
但愿她记住我的最后叹息将为她而吁。

① 阿瑞斯，即玛尔斯，希腊神话中的战神，宙斯和赫拉的儿子。为了纪念他，人们把一颗行星命名为玛尔斯（火星）。

② 维纳斯，即阿佛洛狄忒，爱情、美和恋爱的女神。在古典时代的艺术作品中，她的形象是一个韶华正茂、容光焕发的女人。诗中原文为 Аспирос，亦即 Венера（金星）。

③ 墨丘利，即赫尔墨斯，最初是畜牧之神，牧人的保护者。后成为奥林匹斯山诸神的使者，宙斯的传旨者。在现代诗歌中，他往往成为“报信者”的同义词。水星即以他命名。

966 日月星晨整周来一直将我的爱情歌吟，
墨丘利朱庇特沙特恩和太阳脸色苍苍，
而阿瑞斯维纳斯和月亮全都垂下眼睛，
向我的心上人宣告辛酸痛苦没有止境。

967 他转而对心灵说:你没有将眼泪流光。
难道就这样不免与恶为友将生命毁伤?
我知道我的心上人那头秀发黑如渡鸦。
倘若我们无法忍受痛苦又如何有福相?

968 我将更好地活下去哪怕生命遭受怀疑!
假如我能见到太阳又何惧这样的忧悒!
他泪容满面把歌唱歌声是那么的甜蜜。
如此美妙的嗓音使夜莺也成了猫头鹰。

969 野兽从四处跑来将他动人的颂歌倾听，
河中的顽石亦跳出水面来欣赏那歌声，
它们聆听哀歌惊异于它的魅力而痛哭。
他流泪歌唱只见到处泪涟涟深表同情。

970 世上的生物鱼贯而来匍匐在他的前头，
有大海上的鱼儿空中的鸟儿山中的兽。
甚至从边境两边跑来希腊人阿拉伯人，
还有法兰克人俄罗斯人伊朗人茨冈人。

四十

阿夫坦季尔在努拉丁处

971 他独自顺着海岸纵马走了七十个朝夕。
他发现一艘航海家的舟楫在浪中疾驰。
待他们驶近他问：请告诉我，你们是谁？
这是什么国度国内谁是你们的庇护主？

972 他们答：你真英俊无论身材还是脸庞，
你令人心醉神迷无法停止对你的赞赏。
这里是土耳其领土努拉丁是我们国王。
若你如此容光焕发我们便将一切奉达：

973 所有土地牧场都属于努拉丁-普里东，
他是光荣的战士和骑手豪迈而又大方，
任何恣肆的敌人均无法将太阳光毁损，
天上和人间的中介人是我们的普里东。

974 勇士说：一条大道使我和你们喜相见，
我自远方来请把去往王宫的道路指点，
我该怎么走离见到国王的路还有多远？
他们同他前行直至那望不见边的堤岸。

975 航海家作答:这条路通往穆利加赞扎,
手持宝剑武艺高强的国王将向您致意,
哦,梧桐树,从这里走尚有十天的路程!
可为何从外乡人心中抹不掉你的痕迹?

976 勇士说:弟兄们,你们不用冥想苦思。
难道冬天凋敝的玫瑰将你们目光迷离?
待到你们能见到我鲜花盛开充满活力,
我便会在热烈的交谈中成为一道美景。

977 勇士同他们告别继续自己原先的行期,
他那梧桐树的身躯无可比拟心比铁坚。
沿岸的森林疾驰而过为昔日幸福哭泣,
水仙流下雨水将雪白清澈的面容溅湿。

978 路途中遇见的任何人都愿意为他效力,
像见娇艳的女友那般想一睹他的风姿,
同他难分难舍相见恨晚无法忍受别离,
为他准备好了仆役给他详细解释一切。

979 多日的路途缩短穆利加赞扎近在眼底,
只见田野里冒出一支军队作狩猎游戏,
他们像攻城略地那样将原野团团围住,
叫喊着用利箭将野兽像麦穗似的射死。

980 他问路上相遇的人:他们在那儿干吗?
他们为何喧闹为何像报警般大吵大嚷?

答:是从穆利加赞扎来的普里东军队,
他们在打猎将山谷里里外外重重围困。

981 他迈步朝军队走去英武豪迈举止得体。
我将如何描绘?他兴高采烈、神采奕奕,
与他别离如逢严寒相见则似红日当空。
他芦苇般匀称挺拔的身材令路人发痴。

982 蓦地一头草原雕开始在营垒上空翱翔。
勇士闪身而出立即投入对猛禽的搏杀。
一枝箭腾空而起那大雕坠落血染山坳。
他跃下马将雕的翅膀折断又翻身上马。

983 伏兵们并非无能之辈箭头都对准了他,
却经不住他的目光停止射箭朝他靠拢,
他们排成两行或观望或顺其足迹踽行。
你是何人?他们舌头蠕动畏葸地问他。

984 国王普里东站在谷地斜坡上神采飞扬,
贴身侍卫们在那里围绕着他来回巡察,
阿夫坦季尔往前走身后跟着全体士兵!
君王大吃一惊,他恼羞成怒双眸通红。

985 国王派遣奴仆:过去看看把命令传达,
为何队伍溃乱不成军瞎子般慢慢游荡?
但是使者见到英姿勃勃的阿夫坦季尔,
顿时失去理智说不出一句话噤若寒蝉。

986 阿夫坦季尔心知肚明是国王将他派遣。
他对奴仆说:快去禀报我想会见王上!
说一个外乡人来到光荣的普里东王国,
以塔里埃尔结义兄弟的名义前来致意。

987 奴仆带着阿夫坦季尔的问候回来禀报:
我见到了太阳,他的光焰将白天笼罩。
面对他圣贤也会发狂对此我深信不疑。
他说是塔里埃尔的兄弟来向陛下敬告。

988 听到塔里埃尔的名字普里东松了口气,
他深受感动眼泪簌簌从他双眸中涌溢,
玫瑰变色,狂风声在他的睫毛中呜咽。
终于相逢在一起赞美的话语彼伏此起。

989 国王普里东离开山脊来会见远方亲友,
见到勇士便说:这确实是太阳的光焰!
阿夫坦季尔的容貌比他听说的还俊秀。
他们跳下马互表敬意哭泣声道出问候。

990 不同的国度和民族并未影响他们亲和。
阿夫坦季尔和普里东互相将对方吸引。
太阳告别天陲,两人的面容令它汗颜。
市场上金钱丁当响却买不到这对玉人!

991 想同普里东角逐可哪有他同样的力气?
但阿夫坦季尔的美德盖过所有的豪气。
天宇中,太阳令所有灿烂的巨星黯然,

不显山的蜡烛只有到夜晚才照亮冥阴。

992 两人同骑一匹骏马去往普里东的宫邸。
于是射击停止箭入囊,狩猎到此为止,
大队士兵聚在一起想一睹勇士的风姿,
他们说:创世主何能造出这等美男子?

993 勇士对普里东说:所有一切你该知悉。
我立刻告诉你,我是谁来自哪个城市,
我如何遇见塔里埃尔如何与他成知己。
我只配给他当个奴隶他却认我为兄弟。

994 我是罗斯杰万国王的勇士由他扶养大,
我名叫阿夫坦季尔被授予统帅的权力。
我出身名门国王他把我当儿子般培植。
对于敌人的诽谤我凛若冰霜抵忤对立。

995 有一次我同罗斯杰万国王一起去狩猎,
在田野里见到塔里埃尔泪涟涟心悲切,
我们感到奇怪便将他邀请却遭到拒绝,
我们不知他痛苦有多深反倒把他怒瞥。

996 国王立即下令要抓住暴烈的虎皮武士。
谁知他轻而易举便将我们的人马杀死。
被砍死者的灵魂在祷告词中随风飘逝,
而他隐藏在月光路上疾驰着不见踪迹。

997 见到他的士兵们遭杀戮国王勃然大怒,

他亲自将武士紧追不舍誓报奇耻大辱。
塔里埃尔见到后有追兵并未引颈自毙，
他朝乌骓一抖缰绳，立刻便踪影全无。

998 我们找不到武士便认定这是魔力作怪。
国王他心绪忧闷再亦无心设盛宴款待，
没能够得知武士的秘密我亦备感痛哀，
我感情冲动不能自已决心策马去寻探。

999 我找了他足足三年走遍天涯废寝忘食，
从被他击败的哈塔伊人处打探到踪迹。
我终于找到枯萎的玫瑰那黯淡的残花，
他把我看作兄弟向我伸出了爱的绿枝。

1000 他夺取巨人的岩洞用鲜血将悬崖浇注，
只允许一个女奴阿诗玛接近自己营地。
心中充溢昔日的激情而非今日的爱意，
那黑宝石朝与他分离的床头这边低垂。

1001 姑娘孤零零独自哭泣眼泪将岩洞洗涤，
武士替她把猎物捎回有如雄狮对幼狮，
他啖野禽但痛苦重又在林中将他召唤，
他不承认人的种族人的面貌令他厌弃。

1002 我以新的力量渴望将他的一切细探究，
他把自己和心上人的心对我和盘托出。
有关他凄惨的命运非人的语言可描述，
他在为幸福进坟墓的梦想中渐渐死去。

1003 他像月亮四处飘荡，将山谷周遭照亮，
由你赠与的乌骓宝马他骑着从不卸鞍。
他像头野兽避开人群把人言当成恶语。
我、阿诗玛和记挂他的人都为他悲伤！

1004 我燃烧着他的火焰为他惋惜为他哭泣，
塔里埃尔的挫折和不幸盖过我的理智，
我的任务是寻找姑娘在陆地还是海上。
我动身回家国王他在暮色中迎候伫立。

1005 我请求重新上路悲伤的国王他不同意。
我听到被我舍弃的军队那悲怆的哭泣。
但我偷偷上路绝尘而去不让眼泪流淹，
为挽救塔里埃尔四处奔驰像失宠浪子。

1006 他告诉我你的情况如何把你看作兄弟，
我发现这种完美无缺无法用言语表示。
该在何处找到太阳请给我出个好主意，
亲眼看到她有多快乐见不到便是惊疑。

1007 普里东听后满脸通红心儿在隐隐作疼，
两位结义兄弟抱头痛哭比歌声还动情，
因恸哭过度他们的胸部颤动得更频仍，
泪水湿润了玫瑰在浓密的睫毛上蓄增。

1008 士兵的营垒里传来哭声比嚎叫还凄烈，
他们有的抓破脸颊，有的将外衣撕裂，

普里东大声呼喊国王的嗓音刺破苍穹：
哦世界，居心险恶和谎言是你的圭臬！

1009 哦兄弟，我没有足够的言辞将你颂歌，
你是天上的太阳将光路颠倒来到世上，
你是心灵之旗快乐之本幸福生活之源，
你是夜空中闪烁的繁星一条光辉之河。

1010 自从与你别离我的生命变得毫无价值，
虽说你无法听到心里却始终把你挂记，
别离对你微不足道对我它可是座地狱，
没有你我的生活并无欢乐天下不吉利。

1011 普里东的悲痛与这番话相结合动人心，
人们不再做声全都神色肃穆跟着他行，
阿夫坦季尔的英姿重又点燃新的光芒，
他的一对乌黑的湖泊在浓睫毛下掩凝。

1012 他们进城，只见宫殿装饰得富丽雅典，
朝廷的文武百官列队出现在他们面前，
排列整齐的廷臣们身披铠甲腰佩宝剑。
目睹阿夫坦季尔的风采人人感到兴羡。

1013 人们进宫随便就座那宴会盛大而丰怡，
显贵们足有一百之众，全都彬彬有礼，
阿夫坦季尔和国王普里东并肩坐一起，
水晶玛瑙以及红宝石令众人深感欢喜。

1014 佳肴美酒如山举觞豪饮喝个一醉方休，
普里东侍候英雄阿夫坦季尔有如挚友。
盏盘频换用以适合山珍海鲜美味佳馐。
见到阿夫坦季尔的形象人人充满欢遒。

1015 一天将尽宴会结束听不到醉人的声音。
阿夫坦季尔来到蓄水池边绸缎铺满地，
若给显贵们做衣裳穿在身上价值万金，
还有贵重的腰带和华服令人悦目赏心。

1016 他在那里逗留了好些天虽说不无烦闷。
他与普里东一起狩猎或娱乐聊作解闷，
他在近处或自远方射死野兽箭无虚发。
所有人想同他一争胜负只得甘拜下风。

1017 勇士对国王说:请听朋友的肺腑之言:
同你离别将使我本人遭受心灵的创痍，
但是我心急如焚内心感受极大的悲辛，
我必须赶紧动身上路反对也毫无效验。

1018 一点不假离别时泪水将我的视线模糊，
但处在友人痛苦的火焰中我不能停留。
他疾驰只要心相通滞留对旅人不是福，
请告诉我太阳情况你见过她是在何处?

1019 国王答道:我决不会将你的行程耽误。
你是被另一枝矛刺伤你的封邑已失去。
去吧，上帝保佑，去把敌人化为灰土!

但同你分离我到哪去找救星摆脱痛苦？

1020 你孤零零一人在路上奔波我不能允许，
我要赠你几名可靠奴隶路上给你照顾。
马和骡各一匹驮盔甲以减轻旅途劳苦，
没有它们玫瑰将起皱并受泪水的冲刷。

1021 他叫来几名在他心里颇有好感的奴隶。
他们扛来盔甲一副有头盔护腿和护肩，
还有六十公斤黄金验过重量辨明真伪，
一匹骏马是贵重礼物配有精美马鞍子。

1022 外加一头大马骡装满了被褥腿力强健。
国王普里东亦骑上骏马亲自为他送行，
在不可避免的分离中被心灵之火灼伤：
严冬怎能奈何我们若太阳与我们同在？

1023 离去的消息不胫而走，人人泫然流涕，
市民和商贩们痛苦地哭泣跑拢到一起。
他们的叫喊是告别的雷鸣在高空轰响：
视力正常的人离开太阳亦成睁眼瞎子。

1024 两位朋友绕过城市来到汹涌的大海边，
普里东曾在此见过天仙般的姑娘踪迹。
两个充血的湖在那里痛苦得流下泪水，
普里东随着问题一直把女俘往事讲示：

1025 两个奴隶脸漆黑把太阳姑娘拉上舟舫，

姑娘本人似水晶红宝石美眸乌黑发亮。
我纵马往那边疾驰为的是同黑奴厮杀。
见到我他们开船离去快得像鸟儿飞翔。

1026 此刻两位朋友再度拥抱禁不住泪涟涟，
亲吻的火焰令他们激动心儿在火中燃。
结义兄弟告别如亲兄弟那样难舍难分。
勇士离去挺拔的身躯模糊国王的视野。

四十一

阿夫坦季尔去寻找涅丝丹并与一个商队相遇

1027 一名勇士沿着林中空地在月光下疾驰，
他想起吉娜晶公主心情才变得高兴些。
他说：我们中间横亘着可诅咒的世界。
你只剩下将伤口治愈的回春良药一剂。

1028 英雄心里比毒药还苦烈焰将心儿熔弃，
心肠变硬从三重岩间替自己寻找盛意，
但一次打击不可能使人遭受三次创痍。
在世上我只见到毒物使你的理智丧失。

1029 阿夫坦季尔带着四名奴隶走海上航道，
在这世上他到处给塔里埃尔寻找良药。
眼泪白天黑夜不停流淌比大海还宽广，
世界对他只是在禾秸或斑岩里的小草。

1030 顺着海滨他朝途中遇见的人打探消息，
他将百天缩成一秒问众人太阳的情势。
他从高处望海滨有群骆驼在那里徐行，
赶牲口的人们挤挤插插默默挤在一起。

1031 一支极大的驮运队在那里将空间占满，
人们一个个惶恐不安痛苦得目光黯淡。
勇士向他们躬身答礼乱哄哄声音响起。
他问商人你们来自何方？并开始交谈。

1032 商队队长名叫乌萨姆为人聪明又能干，
他履行古老的职责高声致颂词作回答。
他说:向太阳致敬,您给我们带来欢乐!
请向我们靠这就向您讲述我们的悲叹。

1033 勇士下马并听到:我们是巴格达客商，
全都信奉穆罕默德美酒非我们的享乐。
我们带着自己的商品朝海城大门进发;
我们经商不零售我们的财富堆积如山。

1034 我们走着突然在海滨发现一具人躯干，
我们前去救援听到咿啊声并非人语言。
我们问他在此干什么说的是什么土话。
他答道:海上遇难,我死里逃生受重伤，

1035 有支埃及商队与军队一起航行在海洋，
我们带着许多珍宝同乘几艘大船远航。
海盗们得以用大锤和长镰将我们战胜，
全体牺牲我不知如何出现在你们船上。

1036 雄狮和太阳,这就是我们发愁的原因:
若返回等待,我们的损失将无法估量，

若起航我们因不长厮杀之道必遭灭亡，
或进或退都不容许我们去作冒险尝试。

1037 勇士道：说困境中道路艰险这是谎言，
你也许摆脱不了命运以及上天的安排。
就让你们无辜鲜血化作雨落在我身上，
但你们的敌人必在颤抖中死在我剑下。

1038 商队全体人员的目光中满含感激情绪，
他们说：海盗吓不到英雄，我们何所惧，
他满怀希望乐于助人我们愿意跟他走。
他们准备好舟楫从防护堤旁飞驰而去。

1039 他们在大海上航行天气晴朗碧空万里。
勇士的情绪极佳战斗的苦楚不值一提！
突然一面海盗旗展开在天空高高飘扬！
海盗们高举长镰和平的船队处境危急。

1040 敌人吹着喇叭冲过来喧闹声愈来愈密。
见到众多海盗商人们胆战心惊把头低。
阿夫坦季尔说：你们别怕海盗的长矛，
今天你死我活转眼间我就将他们杀死。

1041 我不到劫数不会死任凭他们朝我袭击，
倘若命途艰难多舛长矛的打击躲不及，
兄弟和高塔都帮不了哪怕它高耸入云。
得此道者其心必坚我深信这么个道理。

1042 你们是商人害怕厮杀对战斗自然陌生，
见箭矢你们避开身强者可用门扉阻隔。
你们将看到我如何像雄狮朝他们袭击。
我要杀得海盗船上伏尸无数血流成河。

1043 勇士披上铠甲以狮子的刚毅腾跃闪身，
他抄起一根粗铁棍子用作自己的支撑。
他大胆沉着开始在船尾监视四处巡查，
他目光敏锐出手沉重令敌人魂不守舍。

1044 海盗们的喊杀之声响彻大海绵延不断，
他们挂住船舷猛烈撞击商人们的海船。
勇士屹立在船之尾满怀豪情勇敢无畏，
手掌沉重有力似雄狮用粗棍打掉跳板。

1045 他接着又把长镰打落，舟楫完好无损。
海盗们见事情不妙惊恐万状抱头鼠窜。
没来得及逃跑勇士已出现在他们跟前，
他身手矫捷武艺高强将他们砍翻在地。

1046 他对敌人宰羊似的大开杀戒毫不留情，
有的给抛入大海有的在船舱里命归天，
他一拳打死八个回身一脚又踢死九个。
伤者只有藏在死尸堆里才得以把命捡。

1047 他大打出手把敌人彻底消灭随心所欲，
他们恳求饶恕：上帝将记住你的恩惠！
他饶恕了所有伤者和行走困难的人们。

使徒名言录说得对:恐惧是爱的源泉。

1048 人别不虚心别夸口说你如何强大威武,
你鲜有力量倘若没有神的诫条的帮助。
大森林毁于小火星,星星之火可燎原,
谁积德行善,他就会受到上苍的庇护。

1049 阿夫坦季尔找到无数珍宝在敌人船上,
他叫来商队众人把无价之宝摆成一行。
乌萨姆高兴见到阿夫坦季尔喜气洋洋,
念祷词表示感谢又一百次将勇士赞扬。

1050 众人也都七嘴八舌将阿夫坦季尔颂扬,
人人容光焕发却无法将高尚品质表达,
他们大声说道:天哪,我们见到了奇迹,
一道瑰丽的阳光将夜的黑暗照得通亮。

1051 商人们还亲吻他的手足抚摩他的脸颊,
将他勇士的所有引人入胜之处来赞扬,
甚至他的容貌也让哲人失去清晰思想:
你用勇士有力的巨掌使我们摆脱不幸!

1052 勇士说道:光荣属于至高无上的上帝!
他在上天以巨大的力量将那宇宙驾凌,
他天马行空行动神秘有时将天幕撕开,
请相信聪明人不拒绝世界秘密和奇迹。

1053 上帝挽留多少怯懦灵魂的生命和鲜血!

我只是个不幸的人！孤零零有何作为？
我消灭你们的敌人做了我能做的事情，
那满满的一船货物但愿对我们有好处。

1054 殊死的搏斗中神奇的战士取得了胜利，
战友中他最出色获最高荣誉理所应当，
但在赞誉和祝贺声中他表现极为平静，
虽说身上有伤依然鹤立鸡群光彩奕奕。

1055 事不宜迟人们当天便将海盗珍宝细览，
稀世珍宝美奂绝伦多得一天也看不完。
商人们将货物搬动置于自己保护之下。
他们将敌船摧毁焚烧而不留任何痕斑。

1056 乌萨姆向阿夫坦季尔转达他们的决议：
我们胆小如鼠似废物靠您保护把命捡。
我们这里的一切全是您的上苍都明悉，
您赐给我们些什么我们全都称心如意。

1057 勇士答道:哦,兄弟们,我已对你们说过:
显然是上帝听到你们哀号给你们帮助。
我所为何足挂齿？是上帝将你们拯救！
我孤身单骑还需什么？更何况那货物！

1058 倘若收藏奇珍异宝对我是莫大的乐趣，
在我家便能拥有,因为我有家财无数。
我是你们的旅伴你们的财富于我何需？
在勇士的生活中我当另有自己的志趣。

1059 在这次战斗中所获得的一切财宝珍奇，
你们谁想要便请拿走我决不私下藏匿。
我只有一事相求但愿能替我保守秘密：
我需要抵达预定地点十分安全又隐蔽。

1060 我请求你们别把我的真实身分去宣示，
请尊称我为萨拉姆,我是你们的头领。
我将装扮成客商公开同商人们做生意。
请以我们间兄弟情谊发誓保守此秘密。

1061 乌萨姆替大伙作答一番话令商队满意：
和你在一起是我们福分定将言听计从，
你亲自对我们所说的正中大伙的心意。
我们不为您太阳服务还可能为谁效力？

1062 他们赶快离开海岸无数灾祸还将发生，
光芒闪耀的达尔神给了他们个好天气。
为了表示对勇士的尊敬话语滔滔不绝，
有如赠给他一捧珍珠使皓齿光彩熠熠。

四十二

阿夫坦季尔抵达古兰沙罗

1063 阿夫坦季尔乘船渡海极目远眺心欢愉。
眼前突然展现城一座美丽花园绕城郭。
园内鲜花怒放姹紫嫣红令人赏心悦目，
那份令人惊奇的美叫我如何加以描述！

1064 水手将船系牢拾级而上有座花园富丽。
阿夫坦季尔坐在椅子上身穿商人服饰，
给装卸工发签子让他们从船上卸货物，
勇士成了商队的头儿蒙着脸儿做生意。

1065 不久便有个园丁朝他待着的地方走近，
见到美男子仪表堂堂便情侣般入了迷。
阿夫坦季尔提问题如老练的达官贵人：
你们的国王如何称呼你们是何方人士？

1066 又说：请你将所知的一切详细告诉我，
这里的市场上什么货物便宜哪些价高？
园丁回答：见你的形象可与太阳媲美，
我将把实话全告诉你完全可以相信我。

1067 你走上十个月依然还是这个滨海强国，
古兰沙罗是她的首都美丽而引人自豪，
此地谁都享有从海上运来货物的权利。
此地苏哈夫国王会让幸运儿腰缠万贯。

1068 衰颓的老头儿来到此地也会变得年轻，
我们在这里生活歌舞升平欢乐无止境，
这里一年四季玫瑰盛开酸橙硕果累累。
所有外国人因我们的富庶而快乐喜幸。

1069 大部分商人在这里买卖兴隆万事如意，
他们买进卖出在那边亏损到这里获利，
哪怕是个穷光蛋来到此地一月便发财，
谁囊中空空来到此地一年便日子肥实。

1070 我是乌欣的园丁他是当地商会的首领。
我斗胆向你进言卖主们通常如何行事：
你现在所待之处这座花园是他的宅邸，
他必定首先检查你带有什么值钱东西。

1071 所有来到此地的商人都向他通报姓氏，
谁也别想避开所有货物都得向他展示。
贵重物品得向他出示金子倒入他布袋；
然后才是商品自由出售挣来金钱大批。

1072 像你这样受人尊敬定会习惯在此休憩，
他会像通常那样吩咐替你安排好府第。

不过眼下他出门在外无法将你们迎接。
通常他都亲自迎客体面地请大伙欢宴。

1073 但是他的妻子法蒂玛夫人现下正在家，
她殷勤好客笑口常开天生一副好心情，
我去向她通报她定会邀请你们如友好，
月亮升起前就会有人来领你们进关卡。

1074 阿夫坦季尔答道：那就走吧，谁来都行。
园丁急忙离去，跑得他胸前大汗淋漓。
他向法蒂玛报告：有人来我们家做客，
他的美貌和风采就像升起一轮红太阳。

1075 他本人是位商人又是一支商队的头领，
他的身躯和目光就像那十五的明月亮，
他身上鲜红的服饰看上去似黄金闪烁，
他打听货物的价格我作了最好的回禀。

1076 于是法蒂玛夫人派奴隶去将勇士迎迓，
并按她的吩咐为商队货物准备好库房。
水晶红宝石般的阿夫坦季尔应邀前往。
他的手掌似虎掌那手臂如雄狮般强健。

1077 全城在那里麇集，人声鼎沸熙熙攘攘。
人群中传来喊声：怎么也得看他一眼！
人人欣喜若狂争着将阿夫坦季尔抚摩，
女人们鄙视自己丈夫令他们痛苦不堪！

1078 见到客人们女主人法蒂玛将他们迎接，
她面露喜色亲自向勇士等人表示欢迎。
众人致礼进屋坐下都高兴得眉开眼笑。
可以看出法蒂玛夫人对勇士感情荡漾。

1079 虽说法蒂玛并不年轻但依旧秀色可餐，
她身材苗条皮肤黝黑不瘦削而显丰满，
她喜欢唱歌喜欢带着小酒盅翩翩起舞，
据她所穿服饰可见商人之妻喜爱打扮。

1080 这晚上法蒂玛设宴款待客人一心一意。
勇士给她端上礼品众人无不笑声欢意。
她心中燃烧的火焰到天亮还无法抑制！
大伙儿吃啊喝啊年轻勇士离席去休息。

1081 翌晨勇士将所有货物在她的面前开包，
该是多少都悉数点清并当场挑出珍宝。
他对商人们说：有力气者将货物搬走。
做买卖秘密不可泄露但价格必须公道。

1082 他外表像个商人，虽说长袍并不合身。
时而法蒂玛去看他时而是他与她相逢。
他们俩便这样经常坐在一起促膝交谈。
与商人离别如同维斯与拉米[1] 使他烦闷。

① 《维斯与拉米》为波斯诗人吉尔加尼的长诗，作于1048年，格鲁吉亚于12世纪据此译为散文长篇《维斯拉米阿尼》。

四十三

法蒂玛爱上阿夫坦季尔

1083 最好离女人远些哪怕这誓言难以启齿！
她让你无法将她摆脱使你心醉且神迷。
又转眼把爱的遗训蔑视突然将你背弃。
最糟糕的乃是把任何秘密委托给女子。

1084 突然间阿夫坦季尔成了法蒂玛的情人，
她爱火中烧把勇士当作心上人太过分。
她想将炽烈的爱恋掩藏却又缺乏勇气。
她流泪道：我如何才能治好这个病根？

1085 我该亲自向他挑明可他永远与我分离？
但因缺乏勇气而不说必将被烈焰烧死，
如若启齿结果或幸免于难或毁于一旦。
但不说出病情医生又如何替病人医治？

四十四

法蒂玛致阿夫坦季尔的一封情书

1086 于是法蒂玛给阿夫坦季尔写了封情书，
向心上人的心灵诉说自己的内心痛苦，
也让所有能听到该信的人们怦然心动！
正确的选择将是保存好这封心灵之书：

1087 你是我的光明你是太阳是上帝的意志，
因此在同你的分离之中心灵备受熬煎。
在你近旁火焰般的激情又将心灵焚烧，
光辉灿烂的巨星都幻想一睹你的风姿。

1088 你让所有见到你的人心动并暗自神驰，
你是玫瑰夜莺们都将心紧紧将你偎依。
在你的美貌面前鲜活的玫瑰都将枯萎。
倘若太阳不急忙赶来我必将花容凋敝。

1089 上帝作证我战战兢兢将情书一封致寄，
但我能做什么？理智的闪光逐渐熄灭。
倘若黑睫毛永久将心刺痛我活不下去，
快来吧！没有温柔的手我便失去理智。

1090 在我尚未见到对我的书信做出答复前，
在我不知是死是活有无希望得温暖前，
不管心儿如何呻吟我都不会离开人世。
但愿是生是死都能给我指明爱路一条。

1091 法蒂玛结束书信指明送信的途径方法。
勇士平静阅读只把它当作妹妹的来信，
并说：她不知我心已有所属，忠贞不贰。
如何把她比作情人？不知她什么心境！

1092 乌鸦如何比玫瑰它们间自然并无关连，
即使玫瑰尚不懂得夜莺那亲切的问候！
一切都显得如此荒谬这里有恶的征兆。
这个法蒂玛都对我写了些什么荒唐言？

1093 他在心里以此想法对法蒂玛进行指摘，
但继而又说：神秘路上何处寻得帮衬？
假如命运吩咐我上路去把涅丝丹寻找，
只要有谁肯帮忙我只得一切听其自然。

1094 这个女人作为城外的女地主谁都认识，
她遇见过许多外来人能听到各种消息。
倘若屈从她的谄媚她将压制我的激情。
倘若对我有利我将坦诚地对一切致意。

1095 女人会全身心地去爱倘若她开始钟情，
但对那些似外人般离去者她也会辱骂。

谁同她在一起她会向他诉说自己秘密。
最好是我把她控制这条路离目的最近。

1096 倘若命运造化一切将进行得顺顺溜溜。
想的时候没什么有的时候又不尽人意。
人世间一片黑暗这世界一切变化无常。
唯独血管里有的东西才有可能往回流。

四十五

阿夫坦季尔给法蒂玛的信

1097 他写道:来信已阅你在信中将我赞美,
你向我提出警告:我将在烈焰中丧生。
我们俩都充满热情愿在一起保持爱情,
我们的友谊完美双双将幸福日子等待。

1098 法蒂玛感情别提多激荡竟收到此佳音!
她回信:我们好伤心分离中悲痛欲绝。
上我这儿来亲爱的我将独自将你等候,
你让夜晚快些到来我们要把激情痛饮。

1099 就在当天她便邀请年轻的勇士来相会,
天色刚暗他便纵马疾驰却迎面遇信使:
今晚我不打算让两颗爱心融合在一起。
这样不行!他心中感到不快继续赶路。

1100 他并未往回返虽说通知已经及时送达。
他进屋只见法蒂玛夫人一脸伤心模样。
他发现自己的到来引得夫人羞愧难当,
他未受眼前印象支配将满腔愤慨掩藏。

1101 他们坐在一起亲吻情感激流一望无涯。
蓦地门口出现一人体格匀称脸色铁青，
他身后一名奴隶手捧盔甲是可靠帮手。
面对他们俩阿夫坦季尔如临峭壁悬崖。

1102 此刻法蒂玛完全陷入恐惧中簌簌颤栗。
来人冷眼旁观为他们的亲昵无间吃惊。
他说道：妇人，在花丛中飞舞尽情享受！
这短暂的销魂到明天你便会感到厌弃。

1103 好吧荡妇！你将我抛弃令我名誉扫地，
但天一亮你就将知晓我报血仇的能力，
我要让你遭受痛苦同孩子们一起去死。
倘若做不到这点听凭我死亡杳无音信。

1104 说着他抖了抖胡须扭过身子扬长而去。
法蒂玛捶打自己将脸颊撕破鲜血流涌。
她泪如雨下娇媚双眸中一条小溪流淌：
用石块将我填埋因为我做出这种事儿！

1105 她哭泣道：我毁了丈夫坑害了两孩子！
我失去自己财富大富婆变成了叫花子。
教养者将我抚养！为朋友我就要完蛋，
带来的是家毁人亡全为获一时的甜蜜！

1106 阿夫坦季尔注视着这一切，满怀惊奇。
他说道：你出了什么事，为何如此伤心？

他要把你怎么样？他威胁你有何目的？
你将真相告诉他。他一本正经为哪般？

1107 她哀求道：哦雄狮，泪水烧尽我的意识，
我已经无法明明白白用语言回答问题。
我毁了自己的玫瑰亦害了自己的孩子，
激情的风暴不堪忍受我为你痛苦至极。

1108 因此拖着长舌的撒谎者理应受到惩治，
不能将秘密隐藏的人他必定是个弱智。
你倘若能在不幸中助我定将一切告之。
倘若病人想饮鸩止渴医生亦未必管事。

1109 你必须抛开一切只在两件事中择其一：
或是于今晚去完成一件秘密杀人之事，
在痛苦中助我和我的亲人们一臂之力，
并且重新回到我身边将一切了解知悉。

1110 或是你在今天晚上收拾起自己的行李，
顺着丘陵跑得远远的从我们国土逃离。
但当你尚未尝到幸福我的不幸已降临！
翌晨他将进宫派手下把我逮捕遭监禁。

1111 这番话使勇士备受感动也是本性所致！
他怒火中烧抓起长矛站起铁塔般身体。
他说：只有胆小鬼才对此事无动于衷。
世上没有这种人对女人不幸漠不关心。

1112 你给我派个人让他当向导来给我指路。
无论是我的手或是胸膛都不需要帮助,
我看这个男人作为武士一点也不相配。
待我回来告知一切你且在此安心等候。

1113 法蒂玛派个奴仆与他在一起给他指路。
她在后面喊:你赴汤蹈火千万别轻举!
倘若你帮我杀了此人我的心才算放下,
请带回他戴的一枚戒指那是我的赠物。

1114 阿夫坦季尔身材健美骑着马穿过全城,
海上的薄雾中耸立座红绿石板的楼阁,
阳台台阶节节向上飞檐重重向下延伸,
大量的浮雕装饰物层层叠叠五彩缤纷。

1115 向导带着英武的阿夫坦季尔往远处行。
走近时他小声说:这便是您找的宫邸。
您看那边屋顶连着屋顶互相挨在一起,
您得留意他在底层大厅睡觉还是休息。

1116 两名看门人在厅堂的大门口躺着休憩,
他们听不见他的脚步声勇士偷偷走近,
紧紧扼住两人的咽喉让他们透不过气,
又抓住两脑袋互相撞击让他们命归西。

1117 主人独自躺卧在床上懊恼得毫无睡意,
阿夫坦季尔突然出现像个巨人的影子。
他如何干掉强敌我们不清楚只是高兴。

一把刀子深深刺入也许直至遇到障碍。

1118 勇士面如太阳但战斗中那颗心却冷酷，
他割下手指取走戒指打发尸体进地狱，
他把大海当坟场将尸体顺台阶往下丢：
没有铁锹没有墓穴为了使坟茔更畅宽。

1119 这极刑始终是秘密哪儿也听不见声响，
勇士像朵幸福的玫瑰没有痛苦的思想，
流血事件如何隐瞒得了他根本没去想。
两人的影子又重新在原先的路上伸展。

1120 勇士容光焕发雄狮般回到法蒂玛身边。
他说：死人不应该再见到明媚的日子。
感谢上帝他已被杀你的奴隶可以作证，
瞧这带戒指的手指，瞧这染血的刀子。

1121 现在请你告诉我为何那样的神不守舍？
理智强烈想知道为何此人要将你威胁。
法蒂玛对他说：我不配见到你的面容。
治愈心灵的创伤我要把爱的火焰抑约。

1122 我和我的夫君乌欣及孩子将重新生活。
雄狮，为你唱颂歌我没有足够的话说！
请你仔细听好我打算把一切向你诉说，
因为倘若违背信义将受到严厉的惩罚。

四十六

法蒂玛诉说涅丝丹的命运

1123 这个城市规定的纳夫罗兹节热闹非凡，
商人和小贩们不上路各项包工全停办，
我们打扮得花枝招展节日的服装鲜亮，
去宫里参加国王的检阅庆祝这一盛典。

1124 这一天商人的习惯是带上贺礼进宫去，
而国王的回礼同我们一样也十分丰富。
十天里座座拱门响彻那竖琴的奏鸣曲，
广场上歌声如潮那跑步比赛如火如荼。

1125 大商人们在我的丈大乌欣引导下进宫，
他们的妻子由我陪同如影相随跟着我。
这一天人人毫无区分向皇后赠送礼品。
我们在那里尽情欢乐后才回自己寓中。

1126 这一天我们恰好遇上纳夫罗兹节庆典。
国王院子里堆满礼品我们亦分得一点。
我们心满意足在规定的时刻离宫回家，
在自己的家我和女友们继续举杯欢宴。

1127 到了晚上我们一起来到花园嬉戏玩赏。
所有夫人我都是按规定礼仪盛情款待，
唱赞歌的歌手们给我们演唱歌声悦耳。
我改换装束使自己显得年轻妩媚动人。

1128 那里的花园里建有几座阳台美轮美奂，
高悬在大海的浪涛之上令人心旷神怡。
我同客人们一起进去她们围坐我四周，
仆役们端上佳肴我们沉浸于节日狂欢。

1129 我忙于宴请众女客无暇顾及恶的来临，
但在欢宴中我突然全身难受得了疾病。
客人们走时发现我脸色苍白疼痛难忍。
我孑然一身某种苦楚如烟雾将我罩临。

1130 我打开窗户上的护窗板眺望远方之路，
想驱散忧伤的黑暗，让呼吸变得轻松。
那里大海的波涛中勉强可见飘着东西：
不知是野兽还是鸟儿也许是别的杂物。

1131 后来我才发现那是条随波逐浪的舢板，
两个身子头发和脸庞漆黑的人在飘荡。
在靠近船头的地方我见到浮上来两人，
他们朝我们家走来越来越近真是怪诞。

1132 他们将船直接拖进花园上气不接下气，
他们仓猝环顾四周看看是否有谁监视。

周遭未见任何能令他们起恐惧的东西。
我呼吸微弱在黑暗中观察未被谁发现。

1133 待到他们上了岸立刻便将箱子盖打开，
从那里拽出个姑娘仪容美丽身材迷人，
她身穿一袭绿衣衫愁容满面楚楚动人，
她那闭月羞花的美貌足以与太阳比赛。

1134 她转过脸来那灿烂的光芒将群山照亮，
她面颊的光华将阴霾穿透令大地生辉。
她的光辉如此强烈竟让我睁不开双眼，
我悄悄从阳台上下来将大门偷偷锁上。

1135 我吩咐四名奴仆站在那里替我作警戒：
你们看被俘的那个姑娘竟然美如朝霞！
你们悄悄过去别让这姑娘遭他们毒手。
只要他们肯卖你们便付钱甚至出高价。

1136 倘若他们不给便使用武力将他们干掉，
别害怕不祥之事发生将月亮给我带来，
于是我的奴仆们飞跑上前脚步静悄悄，
黑人们的面目狰狞并不接受任何钱钞。

1137 我从阳台探过身子只见他们意见纷扰。
杀了他们！我的手下立刻将他们斩首，
海上漂着尸体他们将姑娘宝贝似抓获。
我立刻朝他们走去抓住姑娘便往回跑。

1138 我不知如何将姑娘的温柔和美丽赞扬！
我发誓相比之下姑娘才是真正的太阳，
她那神奇般的面容谁也无法加以描摹。
她的光芒中燃烧着的是最真诚的梦想！

1139 这时法蒂玛不再吱声用手将脸颊抓破，
阿夫坦季尔流下激动泪水将忧愁浇没。
他们互相将对方忘怀心灵全失去理智，
泪水似汹涌的河水将毛茸茸白雪滋润。

1140 阿夫坦季尔请她把一切讲完不再哭泣。
她答道：我多么想与她一起亲密无间！
我亲她从脚踵直到脸庞让她感到厌烦，
我将她扶到床榻上整个心灵热情如炽。

1141 我问：你是哪个家族阳光为何照此地？
你如何落到这两个黑人手中蒙受欺凌？
所有问题都徒劳枉然她始终垂头丧气，
泪泉喷涌而出不停地流淌足有上百次。

1142 我怎样才能同她进行这种多余的交谈，
感情的压力愈大她号啕大哭得愈悲伤。
琥珀般的泪水从明眸流出滴在水晶上。
姑娘痛苦的目光令我黯然神丧脸发烫。

1143 她说：你的厚意比我母亲的抚爱珍稀，
我的叙述毫无用处这个故事太过悲戚，
痛苦的命运驮着飘泊者在荆棘中疾驰，

但在命运前将秘密宣扬本身便是罪戾。

1144 我明白若想听到太阳的声音为时尚早,
这只能使我们激动得陷入不理智之槽。
倘若说得恰是时候那么叙述才有教益。
显然对太阳姑娘而言交谈的时刻未到。

1145 我重新将手伸向太阳那位神奇的姑娘。
我想将她藏匿难的是何处将光芒遮藏?
我给她放下帷幔它们的质地沉重厚实。
姑娘睫毛里旋风飞舞用眼泪表示顺应。

1146 我把太阳带到自己家她那身材似白杨。
作为她藏身之地我给她安排独楼一幢,
我将她藏得严严实实不让任何人发现。
我把大门上锁派一名女仆偷偷伺候她。

1147 我无法诉说她的生命充满怎样的忧郁,
白天黑夜眼泪不断从她那明眸中流出。
但是请求她别出声顿时她便不再痛哭。
唉,别离中没有她,我如何将日子消度!

1148 当我进去那泪水在她面前又大量涌出,
两道漆黑的长矛低垂在乌黑的湖面上。
琥珀似的瀑布奔腾而下落入深邃的湖,
红宝石的栅栏间闪烁的是孪生的珍珠。

1149 见到泪雨纷纷涕泗滂沱我不忍心问讯,

她何许人来自何方生活为何令她厌恶。
血泪如汹涌的河流湿润了梧桐的身躯，
只有岩石能忍受常人无法忍受的痛苦。

1150 睡在哪上面她都无所谓并不需要被褥。
一条罩单她就满足别的她都满不在乎；
每天晚上代替枕头她背靠着床头睡觉。
我流着眼泪苦苦哀求她才勉强尝口粥。

1151 最神奇的莫过于她身上的盖头和衣裙！
我见过无数珍宝在异国他乡世界各地，
但不幸人的装束基至无法用语言形容。
那织物柔软细腻而强度恰如合金钢锯。

1152 太阳姑娘在我们这里生活了一个时期，
连丈夫我也没说因他随时会将它泄底。
我想倘若我说了那滑头必将传进宫里，
我怀着这样沉重的想法几次到她那里。

1153 我不说可拿她怎么办这想法将我折磨。
哪怕能知道她世上有何亲人需要什么。
倘若丈夫知道此事这对我是死罪一条。
她如太阳光芒四射我如何能将她隐没？

1154 我一人能做什么此想法将我驱入地狱。
是否应将一切告诉乌欣为了不犯错误？
即使他对我发誓我亦将防备他的不忠，
但愿他并非居心险恶会出卖他的灵魂。

1155 我独自去找他，摘下一朵盛开的玫瑰，
说：我有一事相告但你得先向我起誓，
履行你的誓言不能将秘密对别人泄露。
他起誓道：让我的脑袋在岩石上撞碎！

1156 我保证谁也别想从我这里听到此秘密，
无论是亲人还是敌人老人还是年轻人！
于是我向富有同情心的乌欣公开秘密：
你随我去宅邸我将让你见太阳的光艳。

1157 他站起身与我一起去拱门高耸的宅第，
见到太阳升起的光华乌欣目眩失理智，
说：她是谁？你让我见到了何等美景？
倘若她也有情欲但愿上帝使我变年轻！

1158 我答道：我并不知道美人是否有情欲，
除了我曾说过的别的我什么也不清楚。
我们俩问问她为何她在世上如此凄苦，
并热心请求她尽力将一切向我们倾诉。

1159 我们问她但谦和的言词都令姑娘结舌：
太阳你也见到我们整个的心都在燃烧。
告诉我们如何医治月亮让她重新闪烁？
为何比红宝石还鲜艳的花儿变得枯萎？

1160 姑娘的目光并未告诉我们是否听明畅，
玫瑰将一排珍珠在那花瓣里紧紧包藏，

斜垂的发辫蛇一般舞动流向宽阔前额。
巨龙挡住太阳我们未必有幸博得光彩。

1161 温情和敬意都无法从她那里探出口风：
她时而如虎豹般端坐着始终默不作声，
时而流着泪号叫表示对人世间的不满。
宽恕我！我不能说！这就是她的回声。

1162 我们俩坐着开始哭泣热泪流淌止不住，
当她面承认自己所犯的过错忏悔罪戾。
千方百计求情抚慰才使她恢复了平静，
将各种鲜果端到跟前她没用手碰一次。

1163 乌欣说：这天我帮助她忘却所有痛悔，
那面颊谁能亲吻？只有太阳当之无愧。
诅咒不幸姑娘残酷命运之人并无过错。
倘若我珍爱孩子但愿上帝让他们亡归。

1164 我们久久望着她然后哼哼着痛苦离去。
同她相见只有快乐而分离则令人痛苦，
我们再次疾驰着去见她一天匆忙结束，
我们的心被她迷住在她面前颤抖簌簌。

1165 时间飞逝夜晚一片灯火白天渐渐晦阴。
有一次乌欣对我说：很久没去见国王！
倘若你表示同意我想带上礼品进趟宫。
我恭敬地说：您的话对我们就是命令。

1166 他准备好礼品一份全是些珍珠红宝石。
我对他说:宫里人多嘴杂醉鬼满大厅。
我哀求乌欣为的是让他遵守自己誓言,
他起誓道:决不说哪怕短剑将我捅死!

1167 乌欣进宫宴会闹哄哄满大厅沸反盈天。
乌欣早就是国王的朋友相互无话不讲。
他拿着礼品坐到国王身旁点头又哈腰。
你看这个醉鬼商人多机灵一个马屁精!

1168 在他到来之前国王已经喝了一杯不止,
酒樽倒满人人尽情地喝个个烂醉如泥。
什么誓言什么信仰什么古兰经全忘记!
物以类聚乌鸦无需玫瑰鹿角不配驴子。

1169 国王将醉酒的蠢驴乌欣大加溢美之词:
真是个棒小伙你的礼物全都妙不可言!
宝石和珍珠你都无止境地替国王觅来。
我以什么酬劳箱柜里找不出十分之一。

1170 丈夫躬身道:哦伟大的君主万分感激,
您哺育着我们和万物如太阳普照大地。
陛下,我们从母亲肚子里能带来什么?
我们现有的和过去有的一切全属于您。

1171 陛下无需为珍珠和宝石对我表示感佩!
命运赐予乌欣为王太子找了个未婚妻。
您见到她太阳般鹅蛋形脸蛋再谢不迟,

您还要高举酒樽为自己健康长寿干杯。

1172 就这样乌欣违背誓约引出那悲惨故事！
他将姑娘情况和盘托出说她美如仙子。
国王对他的叙述十分满意心中乐滋滋，
苏哈夫国王梅利克下令立刻带她进殿。

1173 我高高兴兴待在家里将心中郁闷驱除。
突然一名禁军统领策马来到我家门口，
随身带领六十名奴隶像是要下达命令。
我感到惊奇心想不知对我们是祸是福？

1174 他说道：夫人，我们来找你奉国王之命，
明亮的太阳闪耀乌欣的礼物在此隐匿，
请你将她交给我们带走不要横加阻拦！
顿时天昏地暗上天勃然大怒天崩地裂。

1175 我惊讶地问：你们要把哪个姑娘带走？
他答道：乌欣的礼物貌若天仙美如画。
一切均属枉然命中注定我的死期将临，
我面容枯槁全身颤栗无法面对这现实。

1176 我急忙跑去见美人她泪流满面心悲戚。
我说：我的太阳，你看命运带来了劫难；
上天恼怒地转过脸去使我们陷入混乱。
我悲痛欲绝！是乌欣出卖我们告的密。

1177 姑娘说：虽说痛苦但一切须默默抑止，

须知恶的火镰已将无限忧伤之火燃点。
灾祸不足为奇幸福反倒应该感到惊讶，
对我而言痛苦始终与我为伴并不新奇。

1178 珍珠似的泪水重又顺着脸颊汩汩流淌。
她站起身勇敢而坚定像那猛虎或英雄，
对灾祸或幸福她都同样鄙视置之度外，
她只要了一袭恰得拉将自己面容蒙上。

1179 我去打开仓库大门那里财宝堆积如山，
我抓起一把珍珠宝石乐意将一切赠送。
这里的一切都可谓稀世珍宝价值连城，
我挑了一条宝石和黄金腰带缠她身上。

1180 我说:这有用带着它当作救命的赠礼。
太阳的光芒四射我把姑娘交给了奴隶。
国王迎上前去酒气熏天中一片喧闹声。
姑娘低下头忍受不了酒酣耳热的狼藉。

1181 人群熙熙攘攘拥过来喧闹声愈发强厉，
卫队的长矛挡不住看热闹人们的冲击。
秀丽的身材令伟大的国王也神魂颠倒。
他问:这太阳般容貌的丽人来自哪里?

1182 面对太阳面对姑娘谁见了都目眩神摇。
国王说:知识的新篇章使我大开眼界，
如此容貌世上无惟有上帝之手能创造，
谁是她的心上人都会上田野欣喜狂跑。

1183 国王让她坐在身旁言谈中充溢着欣喜：
告诉我你是谁来自何方住在哪个城池?
但她缄默不语收敛起太阳的灿烂光芒，
她坐着目光下垂凄惨的生活没有欢喜。

1184 姑娘无法接受国王的这些真情的流溢，
她的心儿已飞向远方想把别的事回忆。
她将玫瑰花瓣紧闭在珍珠上留下印迹。
人人望着她思忖谁能明白美人的心思。

1185 国王说:凡夫俗子怎能了解真实本性?
在两个可能的极端中只能有一个真理：
抑或她听着悦耳的惟有心上人的名字，
因而她对其他附庸风雅之士毫无雅兴。

1186 抑或她本人深奥莫测对万物傲然不视，
欢乐与痛苦对她算不上什么不足挂齿，
命运的不幸与幸福宛若那童话般轻松。
她的思想于我们陌生遥远如白鸽飞行。

1187 我的儿子将从遥远的边远地胜利归来，
我得预先替儿子张罗好与太阳的婚事，
因此我们该了解她有过什么不幸遭遇。
暂且月亮还将远离太阳把他苦苦等待。

1188 我们再说国王之子:他善良智勇双修，
作为勇士他不但仪表堂堂且品行端正。

他离开不久在战斗中是个勇敢的战士。
父亲为儿子可算挑选了一位绝代佳丽。

1189 女仆们开始给新娘打扮穿上华贵盛装，
衣服上缀满宝石亮闪闪发出耀眼光芒。
她们还给姑娘送来天然金属做的王冠。
晶莹剔透的钻石在玫瑰花上闪闪发光。

1190 国王吩咐把未来王后的床榻好好装饰。
还用西方的黄金打造了一把纯金御座。
这时伟大的国王起身众大臣紧随其后，
他登上黄金宝座金灿灿光芒熠熠生辉。

1191 他还将九名宦官派遣去守卫她的大门。
这才按照他们氏族的习惯再设宴庆贺。
为了对乌欣表示感谢赠与他礼品无数，
喇叭声声鼓乐隆隆使百姓们欣喜欢蹦。

1192 盛宴又重新热闹起来樽酒劝酬喜幸幸。
太阳姑娘对命运说:你只赐予我死刑!
我已身陷何处将成为谁的人谁的奴婢?
我的生活无法忍受我如何去战胜薄命?

1193 但愿我的容颜别憔悴玫瑰别失去颜色!
上天助我！我要试着努力将敌人战胜。
哪个聪明人会在死前亲自与世人告别?
困境中需要理智和那充满智慧的计策。

1194 她召来宦官说:听我说千万别当傻子!
只有糊涂蛋才会相信我是你们的囚犯,
只有国王粗笨的智力才会把我当新娘,
并且徒劳地敲锣打鼓来庆祝这个日子!

1195 我并不合适当你们王妃我走自己的路,
英俊王子要当新郎我求上苍撤消婚礼。
你们也可向命运为我请准另一种命途,
在与你们共同生活中我知道并无好处。

1196 毫无疑义我将会一刀把自己生命结束,
你们也不可能活长久国王必定杀无赦。
我腰间佩有黄金宝石腰带可赠与你们,
只是你们得给我自由免得为此而哭诉。

1197 姑娘解下腰带亮出自己的黄金和宝石,
还将镶有整块宝石的王冠从头上摘下。
她交出一切后说:为了不受良心谴责,
请给我自由为此造物主将给更多奖励。

1198 奴隶们的双腿簌簌发抖贪婪产生效力,
国王和职责忘诸脑后帝王的权威丧失。
他们决定放了她以免纯真会重新复活。
看哪黄金的威力乃是魔鬼权杖的根基!

1199 世上不再有和平人类戴上了黄金镣铐,
牙齿在贪婪中咯吱作响就怕死神挡道。
但黄金流中的灵魂并不喜欢自己命运,

人世间的所有欢乐均出于黄金的桎梏。

1200 宦官们按照涅丝丹的吩咐将一切完结。
她那苗条的身躯立刻穿上宦官的衣衫。
他们找到另一个出口而宫里仍在狂饮。
月亮那没被毒蛇咬啮的面容重现光泽。

1201 奴隶们也紧跟她逃跑消失得无踪无影，
我听到了敲门声姑娘重新来到我这里。
我马上认出了她我们的双唇合在一起。
但她害怕进家门不知会发生什么不幸。

1202 她说:我用你的赠与重新购得了自由，
我流着泪哀求上天报答你对我的关佑!
请给我一匹骏马我要骑上它尽快离开，
以便国王来不及命令部下来将我追捕。

1203 我从马厩里牵来一匹跑得最快的良驹，
给它鞴上马鞍并将令我神迷的姑娘扶。
马儿有如一头雄狮驮着太阳疾驰而去。
我曾竭尽全力培植的庄稼就这样干枯。

1204 到了夜晚真相大白马队朝我们家飞驰，
他们将我们家团团围住人声沸天震地。
我回答法律维护者:倘若姑娘在我家，
你们若将她找到我便是庇护主的叛逆。

1205 没找到姑娘他们不打招呼便扭头离去，

国王号啕大哭侍从们穿上黑色的丧服。
宫中议论纷纷人人愁容不展神情忧郁：
太阳离去，留下我们一片黑暗和空虚。

1206 那姑娘随后出了什么事容我以后再表。
现在先讲讲那个可怕的汉子情况怎样：
对他而言我是雌货对我来说他是禽兽。
男人的难堪是怯懦女人的羞耻是淫乱。

1207 我对丈夫不满意是因为他枯瘦又猥劣。
这个年轻的廷臣用显贵给自己添光泽，
我们曾经相爱虽说他是贵族身居高位。
你若让我喝他的鲜血我将为你唱赞歌！

1208 面对心上人我没有将姑娘的秘密隐讳，
出于对她名誉的关心我将她藏于何处。
出于报复他竟然用泄露此秘密相威胁。
我想说的是他如今已死你可是将我救！

1209 他的所有威胁都因为我们之间的争持。
那次我请你来可并不知他会来到我家，
你知道我害怕的是他会在家与你相遇，
因此我才派我的信使请你顺原路返回。

1210 倘若你出现在我跟前阳光使我家生辉，
但你们相遇后解决争端的只能是剑弩。
我不知道自己该怎么办只能四处乱看，
他可是一门心思欲置我于死地而不顾。

1211 倘若他还活着必定会来到国王的面前，
并且会因妒火中烧将一切向国王禀报。
国王被告密激怒会下令将我府第烧毁，
这样我会毁了孩子在巨石下缩成一团。

1212 我多么感激你！愿上苍给你最高奖许！
没有你我势必成为那条毒蛇的阶下囚，
如今我无论对生活还是命运心满意足，
今后生活等待我的是什么再也不畏惧。

1213 阿夫坦季尔说:请听古代智慧的教策:
公开的敌人虽凶披着友谊的假面更恶，
智者并不相信那无缘无故的阿谀奉承。
此人你不用再害怕他已永世不能作恶。

1214 现在请你讲讲你打发上路的姑娘境况。
此后你没有听到些关于她命运的情况?
法蒂玛重又号啕大哭悲痛得胸部起伏:
唉,太阳重又黯淡,无法再将山谷照亮!

四十七

法蒂玛叙述涅丝丹被巫师们俘获

1215 瞬间的世界,你的恶同撒旦毫无两样!
国界未经勘测你的狡诈阴险如何丈量。
你为太阳准备黑暗深渊还是光明床榻?
我在你身上见到的好像一切都在腐烂。

1216 法蒂玛说:宇宙的光芒从我身上消失,
我的健康亦同生活一样同它一起离弃。
从此以后我失去了安宁在烈火中哭泣,
我已无力再去磨平泪水那火烫的痕迹。

1217 家和丈夫我不再喜爱对孩子亦无爱怜,
甚至在短暂的瞌睡中我都在对她怀念,
违背誓约的乌欣成了所有不幸的灾星,
他受自古以来誓言诅咒不敢与我靠近。

1218 不知为何有天晚上远处晚霞绯红一片,
有时我将目光投向为外国人开的铺子,
便想起了姑娘心中涌起股致命的寒意。
谁相信男人的赌咒起誓便是自讨苦吃。

1219 我见到一名奴隶同三个朋友来到店铺，
奴隶穿着入时友人却一身麻布像赶路。
他们为早餐付的希腊德拉克马[①] 很粗糙，
但是他们边喝边吃边交谈显得很快活。

1220 我盯着他们听到他们说：我们很欢喜，
能在此相遇成为朋友但应该相互知底。
我们不知道谁从哪里来来自哪个城市。
应该互相说说自己这样我们就更快意！

1221 朋友们打发白天的寂寞无聊聊天说话。
奴隶说：弟兄们，我曾见过神灯的反光，
我在庄稼田里播种大麦收获的是珠宝，
我的故事比你们的更好请仔细听我说！

1222 我是那强大巫师国统治者的一名厮养，
但是死神用重病让伟大君主落入罗网。
庇护主去世孤儿们无依无靠境况艰难。
孩子们只好由国王的姐姐来操心抚养。

1223 杜拉尔杜赫特是她的名字她性格刚强；
她的军队坚不可摧她的敌人闻风丧胆。
两个外甥陪着她一个洛佳另一个洛桑。
所有的达官贵人都在她的宝座下屈降。

① 德拉克马为古希腊公元前 6 世纪铸造的银币，每枚含白银 6—7 克。

1224 突然她妹妹去世在大海咆哮的国度里，
全国笼罩在悲痛之中廷臣们十分忧戚。
曾担任巡逻任务的部队长官罗沙克说：
怎么对女王说：自由闪烁的光芒消失！

1225 又说：即使把我打死我也听不得哭泣！
我最好还是到田野里去狩猎碰碰运气。
待到如期到家亦像富人那样摆摆阔气，
再快马赶回参加女王举办的追悼宴席。

1226 他对自己的手下说：谁敢同我去一趟？
为抢掠我带上一百名精心挑选的士兵。
白天我们大肆抢劫连晚上也忘了消停。
我们袭击众商队抢得的货物堆积如山。

1227 有天夜我们骑行乌云将一切痕迹遮掩，
我们望着远方平原上露出明亮的光焰。
众人说：莫非这道光芒是太阳在荫庇？
我们个个惊慌失措想用理智寻找答案。

1228 有的说好像是道霞光有的说那是月光。
我们决定全队前进靠近些去看个究竟，
我们将宽阔的圈子包围同太阳相邻近。
响起人的话语太阳的目光将我们晒蔫。

1229 我们听到：骑士，你们是谁？为何到此？
小心！我来自古兰沙罗赴巫师国海滨。
我们纵马上前围成一圈像是为了包抄。

出现在我们面前是位太阳面容的骑士。

1230 我们在田野间见到个光辉灿烂的形象。
他太阳般全身发光将原野深处全照亮。
他说话的愿望消失动听的话语声平息,
光芒从洁白的牙齿升起到玛瑙项链上。

1231 我们重又关注太阳不吝惜动听的词章。
我们已经发现她并非男子谎言被揭穿。
罗沙克知道她是姑娘后便站到她身旁,
我们用强力将她阻挡虽说她毫发未伤。

1232 我们说:朝霞的情敌,请告诉我们底细,
世界的太阳你是谁是哪个阶层的孩子?
她眼泪流成了河但我们没听到她回答,
满月似的容貌眼看要落入虎口真可惜。

1233 她想把那明明白白之事当作秘密隐藏:
她是谁因谁的旨意背叛生活白白牺牲,
她含含糊糊说过什么但毫不开诚布公。
蓦地她令人神魂颠倒露出神奇的目光。

1234 罗沙克下令道:别逼迫倘若她不愿意,
显然她很难说出口有关她悲伤的故事。
但我们国王令人羡慕天生赶上好时机,
至高无上的上苍为他准备好极妙厚礼。

1235 为晋见国王这是上天赐予我们的赠礼,

我们向他献上礼品他定会向我们致意。
倘若我们隐藏他将傲慢地把怒火发泄，
须知隐瞒便是心灵上的缺陷亦是罪戾。

1236 我们终止一切询问无争议地表示同意，
我们抓住姑娘朝巫师国边陲方向迤逦。
我们带着她纵马疾驰没有欺负和恫吓，
而她放声痛哭泪水贪婪地把脸颊洗涤。

1237 我对罗沙克说：我替你服务不无目的，
请准许我到古兰沙罗城堡去办件事情。
得到他的同意我便去了该城贩卖锦缎。
眼下我正急忙带着抢来的货物往回驰。

1238 旅伴们听了奴隶的神奇故事兴高采烈。
听到这一切我没有哭泣眼泪已经流干。
根据故事我得知了太阳姑娘一些情况，
虽说不多但我的心里立刻变得轻松些。

1239 我叫住那个奴隶让他坐在自己的面前，
我说：我很想再听听你刚才讲的故事。
他当我面又将自己故事详细重复一遍。
虽说分量不及铜币毕竟找到心灵安恬。

1240 我家里住着两名奴隶是两个高明巫师，
对隐身人那套技巧施用起来如身使臂。
我派他们去巫师国：你们快去别畏避，
得到一个姑娘的消息对你们并非难事。

1241 他们去了三天带回来有关姑娘的消息:
他们将姑娘献给女王在奇异的庄园里,
姑娘的目光冷若冰霜有如星座的寒光。
美丽的姑娘许配给洛桑人人欢天喜地。

1242 杜拉尔杜赫特说:将她给洛桑当妻子,
可我悲痛万分愁云笼罩还顾不上婚礼。
迟早我会恢复到那时我们再操办婚事。
他们把姑娘关起来由宦官们将她监视。

1243 一支巫师军队准备好与女王一起启程,
他们面临的是危险的道路和敌对国家。
巫师们的勇敢众所周知他们声名鹊起,
眼下女王在亲族那里要耽搁一段时辰。

1244 迄今没有人征讨过巫师国的一座城池,
城市中间峻岩高耸四周悬崖峭壁林立,
只对通过地下通道才有可能进入要塞。
姑娘在那里出众有如苍穹投下的光曦。

1245 士兵们守卫入口凶神恶煞般站在那里,
总共一万人全是哈桑部落最忠诚分子,
他们每班三千人日夜守卫着三个入口。
听后我对心灵说:你的命运多么艰辛。

1246 太阳般面容的阿夫坦季尔得知此消息,
他什么也没说虽说故事使他感到亲近。

他英俊潇洒赞美上天之力给他的惠赐：
瞧多么出乎意料的机会授意我这快事！

1247 他对法蒂玛说：我去你那儿共商事宜，
你把一切告诉我他们偷偷想干什么事，
全都告诉我包括巫师的事业性格脾气。
巫师是无肉体的生物又如何找到肉体？

1248 要知道我的心被这位姑娘的不幸灼刺。
倘若巫师们无形体他们凭什么要联姻？
法蒂玛说：我看出你的思想不很清晰。
巫师也是人他们的居所是高耸的山脊。

1249 巫师只是个名称他们也可用别的名义，
他们也叫魔法师其秘密在于会使魔法，
他们危害所有人自己却不会遭受魔法，
敌人受迷惑将他们舍弃却注定遭不幸。

1250 巫师用怪事扰乱敌人使他们双目变瞎，
由于他们神奇的魔法大海上风雨交加，
他们能让大地干涸在茫茫沙漠上穿行，
他们能将乾坤颠倒半夜里天空出彩霞。

1251 因此那里的周围地区都称他们为巫师，
实际上他们是人同我们一样身体强健。
温情的女友听到了阿夫坦季尔的感谢：
你的帮助真是巨大你平息了我的火焰。

1252 阿夫坦季尔还向上帝发出了感激之辞:
我要将你赞美使我在悲痛中得到安谧,
你确实是真实的,不可言传不可思议,
你将那神赐的天书打开在最高的天际。

1253 阿夫坦季尔流着感激的泪水呼唤上帝,
法蒂玛则满怀热情幻想获得勇士的心。
勇士在法蒂玛面前装模作样保守秘密,
法蒂玛则用手紧紧搂住太阳亲吻勇士。

1254 整晚她与他躺着激情与朝霞融合一起,
他搂着她的脖颈但心中为此懊悔不已。
他颤栗着想起吉娜晶誓言将她连一起,
疯狂的心灵渴望随着野兽的足迹疾驰。

1255 阿夫坦季尔泪如雨下他偷偷把眸子拭,
黑玛瑙的明眸恰如一泓秋水将他吸引。
他说:心上人你看如今他在谁的怀里!
我待在那里像只乌鸦恰如夜莺落莠芨。

1256 沉没在泪池中甚至连顽石也会变稀烂,
池塘淹没在黑琥珀密林中玫瑰亦遭殃。
法蒂玛与勇士躺一起心花怒放把歌唱:
乌鸦倘若找到玫瑰自鸣得意把夜莺当。

1257 太阳身披清晨霞光精神爽起身去沐浴。
这位商人之妻拿来许许多多鲜艳衣服,
以及白得耀眼的内衣和各种各样香料:

别客气都穿上这可是爱情开花的礼物。

1258 勇士说:现在有必要解开使命的秘密。
他把商人的服装忘记不知搁在了哪里。
他那英武强壮的身躯披上了武士铠甲。
他显示出新的美貌光华鲜亮重变雄狮。

1259 法蒂玛在等候他亲自准备了美味食物。
他高高兴兴来到她家心里不再有阴郁。
非商人的那身装束令法蒂玛神魂颠倒。
她笑着说:你这样最棒都让人心发狂。

1260 法蒂玛见到美男子心中涌起滚滚波涛。
勇士暗自发笑虽说外表上还一脸痛苦:
看来她还没立刻明白依旧是一片痴情。
他的举止还得像个情人毕竟别无它途。

1261 酒足饭饱他们分手他回到自己的住地。
他微醉但心里高兴在睡梦中寻得安谧。
傍晚时分他方才起来将大地照得通明,
他派信使上法蒂玛的家里:我等着你!

1262 法蒂玛去他那里。勇士听到她叹息道:
唉,梧桐树强壮的躯干将我撕成八瓣!
他坐到她身边埋怨的呻吟声方始平息,
但在睫毛的帐篷里他今天脸颊很干燥。

1263 他说:今天我的谈话将涉及到你本人,

你愁眉不展像是个被毒蛇咬伤的女人。
至今你没从我这里听到过真实的话语，
另一位姑娘黑睫毛刺伤我心是我情人。

1264 你以为我是个商人而且是商队的首领，
而其实我是国王罗斯杰万的军事统领。
我统率一支伟大的军队有过赫赫战绩，
并且堆满金银财宝的仓库也归我管辖。

1265 你值得我信赖因此我将秘密告诉于你：
在阿拉伯王国有位姑娘光芒照耀尘世，
他点燃了我的心我在她的光辉里融化，
受这位姑娘委托我走遍天涯完成使命。

1266 我到处寻找一位姑娘她曾在你家待过，
我追踪她足迹踏遍万水千山天涯海角。
我见过她的心上人雄狮躺着面容枯槁，
他耗尽心思和精力对全世界充满怨怼。

1267 勇士向法蒂玛讲述了自己悲惨的遭际，
讲述了亲密朋友塔里埃尔和他的虎皮。
他对她说：即使陌生人你都愿意帮助，
以便用新的生命将她的乌黑睫毛解颐。

1268 法蒂玛，给朋友以帮助我们齐心协力，
让太阳们轻松些我们俩定能达到目的，
人们将会了解我们颂扬的话不绝于耳，
也许有这么一天一对有情人重新相依。

1269 我们把奴隶派往巫师国让他见机行事。
我们一起将所知一切告诉被俘的姑娘。
为知道我们的打算让她给我们通消息。
命运允许我们给巫师国以应得的惩治。

1270 法蒂玛说:赞美上苍这一切终将完竣,
我所了解的那些情况将飞往天国之门。
那个黑奴被带来,他预知命运的秘密,
她吩咐:快去巫师国那里的路途迢远,

1271 今天你要把神秘教义的好处向我显示,
倘若你能把我的心从痛苦烈焰中匡营。
你转告被押的太阳:有良药将她救治。
黑奴答:明天前我将把一切委托履行。

四十八

法蒂玛致涅丝丹的信

1272 法蒂玛写道:巨星,最高宇宙的太阳神,
你把那些同你高贵容貌分离的人晒枯,
你显露出能言善辩的口才和温良性格,
你是水晶和宝石一起铸成的不朽永恒。

1273 虽然你并没有告诉我自己命运的悲惨,
但我以自己的颖悟毕竟猜测出了一切。
塔里埃尔以自己的坚忍不拔值得信赖,
你们将重逢他是玫瑰你便是那紫罗兰。

1274 塔里埃尔的朋友不久前来此将你寻查,
阿夫坦季尔是阿拉伯勇士军队的统帅,
他是光荣的武士罗斯杰万国王的爱将。
请你带着详细消息给予从容自如回答。

1275 我派去的这奴隶将当面向你递呈书信,
我们想知道巫师国军队情况有无返回,
还想知道在敌人首都有多少部队驻守,
你那个监狱谁是守卫谁是他们的首领。

1276 关于巫师国你所知一切请你写信告之，
你也可给恋人送信物让奴隶带回致意。
痛苦将你们俩折磨你可把它变成幸事，
倘若上天乐意你们将双双重逢在一起。

1277 信啊快快跑倘若可能请张开自己双翼，
我嫉妒万分你将看到俘虏和珍珠宝石。
你将有幸遇见那个接替我们不幸的人，
难道我命中注定必是小人物比不上你？

1278 于是法蒂玛叫来黑奴隶向他亲手交待：
将信交给那个面容似太阳一般的姑娘。
他用一件绿色斗篷把自己桶似的裹住，
他轻捷蹿过一个又一个门廊消失不见。

1279 魔法师飞驰像从暴怒的弓里射出的箭，
当他来到巫师国正赶上四周变得溟茫，
卫兵们排成密集的队形悄无声息行进，
他给太阳姑娘带来了她所期盼的消息。

1280 他穿过插上门栓的大门如入无人之境，
他进去身披绿斗篷毛发丛生目光阴鸷。
太阳姑娘显得犹豫不安感到痛苦来临，
玫瑰色面容变黄紫罗兰像大海般发青。

1281 奴隶说：为何那么黑暗，干吗害怕日光？
要知道我给你送信来是受法蒂玛指派，

你从书信里便可得知我所言句句是实。
等待太阳吧玫瑰花将会在阳光中绽放。

1282 这一消息令太阳姑娘像童话那般惊奇，
一束黑琥珀箭矢颤栗着在扁桃旁开裂。
她收下这封充满爱恋和深情厚意的信。
她读着信热泪滚滚情感在字母上漾沸。

1283 这时她问奴隶：告诉我那探寻者是谁？
连预言家也无法知晓我仍然脚踩大地。
他说：自从创世主把姑娘与我们分离，
我们的太阳不再明亮它只是黑暗信使。

1284 他又说：自从法蒂玛胸膛被长矛刺穿，
她泪水的强压便将滔滔热泪驱向河川，
我为她打探秘密躲过巡逻队来到你处。
上天作证法蒂玛因流泪双目已无光华。

1285 有位勇士来到我们家英俊得迷人眼眸，
他对法蒂玛详细叙说你的痛苦有多深，
勇士显得热烈又威武是他在把你寻找。
他们派我来并要求完成使命立刻返回。

1286 姑娘说：是啊，我相信你说的全是实情，
可法蒂玛怎么能打听到我藏匿在何处？
看来我的武士还活着火焰灼烧我的心。
我要给她写信诉说我囚禁中悲痛之情。

四十九

涅丝丹致法蒂玛的信

1287 太阳姑娘写道:夫人,在那不朽的爱上,
你比母亲更知恶世界如何对待女囚犯。
宇宙的审判官决定让我受更多的苦难,
但是读毕你的来信我的心充满了希望。

1288 你两次救我摆脱敌人减轻了我的悲观,
但我又被巫师们俘获囚在铁门后加闩,
全王国看守着我数不尽的士兵如大海,
处在你们友好的劝说中境况才算改观!

1289 我从这里不知还能给你写些别的东西?
女王去了遥远地方此地暂且没有巫师,
我处在好几千士兵们极严密的看守下。
别指望救我出去!请你们别相信奇迹。

1290 谁来将我寻找都是白费工夫无济于事,
但愿我的心别再受痛苦别再充满激情,
我能羡慕的只是他清晰地看到了太阳,
我真伤心!同太阳分离生活那么悲凄。

1291 在你面前我不想敞开心扉将爱情诉说：
我没有说话的勇气不想重又痛哭流涕。
我求你请你别怕费口舌劝劝我心上人，
让他别再把我寻找尽快给他派遣信使！

1292 为我不顾一切不值得我后悔活在人世，
得知他的死讯我应该让自己死上两次。
我知道一切均徒劳这便是痛苦的真理。
倘若并非如此可用石块将我砸烂埋尸。

1293 你还要求我给我的心上人送信物致意，
我致送一小块从他那里得到的薄纱巾：
意中人赠与的礼物对我比一切都珍贵，
同我的命运一样纱巾的颜色也是乌缁。

五十

涅丝丹致情人的信

1294 瞧她在给情人写信泪流满面呻吟不已，
情爱将火焰点燃泪水又将那情爱浇灭。
她写着可谁会听？受伤害的身躯战栗，
透过玫瑰水晶闪烁着光芒将花瓣折映：

1295 亲爱的，我在这封信中投入全部勇气。
我将笔杆蘸上胆汁如蘸上痛苦的墨汁，
信笺如我心我把它与你的心粘在一起，
你别急切渴望自由心天生与黑暗相依！

1296 我的朋友你看这世界能为我们做什么！
哪怕它光芒闪耀我身处黑暗是它手笔！
理智嘱咐聪明人将它鄙视让它遭惩处。
但是须知无穷的痛苦莫过于同你分离。

1297 你看这万恶的世界使我们痛遭别离苦！
亲爱的，我和你不可能再逢欢乐盛宴，
长矛已将我心刺穿我的偶像去了远方。
那隐藏的理智将内心的秘密完全暴露。

1298 对天起誓我心已死不以为你还活在世，
生的勇气和生命的渴望已然离我而逝，
眼下听说这一切我在上苍面前低下头。
昔日的悲痛在喜庆之日的闪光中消失。

1299 你的生命将我照亮恰如一面希望之旃，
哪怕整个心儿伤痕累累烈焰将它焚毁。
失去的记忆还为你保存着情人的形象，
你在哪儿播种爱情我在那里爱抚幼株。

1300 哦，亲爱的，关于自己我还应该写些啥？
语言与理智无力将世上邪恶理解明白。
法蒂玛给过我自由上苍将加倍奖赏她，
但我们的世界又将重新出现阴谋狡诈。

1301 你看如今不忠实的世界又在加祸于我，
难道命运之神还能找到我这样的苦痛：
她让我被巫师俘获同他们作战很危险。
我的朋友，命运想让我们把一切忍熬。

1302 我关在高高的城堡里只见远处的荒野，
如影相随的巡逻队守卫着那地下通道，
他们的目光白天黑夜不停地盯着大道，
他们将火红色巨岩往下抛掷打击外敌。

1303 或许你以为他们会像人那样进行战事？
你可别答应承受比我现在更糟的悲凄！

见到你丧命我也像火绒燃烧必死无疑。
但愿你不被压垮离别中比岩石更坚实。

1304 我的朋友,请你把猜疑的毒药抛一旁,
仿佛我喝醉酒会与其他梧桐别有恋情。
失去你我鄙视一切:欢愉、乐趣和生活。
我或是用刀将自己捅死或是纵身山崖。

1305 我对太阳起誓你的月亮不对旁人闪烁,
哪怕三颗太阳对她燃起激情倾注热情。
最好让身子坠落至深渊,它就在近旁,
让醉心于你的心灵插上翅膀飞进穹苍。

1306 请你恳求造物主从黑暗中给一个出口,
那里火焰和水、空气和泥土筑成边界,
以便让我展翅飞升至双眸梦想的高空,
在那里日日夜夜不停观察闪光的太阳。

1307 没有你太阳不再闪光它与你不可分离,
你是它永恒的卫星命运将你们连一起。
我在太阳中见到你形象朝霞代替黑夜,
生命苦短但在死亡中我找到心灵安谧。

1308 我并不害怕死亡倘若心灵在你荫庇下,
在墓穴的黑暗中心灵之火将重新点燃,
我在那里想起别离鲜血将从伤口迸出,
想起你的爱人已离去你可别潸然泪下。

1309 快去印度边疆:我的父亲正期待帮助。
他在那里被敌人围困一个人孤立无援,
去减轻他同心爱女儿分离所受的打击。
请记住我如何号啕大哭眼泪流成了湖。

1310 我虽不幸但很满意能捎信将命运哭诉,
你得了解如何寻找与人心灵相通之路。
我为你去死而乌鸦就该为我操办丧事,
伤心的是我令你一生落眼泪备受痛苦。

1311 给你寄上你的礼物请收下当一种象征!
那是一小块纱巾犹如爱情死亡之印记,
但愿留下作纪念恰如满怀希望之约言。
天上的七颗星辰变为苦难朝我们侵袭。

1312 她终于写完信札心儿朝友人那边飞扬,
她从薄纱巾上斜着剪下一块当作信物。
没有披盖头的头上青丝三尺越发秀丽,
身上和发辫上散发出缕缕馥郁的芳香。

1313 道路通往古兰沙罗,奴隶回到了那里,
一路上他没有耽搁出现在法蒂玛面前,
阿夫坦季尔重又听到亲爱姑娘的消息,
他向上苍表示感谢思路清晰毫无醉意。

1314 他对法蒂玛说:此事的结果令我高兴,
我欠你情无法偿还你的关心没齿不忘。
我必须立刻上路:这一年已接近年底。

我把朋友们带来巫师的苦日子将来临。

1315 法蒂玛对他说道:雄狮,我已烈焰熊熊,
同温情的炭火离别我的心儿陷入朦胧。
快去找塔里埃尔他也狂热得失去理智,
倘若巫师们回来你们的功勋便成泡影。

1316 勇士把过去同他在一起的奴隶们召来,
对他们说:我们从死的怀抱又回到生,
期待已久的消息让我们全都热血沸腾,
我们已无必要以自己的死让敌人安泰。

1317 你们去找普里东将这个体面成就报告,
我自己先不见他凭巨大冲动纵马驰骋。
任凭他大声喊叫雷声隆隆及威震四方,
你们将礼物挑选那是我粉碎敌人所获。

1318 虽说我无法报答你们对我的忠诚效随,
但倘若我们还能相会我马上把债偿还。
海盗们的所有财产也归你们它们不菲,
再没有更多哪怕你们把我当作吝啬鬼。

1319 在异国他乡我虽贫穷却赠与心里高兴。
从海船上卸下货物所有珍宝作了奖励。
阿夫坦季尔说:带上礼物快快回家乡,
有封信替我带给我的兄弟国王努拉丁。

五十一

阿夫坦季尔致努拉丁的信

1320 他写道:伟大的努拉丁幸福的王中王,
你强壮有力如雄狮奇特的光辉似太阳。
你完美无缺令那背信弃义者血流成河,
我是你的小兄弟从异国他乡向你致敬。

1321 在此之前我历尽考验为不幸付出代价,
待到自己的愿望达到才获得心灵欢洽。
我得知太阳姑娘情况她囚禁于巫师国。
雄狮将找到自己乐趣即使他钻进地下。

1322 被命运捉弄的姑娘受尽巫师们的折辱。
我们可去会会他们即使只将城堡夺取。
水仙流泻水晶雨玫瑰上露珠闪闪发光。
那里暂且没有巫师但士兵们挤成一堆。

1323 我的心充满喜悦痛苦的眼泪已被抛却。
倘若我和你们在一起那功勋会有多大!
你和你兄长做什么决定都会达到目的。
不仅是敌人甚至巉岩也会见你们发颤!

1324 我该请求原谅因为我得去另一个地方，
我们必须尽快与身陷囹圄的月亮见面，
当有位朋友同我一起跑来你定会高兴。
还说些什么？你的兄弟般义务必完成。

1325 我还欠你的奴隶一份债他们功勋卓著。
奴仆们干活都麻利机灵真是令我满意。
不管有教养的努拉丁是赞扬或不便说，
但智者曾经说过：相似的人们聚在一起。

1326 写完书信他用一块包布将它仔细包缯，
亲手将一束玫瑰和紫罗兰交给奴隶们，
并且给自己的信函附上一句口头嘱咐，
从年轻的珍珠里冒出的厚意照亮大门。

1327 阿夫坦季尔从抵达的海边找来条小舟，
勇士如巨星登舟启程一轮明月闪银辉。
离别令法蒂玛心情沉重也将他心刺痛，
带血的眼泪哗哗流淌冲刷着无底深谷。

1328 所有人：法蒂玛、乌欣和仆役流泪痛哭，
说：太阳，你用火红的光芒将我们焚毁，
巨星，你离我们而去，黑暗与我们同在，
请你用致命的双手将我们埋进那坟墓。

五十二

阿夫坦季尔从古兰沙罗出发
并与塔里埃尔相逢

1329 阿夫坦季尔搭载一艘顺路船驶向大海。
他独自一人面露喜色在茫茫沧海疾驰。
他很快将见到塔里埃尔带着重要消息，
他向苍穹举起双手将祈祷与痛苦相应。

1330 阳春三月春意正浓林中草地一片葳蕤，
正是繁花似锦玫瑰盛开朋友相会之时，
巨蟹星座正在天体轨道上占据着宝座，
发现玫瑰露出了伤痕阿夫坦季尔叹息。

1331 露水晶莹似水晶惊雷奏响天宇大合唱，
他热情亲吻玫瑰在它双唇上编织图案，
他对它说:我用甜蜜的目光将你观察，
仿佛在同友人相互交换那诚挚的华章。

1332 记起结义兄弟他不由得流下伤心泪珠，
忙着去见朋友一路上走不完的伤心路，
崎岖难行的道路、荒漠和陡峭的山峦；
芦苇荡里的洞穴也救不了狮子和老虎。

1333 岩洞终于露面，他高兴说道：那些山岩，
就是我朋友受煎熬之地我为他而哭泣。
我要告诉他我为何老远赶来怀着敬意。
倘若他不在洞里我的所有努力全白费。

1334 他不会在那里待多久即使回到了洞里，
想必他在旷野上转悠跟踪野兽的足迹。
他顾盼四周说：我最好还是去芦苇荡。
说着他转过身子策马顺荒原按辔徐行。

1335 他走得从容不迫唱着歌心里充满欢喜，
他扯着洪亮的嗓子叫着塔里埃尔名字。
不远处他发现太阳在金色光芒中闪烁：
芦苇编的栅栏将他兄弟塔里埃尔显现。

1336 一头狮子已经断气他的剑残留着血迹，
他没骑马站着身后绵亘着芦苇的密林。
惊奇中他听见阿夫坦季尔的大声呼喊，
他看一眼纵马疾驰打算重新失去理智。

1337 他扔掉剑朝盟兄弟飞了过来快步流星，
阿夫坦季尔也从马上飞身跃下疾如电。
两人在亲吻中融合双臂在脖颈上交织，
玫瑰之声蜜之花那花瓣在花蕊里绽放。

1338 塔里埃尔将往日全部口才在泪中迸发，
鲜血在玛瑙间流淌将整个河间地染红，

泪水汩汩不绝把梧桐树般的身躯湿润:
见到你我竟忘了痛苦的生命曾受创伤。

1339 阿夫坦季尔以微笑迎接塔里埃尔的泪,
两排珍珠透过玫瑰花的缝隙抛掷光芒。
他说:我打探清楚,我们没有什么危险,
即使玫瑰依然枯萎从今以后她将盛开。

1340 塔里埃尔说道:今天是个大喜的日子,
有机会见到你使我理解了生活的意义。
对我而言上帝并没有治疗心病的良药,
一个人只是在天上寻找而在尘世医治。

1341 朋友他令勇士吃惊脑筋迟钝不善猜度,
他竭尽全力想尽快把一切情况讲清楚,
于是便将涅丝丹一截纱巾亲手交给他。
塔里埃尔一见此巾便知这是他的赠物。

1342 他收下信函和纱巾顿时心中充满喜悦,
他把它们紧贴在脸上玫瑰失去了光泽,
离开玛瑙森林内心如迷雾般模糊不清。
这些痛苦卡伊斯[1]和萨拉曼[2] 都未曾经受。

1343 阿夫坦季尔发现塔里埃尔停止了呼吸,

① 卡伊斯,阿塞拜疆诗人(约 1141—1209)的叙事诗《莱伊丽和梅杰努》中的主人公。

② 萨拉曼,是长篇小说《萨拉曼和阿布萨尔》中的主人公。

他惊惶不安急忙上前帮朋友减轻悲戚。
想将朋友从自燃的火中救出谈何容易！
心上人的书信和信物竟让痴情人倒下。

1344 阿夫坦季尔坐着痛哭如领唱人在哀鸣，
乌鸦的翅膀顺着卵形的水晶扑扇腾跃，
红宝石那清秀的表面被他弄得皱零零，
泪水那鲜红的溪流顺着面颊往下流倾。

1345 他用鲜血蒙上面颊惊慌不安望着武士：
我真愚蠢，这件事将会使我招致羞耻！
难道可以那么急匆匆地往篝火上浇水？
面对意外喜悦心儿无法承受这种压力。

1346 倒霉蛋我还说什么？你毁了自己朋友！
当然你有罪：你太着急得好好用计谋。
在困境中做事匆匆忙忙无法保证成功，
我们知道与其仓促鲁莽不如镇静沉悠。

1347 塔里埃尔咽了气生命之火燃到了极顶，
勇士朝森林疾驰那里有一条小溪流淌，
他找到狮子的那摊血还红殷殷冒热气，
他将狮血洒在朋友胸上赤红代替铁青。

1348 阿夫坦季尔洒不停用狮血为雄狮医治。
顺着长长的睫毛塔里埃尔猝然起哆嗦。
他把眼皮微微抬起梧桐重新变得强壮，
被太阳征服的月光在平原上光华熠熠。

1349 冬天里玫瑰的花瓣枯萎凋谢随风飘散，
夏天里暴雨施加威胁太阳将它们灼伤，
夜莺在它们枝头歌唱自己的爱情梦想。
但忧愁两次将它们折磨有暑热和严寒。

1350 人的心灵同样也很难顺顺当当挺舒适：
无论喜悦还是痛苦一切对他都很神奇，
在世上见不到完美每时每刻都在叹息，
只有与自己为敌的人决心冷眼看人世。

1351 塔里埃尔用目光盯着带来死亡的信函，
他读着信虽说感到自己神志有些不清，
眼泪挡住光亮白天的光辉已渐渐黯淡。
阿夫坦季尔欠欠身子开始为朋友解难。

1352 他说：有教养男子不该如此落魄丧魂，
充满欢乐的男子汉应该笑而不是痛哭。
我们快去那里太阳忧郁的光快要熄灭，
你要出现在她面前作为已订婚的丈夫。

1353 但愿欢乐中不再留下痛苦忧愁的痕迹，
他们等待我们启程在巫师国的要塞里。
宝剑是我们的首领劈杀巫师毫不费力，
路上我们并不寂寞可把巫师比做腐尸。

1354 所有问题塔里埃尔都得到了热情回答，
他的眸子里闪烁着黑白两色神奇光华，

他的面容富有迷人色彩似阳光下宝石。
惟有当之无愧的人才能获取上帝酬答。

1355 表示感谢的话语令阿夫坦季尔很宽慰：
为了给你应有赞扬我需要智者的力量，
你如山涧的清泉将平原上的鲜花浇灌，
你帮助朋友为水仙上的泪湖排干眼泪。

1356 我难以报答你天上的神祇将给你奖补。
他将给你发放最高级的礼物分量十足。
兄弟俩骑上骏马徐行心中诞生出歌曲。
对阿诗玛而言痛苦世界如今变得寥廓。

1357 阿诗玛独自坐在山岩下洞穴的大门前。
塔里埃尔和白马勇士突然出现在眼前，
两人放声歌唱歌声悦耳如能歌的夜莺。
见到他俩阿诗玛飞奔虽说只穿件衬衣。

1358 要知道她曾不止一次见塔里埃尔哭泣，
如今觉得奇怪他变了样显得兴高采烈。
她丁丁当当拼命奔跑全身似得了热病，
不用猜测她便知道那是她希望的变迁。

1359 勇士们看着喊着那欢笑声似春风荡漾：
喂，阿诗玛，上苍给我们带来厚意深情。
他替我们找到了黑暗中的月亮创奇迹，
没有忧愁没有痛苦的新生活已然来临！

1360 阿夫坦季尔跳下马欲想把阿诗玛拥抱，
阿诗玛朝梧桐伸出双手将他使劲摇晃，
她亲吻脖颈和脸颊用泪水将它们布满：
我为你哭泣你给我带来什么样的喜报？

1361 阿夫坦季尔交给阿诗玛女主人的书信，
她是在涅丝丹的抚育下于恭顺中长大。
他说：读过信她的痛苦便会一清二楚，
黑暗将离我们远去太阳将向我们靠近。

1362 一看信阿诗玛便清楚此信是谁的手笔，
她感到吃惊害怕似的战栗着神志不清。
一种古怪的感觉从头到脚传遍了全身，
她对勇士说：难道这一切全都是真事？

1363 阿夫坦季尔答道：别怕，一切全是真的。
痛苦与悲伤迅速离去欢乐将真真切切，
黑暗风流云散伟大的光芒将普照大地，
恶被战胜善将在这个世界上永世长存。

1364 印度统帅当阿诗玛面说的话奔放热情，
他们俩紧紧拥抱好像一辈子未见过面，
泪水如露珠从睫毛和眼睑滴在玫瑰上。
命运不会出卖人倘若他正直而又聪明。

1365 他们向上天表示谢忱他是快乐的源泉，
纷争与上天格格不入解决方法是公断。
阿夫坦季尔举起双手高兴地赞美上苍。

三人高高兴兴进岩洞阿诗玛款待他们。

1366 塔里埃尔对兄弟说：你听到无数话语，
都恭顺地将它们接受不愿意妄自尊大。
自从我将巨人击溃把他们的巢穴捣毁，
至今没有开启过他们在洞穴里的宝物。

1367 我不需要动它们在这里生活有失身份，
现在让我们过去看看将宝藏全部打开。
于是阿诗玛同他们一行三人去了那里，
他们捣毁四十道大门找宝物犹如战争。

1368 那里的财宝无与伦比至今谁也没见过，
琢磨精致的宝石一大堆简直无法想象，
一颗颗球大的珍珠保存在完整箱子里，
经过浇铸的金锭无论如何数也数不清。

1369 四十座仓库紧挨着石拱全都装满财宝，
有座仓库单独存在装着全是战斗装备。
那里堆满铠甲像腌咸菜似的密密匝匝。
武器库中央有只箱子谁也未曾打开过。

1370 箱子上面有字条：此处铠甲全部精良，
由金刚石纯钢打造并有两把巴士拉[①] 剑。
倘若巫师们进犯巨人族定将大祸临头，
但若有人将它打开他便是杀国王凶犯。

---

① 巴士拉，现为伊拉克海港城市，现存7世纪古城遗址。

1371 但英雄们不假思索便打开了那箱子盖，
那里放着供三个最强健身躯用的装备。
那些宝剑铠甲头盔护肩全都完好无损，
绿松石的箭囊里悬挂的箭矢锋利无比。

1372 每个人都按尺码给自己挑选盔甲一副。
头盔和铠甲确实任何铁器都无法刺穿，
宝剑则削铁如泥好似在划棉絮上的线，
他们把它看得比世上所有财宝还珍贵！

1373 他们三人说：条上的题词预示着幸福，
上帝从天上向我们展示了幸福的要旨。
他们着手将自己挑中的铁铠甲扛在肩，
也没有忘记拿上一套给普里东作礼物。

1374 他们还挑了些珍珠与黄金储备凑一起，
便将四十道大门封死在自己身后锁闭。
阿夫坦季尔说：而今剑与我手紧相连，
我们在这里停留一晚明天一早便远行。

1375 现在请画家妙笔丹青表兄弟牢固友谊，
两个幸福的意中人其形象光辉而纯洁，
两位光荣的大英雄其火焰强烈而致命，
锐利的长矛将对巫师们进行无情打击。

五十三

塔里埃尔和阿夫坦季尔
来到努拉丁处

1376 黎明时分两位英雄骑上宝马出发远行，
他们随身带着阿诗玛赴努拉丁的领地。
有个商人给了他们一匹马得一笔金子。
阿夫坦季尔熟悉道路亲自为同伴带引。

1377 他们继续赶路遇见努拉丁的一群牧民，
不管什么国家他们的百姓都高傲自大。
阿夫坦季尔因此说：难怪他们要倒霉，
我们开玩笑把马群驱赶让他们去报信。

1378 消息将不胫而走说我们把他们马儿抢，
努拉丁会命令部队追赶不惜流血牺牲，
突然间他认出我们一腔怒火化为欢欣。
我们大伙开怀大笑善意玩笑让人高兴。

1379 马儿开始在普里东国王的马群里狂奔，
马蹄迸出火花牧民害怕得在四周猛追。
他们高喊：你们是谁这里是国王马群！
他要让自己的敌人来不及哼哼便完蛋。

1380 结义兄弟抽出箭两人一起吓唬众牧民，
牧民们惊恐得大呼小叫听着就像打雷：
救命啊！那帮强盗要把我们统统杀光！
于是人们跑去向普里东报告不祥音信。

1381 努拉丁-普里东骑上马亲自准备厮杀，
他的军队呼喊着跑来士兵们围着他转。
两个太阳冲他迎面驰来他们何惧严寒，
脸甲放得很低挡住他们的眼睛和脸庞。

1382 塔里埃尔见到努拉丁便说:你想杀谁！
他摘下头盔微笑那笑容使脸颊变鲜红。
他对努拉丁说:你打算让我们吃苦头？
看来你的慷慨款待比不上你兴师动众。

1383 普里东急忙从马上跃下向他们致敬礼，
于是英雄们也纷纷下马亲吻躬身答礼。
普里东高举双手向神的决定表示尊崇，
他与他们相拥抱对新老相识深表敬意。

1384 普里东说:你们何事耽搁我等待已久，
我准备为你们效劳并不需要劝告说服。
同他们会面很像两个太阳与月亮相聚。
他们相互照耀朝国王的美丽家园行去。

1385 国王的宫邸美轮美奂令所有客人赞叹。
他让结义兄弟阿夫坦季尔坐自己身边，

塔里埃尔则安排在红天鹅绒的宝座上。
以力量著称的朋友们将礼物交给国王。

1386 他们说:我们暂时没有更贵重的礼品,
但藏有无数珍宝的那个洞穴与你邻近。
普里东跪倒在地向他们表示深深谢意:
你们赠与我的礼物对我来说无比珍贵。

1387 他们在普里东的宫里休息并享受盛宴,
翌日清晨他们像通常那样完成了洗礼,
穿上漂亮服装将自己装扮得焕然一新。
努拉丁赠给他们的礼物是珍珠和宝石。

1388 国王说:好客的主人本不该说三道四,
不想想你们度过这一天其实并无欢欣,
路途遥远你们应该带上铠甲立刻上路,
倘若巫师们回来那么成功便难以确定。

1389 我们无需大量士兵挑些勇者少些也行,
为了战胜敌人他们有三百人也就可以。
为了击溃巫师们我们要加固短剑剑身,
我们能救出姑娘她的痛苦如死神刀刃。

1390 我曾经在巫师国待过那座要塞很可怕。
一排高山固若金汤强攻难以将它攻克。
我们应该偷偷潜入而别纵马瞎碰运气,
因此大部队在那里徒劳无益很难取胜。

1391 英雄们同意努拉丁看法他们决定上路。
这时阿诗玛同他们分手国王赠她礼物。
三百名骑兵已选定他们个个英勇无畏。
起先竭力忍耐而后进攻取胜这是规律。

1392 结义三兄弟走海路渡海然后骑马前进，
白天黑夜无法阻挡普里东部队的步伐。
普里东说：我们离巫师国已经比较近，
为了不露行迹我们从此应该夜间启程。

1393 三位英雄就这样决定按照普里东建议：
白天他们就地等待黑暗到来接替光明，
终于要塞高耸近在眼前威力深不可测。
要塞卫队的吆喝声此起彼伏响彻人间。

1394 一万名卫兵全副武装将地下通道守护。
望着苍穹下洒满银辉的要塞雄狮们说：
好好想一下我们如何达到期望的结局，
纵有精兵强将十万也得依靠正确战术。

五十四

努拉丁-普里东的建议

1395 普里东说:我想说一句符合真理的话:
要塞十分强大而我们很弱这我很明确,
想通过自吹自擂拿下要塞很显然不行:
他们进到里面我们在此待千年也白搭。

1396 我从幼年起便在自己家里学会了体操,
我训练十分刻苦跃过障碍物十分灵巧,
我还能顺着绳索难以察觉地攀缘奔跑,
这一切令人羡慕使我在家乡名气很高。

1397 谁能够将长长的套马索绳圈远远抛出,
让它把敌人阵营那塔楼上的雉堞钩住,
我便能奔跑如履平地仿佛那并非绳索。
到那时已未必能在那里找到一个活奴。

1398 我将随身带上盾与宝剑不让自己吃苦,
我将如暴风雪那般飞舞着跳进那城堡,
将巫师国的卫兵消灭替你们打开大门。
你们就赶快朝人声嘈杂的地方冲进去。

五十五

阿夫坦季尔的建议

1399 阿夫坦季尔说:你是无可指责的勇士,
倘若你相信掌力深厚便不会受到伤害。
你的建议使敌人覆灭你出手残酷无情。
但你听这是卫兵们在不远处互相呼应。

1400 稍有动静卫兵便能听见铠甲的丁当声,
他们便会割断绳索你得承认此举不妥!
你必将牺牲你英勇的生命使闪光熄灭,
为了帮助消除不幸我们需要另辟蹊径。

1401 最好是你们悄悄在避酷热的地方待命,
卫兵们会放那些非平民的外国人进城。
我换上商人服装给他们开个天大玩笑,
把铠甲剑盾和作战用一切藏在马骡上。

1402 我们三人不该一齐去这样马上被察觉。
我一人扮作商人能骗过他们敏锐目光,
我偷偷穿上铠甲便出现在他们的面前。
倘若上帝支持我们我让他们血流成河。

1403 在城里击溃敌军他们自己都不知痛苦，
你们两位勇敢的英雄从外面大肆杀戮。
我砸掉大锁替你们打开那高原的堡垒。
倘若你们的办法更妙我并不怕成怨府。

五十六

塔里埃尔的建议

1404 塔里埃尔说:你们俩的高贵品质显示,
你们更显出英雄本色那建议如此明智。
我知道你们渴望战斗不白白挥舞宝剑,
在交战的生死关头我们将勇敢在一起。

1405 但你们同样该考虑这建议应对我有助,
要知道听到战斗打响太阳姑娘会看见,
你们在激烈战斗而此刻我却袖手旁观,
对我而言坦白说这是一种莫大的耻辱。

1406 我的建议更好些由我们一起完成任务,
我们把战士们分为三拨待到曙光初露,
我们各率一百士兵飞快纵马往前疾驰,
我们手擎宝剑朝自己的敌人迎面冲去。

1407 将他们活活踩死不让他们将大门关闭,
一拨冲入城堡两拨于入口处展开战斯,
让他们陷入漩涡一下子便倒在血泊里,
我们便裹紧铠甲长驱直入让敌人消逝。

1408 这时普里东说:我预感明天会很艰苦,
他冲进要塞却来不及瞒过我赠的乌骓,
我赠你却不知会有个什么巫师国显露,
我发誓未送过骏马小气的名声得保住。

1409 普里东说着笑话让朋友们开心别气馁,
聪明人听出这番话里的乐趣开怀大笑,
他们互相取乐让自己的心情放松快乐,
他们给烈马备好马鞍着手战前的准备。

1410 匆忙中他们又重新将开玩笑的话语诉,
一切仿佛已在塔里埃尔的话中作决断,
他们将战斗中表现勇猛的士兵分三拨,
飞身上马那头上的恰巴拉赫① 随风飞舞。

① 恰巴拉赫为当时男子头上戴的一种头饰。

五十七

攻占巫师国要塞和解放涅丝丹

1411 三位英雄的形象比太阳灿烂光彩夺目，
落在三人身上的是星座上射出的光柱。
塔里埃尔挺秀英俊骑着宝马赏心悦目。
他们的容颜对敌人是死亡对友是欢愉。

1412 我描绘三位英雄相同的形象决无瑕玷：
你恰如汹涌的暴雨在峡谷中奔腾轰鸣，
你令平湖起巨浪滔滔水流中雷声隆隆，
你入大海一望无际如在源头风平浪静。

1413 英雄普里东和阿夫坦季尔已天下无敌，
哪里还有谁敢干同塔里埃尔决一死战？
太阳以自己的光辉令群星全黯然失色。
而现在请注意有谁见过拍岸浪的飞瀑。

1414 三位兄弟各选一道门队形整齐上征途，
他们身后是三百名士兵均属英雄部族。
午夜时分他们被紧急选中去参加征讨。
他们手执盾牌集合好东方才晨曦初露。

1415 但起初他们步履从容如行路人在途中。
墙后的守军没有点灯仍无法猜出真相，
观察敌人他们毫无怯意反倒更靠近些。
此刻士兵们戴上头盔已准备发起冲锋。

1416 刹那间马鞭呼啸驱赶着战马向前狂奔，
战马冲入敌阵怒号声尖叫声响彻全城。
三勇士从三面突入勇猛豪放驱马疾驰，
战鼓和号角声立时同哀嚎和喊声混合。

1417 在无比愤怒中上苍对巫师国不再理会，
克罗诺斯[1] 阴沉着脸将太阳的宫殿抛开，
苍穹和命运之神都气得狂怒扭过脸去，
尸横遍地堆积如山连山谷也无法容留。

1418 塔里埃尔一声怒吼使得敌人振聋发聩，
他刺铠甲如扎补丁砍脑袋如揭蒙头布。
狂怒中三兄弟将三扇深红色大门砸烂，
新的狂飙中战士出现在城头势如破竹。

1419 阿夫坦季尔和普里东再次在城堡相聚。
他们将敌人全部歼灭鲜血汇成了大川，
他们互相呼应欢乐的呼喊声此起彼伏。
他们四处打量独不见塔里埃尔在敌区。

① 希腊神话中的时间之神。

1420 未遇塔里埃尔他们害怕只好重新寻找，
他们冲向各城门让最后一个敌人跌倒，
铠甲堆得像座高山一挥手宝剑扫成垛，
一万名打死的敌人躺在大门旁成灰包。

1421 卫兵们躺着面目狰狞像是全得了瘟疫。
他们的尸体鲜血淋漓铠甲上满是窟窿。
城门击得粉碎门扇倒下一扇压着一扇。
是塔里埃尔所为！他们对此心中有数！

1422 死尸间露出条地下通道仿佛林间小溪，
他们发现太阳已把月亮从龙口里救应，
塔里埃尔站着没戴头盔抚摸那头青丝。
他们交颈相拥胸贴着胸已然融为一体。

1423 连热烈的亲吻也不能消除拥抱的激情，
看起来好像是土星和木星在天上相逢。
太阳将心中的玫瑰照耀双方发出光亮。
至今生活得闷闷不乐从今后幸福欢欣。

1424 在无止境的亲吻中他们继续紧紧相拥，
花瓣在玫瑰的裂口散开重又渴望合拢。
阿夫坦季尔和普里东出现三兄弟相会，
结义兄弟们盯着太阳表示自己的敬重。

1425 太阳向他们答礼为幸福相逢莞尔而笑，
太阳姑娘在完美无缺情感中亲吻友好，
意欲在温柔的话语中对他们表示谢意，

充满喜悦的一对情意绵绵又情语滔滔。

1426 阿夫坦季尔和普里东向塔里埃尔行礼，
向他表示祝贺并询问他健康情况如何，
他们为他未受伤而高兴虽说铠甲拳曲。
他们如雄狮般将野山羊似的巫师驱斥。

1427 三百名士兵进入要塞的是一百又六十。
虽说胜利令人高兴但普里东怜惜战士，
他们将所有幸免于难的敌人加以惩罚，
缴获的珍贵战利品多得简直无法算计。

1428 他们牵来要塞里所有的骆驼和马骡子，
将无数珍贵物品奇珍异宝装满了三千，
绿松石红宝石水晶酒樽都经精雕细琢。
太阳姑娘坐上轿子人人向她鞠躬致意。

1429 留下六十名士兵充当可靠的护城卫士，
他们亲自护送太阳谁敢剥夺这份奖励?
虽说路途漫长但他们径直往海城进发。
他们说:欠法蒂玛情便还她一份高兴!

五十八

塔里埃尔抵达海王城

1430 塔里埃尔派遣信使去见海洋的统治者。
他写道:我塔里埃尔,消灭了我的敌人,
我的太阳同我在一起心脏被长矛刺穿。
我渴求您作为亲人和父亲能赐我相约。

1431 我把巫师国和周围地区置于控制之中,
我把一切成功归功于海王和我的朋友,
是法蒂玛救了我的太阳给妹妹以帮助。
我不知对这一切如何致谢感到很悲痛。

1432 请您来见见我们,我们已到你的海口。
陛下,我将巫师国所有土地都赠与您。
您派自己亲信去到那里巩固自己统治。
我无法上您那儿请您能否来我处聚首。

1433 你吩咐乌欣请他妻子法蒂玛亦来相聚:
被她从羁绊下解救的人将高兴见到她。
她本人更喜欢见的难道会是别的姑娘,
当然只有我的太阳她如水晶光彩夺目。

1434 塔里埃尔的信使刚展现在海王的眼前，
他高兴得心儿怦怦跳这是一切的征兆。
为真理国王充满对造物主的感激之情，
于是他不等其他人便启程离开去会见。

1435 国王将行李驮在牲口上像是参加婚娶，
所带礼品五颜六色珍珠颗颗璀璨夺目。
他在路上度过了十天法蒂玛随他同行，
在谷地在丘陵狮子和太阳都乐意迎銮。

1436 客人们见到大海的国王全都感到高兴。
他们同他相聚将他亲吻士兵列队相迎。
多次听到颂扬塔里埃尔向他表示感谢，
国王见到面容似太阳的姑娘亦很喜庆。

1437 而法蒂玛一见到姑娘便显得精神激奋。
她亲吻姑娘的手脚紧紧搂住她的脖颈。
她说:谢天谢地！黑暗已被光明照亮，
我明白了恶的短暂而善的光明才永恒。

1438 姑娘搂住法蒂玛说,声音甜美而温柔:
倘若喜悦的浪潮能将受伤的心灵照亮，
残缺的月亮便会变成充满光亮的满月。
阳光照耀玫瑰她就不会重新变得冷酷。

1439 海王将婚事操办高举酒杯把祝酒词表。
感谢赠与巫师国的盛宴办了七天七夜。

每位宾客都获赠极贵重礼物喜逐颜开，
客人们踩着洒得满地的金币如过金桥。

1440 那里礼品堆成了山绫罗绸缎不计其数，
至于塔里埃尔的婚礼冠更是价值连城，
它整个儿是块绿松石雕琢得美奂美轮，
而他的赤金宝座红光四射如火焰闪烁。

1441 而给涅丝丹的礼物是卡巴恰[①] 和薄纱巾，
上面缀满名贵的绿松石和红宝石图案。
一对新人在宝座上光彩夺目神采飘逸，
目击者被他们的风采惊讶得心醉魂迷。

1442 阿夫坦季尔和普里东获礼亦无法计量，
他们每人被赠与宝马一匹配名贵宝鞍，
以及华服一件其装饰品令天陲亦黯然。
他们说:我们能说什么,国王您太雅量。

1443 塔里埃尔也过来表示感谢说话更流利:
陛下,能见到您的容颜我感到很欢欣，
您赠给我们许多礼物一件比一件精美，
我们在此逗留过得很好令人难以忘记。

1444 海王回答道:你是君主和勇敢的雄狮!
见不到你我会死亡,见到你永存于世。
礼物菲薄不成敬意你是青年男女楷模。

① 此处指质地高贵的女式华服。

失去你心胆俱碎活着就想抬眼见到你。

1445 塔里埃尔对法蒂玛说:你是我的姐妹,
你的恩情我无法偿还但我会加倍补偿:
我对巫师国首都的胜利所缴获的一切,
我已亲自带来作为珍贵的礼物赠与你。

1446 这时法蒂玛垂下头再次对他表示感谢:
国王,见到你们我被一种激情所支配,
但是如果你们离我而去我将精神失常。
幸福是你们伴侣有了你们我才开心些。

1447 三兄弟一起请求海王他们的脸颊绯红,
皓齿水晶般闪光红宝石的嘴唇呈浅红:
没有你甚至迟来的行人也尝不到欢乐,
但我们得走请你允许我们踏上路重重。

1448 您是我们的父亲是可信赖的幸福朝晖。
我们需要船和舵手您该同意这份请求。
海王说:我做好一切准备棺材亦不怕。
倘若你们决定就动身右手给你们带路。

1449 海王给了他们条好船在海边将它整装。
三兄弟全体出发痛苦得热泪哗哗流淌。
梅利克国王痛苦地呻吟着捶自己胸膛,
法蒂玛的眼泪使大海波涛一浪高一浪。

1450 由誓言团结一致的三兄弟航行在海上,

交谈中重提原先的快乐使友谊更巩固，
笑容满面歌声荡漾这一切使他们陶醉，
水晶般的皓齿在唇上流出清澈的光芒。

1451 他们打发一人带着好消息去见阿诗玛，
并去普里东的城堡传达那胜利的消息：
太阳将光临我们城做客令人笑逐颜开。
我们过去的生活如严寒如今再也不怕。

1452 他们沿海岸骑马而行太阳姑娘坐轿子，
他们笑呵呵喜洋洋将所有的忧愁抛弃。
瞧他们已经抵达由努拉丁统辖的边界，
人们将他们迎接整个谷地都歌声飘溢。

1453 欢迎队伍最前面是国王的王公大臣们。
而阿诗玛满怀喜悦心中的伤口已愈合，
她将公主紧紧拥抱两个身躯无法分开，
那始终如一坚持不懈的忠诚终于取胜。

1454 涅丝丹和阿诗玛火烫的嘴唇印在一起。
涅丝丹说：我将沉重的痛苦推给了你，
但上天有眼让我们俩尝到了它的恩赐。
你的心胸如此宽阔我将以什么报答你？

1455 阿诗玛答：玫瑰不凋萎上帝值得赞扬，
理智使奥秘变为现实最后露出了光亮，
既然我见到你幸福美满就是死亦心甘，
在这世上爱情的女奴并无等价的情郎。

1456 显贵们向英雄们问候对他们大加赞誉：
上苍赐予我们欢乐我们向他表示感谢！
是他赐福让我们重相会心儿不再痛苦。
那些上苍带来的伤痛已由他亲自治愈。

1457 他们走近吻手仿佛责任要求这么行事。
勇士说：为事业你们牺牲了很多兄弟。
他们升入天堂永恒的荣光使他们生辉，
并成为一个整体。我们颂扬他们百次。

1458 他们不幸的永逝对于我是莫大的打击，
但他们命中注定在天上获得永垂不朽。
他这样说着便哭起来眼泪同雪花混杂，
北风朝水仙吹一月的严寒将玫瑰袭击。

1459 发现国君开始哭泣大臣们也痛哭流涕，
直至发出带泪的呻吟他们才不再哭泣。
哭后他们说：你被智者们称之为巨星，
你该高兴些！不知你为何替我们哭泣？

1460 哦陛下，我们中有谁值得你如此悲戚？
每个战士都愿意毫不迟疑地为你去死。
这时普里东说：请放心，别再折磨自己，
你将接受上帝赐予你的奖励快乐无比。

1461 国王接受阿夫坦季尔所说的同情话语。
响起共同的声音：如今世界重又可爱，

它让雄狮巨星们与太阳女王重新相逢。
我们别再哭我们不需要眼泪而应欢愉。

1462 于是他们来到穆利加赞扎城的大门旁。
喇叭迎着他们吹鸣铜钹敲得整天价响，
锣鼓咚咚作响如雷声隆隆欢快又明亮，
城里人全都跑来相聚把市场生意忘光。

1463 商人顺胡同小巷奔跑居民从家里出来，
守城的一名士兵贴一边跑铠甲丁当响，
每个观众为想站得靠近些而失去平静，
因为他是实现所有愿望的唯一的主宰。

1464 众人下马便见普里东的王宫美轮美奂。
一群奴隶恭候相迎每人都腰束金腰带，
富丽堂皇的宫邸挂满金丝编织的壁毯，
大把大把的金子撒向无边欢乐的人群。

五十九

塔里埃尔和涅丝丹在普里东宫邸的婚礼

1465 塔里埃尔和涅丝丹的宝座为白玉珊瑚，
红黄两色宝石镶成美丽图案鲜艳夺目。
阿夫坦季尔的黄金墨玉宝座色调和谐。
三人登上宝座旁观者的狂热令人叹许。

1466 演唱者纷纷上场双唇编织出歌声甜润，
婚礼办得豪华气派礼物多得堆成高山。
普里东的盛宴热闹令守财奴看傻了眼，
涅丝丹美丽的皓齿闪闪发光笑容可掬。

1467 小康的普里东为兄弟的婚庆出手大度：
九颗鹅蛋大的明珠圆润璀璨美妙绝伦。
一块宝石大如圆盘闪烁着太阳的光华；
它灿烂明亮作家甚至晚上可借光耕耘。

1468 普里东还赠给新婚夫妇每人一条项链，
绿松石的项坠做工精美考究天下无双。
他又拿出一个托盘珠光宝气十分沉重，
将它端给虎皮武士的阿夫坦季尔兄弟。

1469 他从托盘中给阿夫坦季尔挑了颗巨珠，
把它赠给阿夫坦季尔并向他真诚祝福。
金灿灿柔软的地毯铺满了整个的宫殿。
塔里埃尔为如此贵重的贺礼表示感谢。

1470 隆重的婚礼在普里东宫里举行了八天。
每天赠给客人们的礼物是越来越贵重，
白天和黑夜弦乐器的弹奏越来越响亮，
太阳姑娘容光焕发塔里埃尔万分喜兴。

1471 这几天普里东听到塔里埃尔这样的话：
老战友的一颗心对于我是快乐的源泉，
为了让我安然无恙活着你从不怕牺牲，
你是济世神医使我从濒死中又放光华。

1472 阿夫坦季尔兄弟对我的功绩十分伟大，
我想减轻他的不幸作为对朋友的报答。
你问问他需要什么别离让他如此悲伤，
正如他曾帮助我解除痛苦他也需帮忙。

1473 你告诉他：我难以报答你对我的忠诚！
但上帝充满仁慈将会对我们大发慈悲。
倘若我不完成你人生路上的所有宿愿，
我将孤身一人远离家人结束自己余生。

1474 你对他说：你想要什么需要我做何事？
我们俩齐心去找阿拉伯人是我的主意。

用甜言蜜语解决一切不行便拿起武器。
不能让你同妻子结合我便不是个武士。

1475 普里东完成塔里埃尔的委托把话转告，
阿夫坦季尔感到由衷的高兴满脸笑容，
说：帮我有何用？我的病不需要医治，
巫师并没有能扼杀我恋人心灵的光耀。

1476 充满喜悦的女王给继承的王位添光耀，
敌人并未动深受尊敬的女王一根毫毛，
巫师并未压迫她也没有把她投入监狱。
我为何需要帮助？我以为这是种讨好。

1477 倘若天命恩准上帝赋予我无穷的劲道，
并且替代心灵的痛苦不吝赐予我欢笑，
只有此时必死的我才接受太阳的光照；
在此之前任何对幸福的追求均属徒劳。

1478 将我当面对你说的话向塔里埃尔转告：
国王请别生气你何苦要对我表示谢犒；
我从出生的那天起便是你的结义弟兄，
无上伟大的国王，我将至死为你效劳。

1479 你说：你渴望让我和心上人相逢相依，
这肺腑之言和感情代表你的一片心意。
在爱情上宝剑如同我的语言虚弱无力，
我最好不与它相抵牾等待上天的旨意。

1480 我只有一个最大的欢乐和最大的愿望，
那就是你登上黄金宝座把印度国王当，
坐在你身旁的是那位永不日落的太阳，
那就是你打败仇敌，成为自由的王上。

1481 只有当你达到目的我结束自己的效力，
到那时我才会回到阿拉伯与太阳相见。
但愿她亲自挑选吉日让我的痛苦消失。
我期待你的是别的而鄙视谄媚的种子。

1482 听到阿夫坦季尔的这番话塔里埃尔说：
甚至魔鬼的力量也不会命令我这么做，
既然他帮我打听到心爱的太阳的下落，
那么我也要帮朋友让命运许给他幸福。

1483 请你转告他我的这番并非阿谀的话语：
我曾打算用心来看清楚你的那位养父。
我曾用致命的打击施与他心爱的奴仆，
在回自己的故国前我要请准他的宽恕。

1484 你对他说：为此事没必要再进行商酌。
明天清晨我就按事先决定的启程上路。
友好的话语不会让阿拉伯王蒙受耻辱，
在他没有将姑娘交给我们前决不罢休。

1485 普里东又将这番话向阿夫坦季尔转告，
并建议道：你别再让朋友受痛苦折磨。
阿夫坦季尔心事重重痛苦重上他心头。

奴隶对自己主子的天职是尊敬和服从。

1486 阿夫坦季尔跪在塔里埃尔前脸色忧悒。
他抱住塔里埃尔双腿目光没高过腰际，
说：一年来我对罗斯杰万有很多罪戾，
在这样的帮助下你会将朋友引向坟地。

1487 上帝的法庭并非虚设你定达不到目的，
我不应该成为叛徒对教养者粗鲁无礼，
那死亡的床榻我的宝剑无力为他准备，
一个奴隶不该对庇护主拔出自己的剑。

1488 这一切都可能离间我和心上人的关系，
姑娘会与我绝交以愤怒取代温柔感情，
为了与她重新相见我将受渴望的熬煎。
为决定苦命人的命运一切得听天由命。

1489 塔里埃尔满脸笑容阳光在他四周荡漾，
他用双手搂住阿夫坦季尔将他抱起讲：
我的一切幸福都是你的力量给我带来，
我希望同样的欢乐也将你的心灵照亮。

1490 我不喜欢倘若人们亲近却又互相回避。
因为出于过分的自傲而让我自讨没趣。
但愿谁把我看作朋友就把他手伸给我，
倘若并非如此那么最好还是相互别离。

1491 我知道你的心上人她愿意将心依恋你，

她总不会对你朋友们的问候故意躲避。
我要用各种话语大肆赞扬阿拉伯国王：
说愿意在国王宝座的辉煌中与他会面。

1492 我将向他提出重大请求态度十分谦逊，
请他答应把他的女王姑娘嫁给你为妻。
倘若你们目的是亲近为何要受离别苦？
这样你们可相敬相爱远离亲人多艰辛。

1493 塔里埃尔并不谦让阿夫坦季尔已看清，
便不再与他强嘴只是用双唇嘟哝几声。
普里东预感此行隆重带上了精兵强将，
同两位勇士一起出发心中充满了豪情。

六十

三勇士来到洞穴并从那里赶赴阿拉伯半岛

1494 哲人迪奥尼修[①] 揭示隐秘事物肇始时讲：
上苍向世界呈现的是善而非邪恶凶残，
他给善无限广的期限而让恶瞬间离开，
善的源头最为重要那里有不朽的门槛。

1495 他们离开普里东国土飞驰如三头雄狮，
太阳姑娘与他们同行令人们赏心悦目。
水晶般清澈的脸庞上一排乌黑的睫毛，
美丽的双唇如红宝石燃烧着火样热情。

1496 轿夫们将轿子扛在肩抬着太阳姑娘走。
他们穿山谷猎野兽一路上像是在战斗。
无论他们经过何处都受到愉快的欢迎，
送给他们礼物听到的是赞扬而非诅咒。

① 曾在东西方广泛流传的一部宗教哲学著作《阿雷奥帕格汇集》的署名作者，全名为迪奥尼修·阿雷奥帕格，1世纪曾在雅典居住。该书编撰成书约为5世纪，曾对拜占庭和西欧的哲学思想影响很大。

1497 太阳姑娘端坐宝座上有如身在云雾中，
日子在快乐中度过话语在聪颖中流淙。
一片广阔的山谷展现在那荒无人烟中。
塔里埃尔曾在此待过熟悉上山的蹊径。

1498 他说:此地我是主人这是命运的托付，
我们去那里那是我曾经意志消沉之处。
阿诗玛将为你们烧烤野禽准备好酒宴，
我要向诸位献上一份薄礼请大伙赏脸。

1499 他们行进在巨石间整条道路通向洞穴，
阿诗玛按时烤熟了全鹿准备好了酒宴，
命运将生活安排得如此好令他们欢愉，
幸福代替了不幸他们因此向上帝赞颂。

1500 三兄弟心情愉快他们穿过了整座岩洞，
他们找到了塔里埃尔留在那里的宝藏，
再封死入口不让谁发现和知道其秘密。
如今他们三兄弟再不会因苦难而悲恸。

1501 主人向每个人慷慨赠送了适当的礼品，
所有士兵和军事长官都分得满满一份，
受赏赉的部队这次与他同行没有白来，
但宝藏却仿佛还像原来那样无穷无尽。

1502 塔里埃尔对普里东说:我始终欠你情，
但众所周知善行终将使命运得到补偿，
你在此看到的或还将发现的这座宝藏，

理应属于你请你把它搬回自己家保藏。

1503 这时普里东低首鞠躬说出了一番话语：
为何你会认为我很看重这些身外之物？
但谁与你发生争吵他便免不了受耻辱。
只要你用亲热的目光望着我我便幸福。

1504 他派遣使者们牵上骆驼队开赴自己家，
让他们立刻将无数的金银财宝运回家。
全体人马由此向阿拉伯半岛京城开拔，
阿夫坦季尔如残月预感到太阳的光亮。

1505 经过长途跋涉他们终于抵达了目的地。
一路上木结构塔楼比比皆是村庄林立。
居民们身穿蓝绿服装张望着神色郁悒，
为纪念阿夫坦季尔热泪纵横痛哭流涕。

1506 塔里埃尔派遣信使来到罗斯杰万面前：
见到您伟大的国王我的心中激情澎湃！
印度国王率驮运队来到陛下您的领地，
向您呈送鲜艳的玫瑰一朵他光彩奕奕。

1507 过去我们曾经邂逅但您对我心存芥蒂。
您疾驰着将我追赶试图给我设置障碍。
我不得已对您的军队作出恼火的表现，
并且毫不留情面将您的精锐部队歼击。

1508 我想重新回到正路上，来到您的面前，望您忘记过去不记前嫌对我别太严厉。
普里东国王作证我随身未带礼物一件。
我的礼物是阿夫坦季尔将跪倒您面前。

1509 信使在罗斯杰万国王的面前双膝跪下。
他的言词一瞬间无法包容国王的感情。
吉娜晶公主的脸颊三次闪烁夺目光辉，
笑靥从睫毛落到她脸庞美丽的水晶上。

1510 定音鼓敲响人声鼎沸热浪一层高一层，
士兵们精神振奋去迎接极意外的来宾。
人们策马从山上赶来那里有富饶牧场，
勇士们从四面八方聚来动作麻利迅猛。

1511 国王急忙上马相迎贵族士兵紧随其后。
谁听说过所有人如一声号令全都赶来。
人们到处将至高无上的上苍赞美颂扬，
他们说:恶不会长久,而善则永世长留。

1512 人们相互招呼相认心中燃起新的情分。
这时阿夫坦季尔对塔里埃尔温情开言:
你看远处的山谷被灰蒙蒙的尘埃覆盖，
那里有把火我在这残酷的火焰中被焚。

1513 我的教父在那儿策马等待同你的会见。
我不去那儿我感到惭愧心被眼泪灼伤。
谁像我这么不幸竟被天上的神祇抛弃?
你同普里东得救我出困境我该怎么办。

1514 塔里埃尔说:好在你对国王一直顺意。
你暂且就留在这里让痛苦同身体分离。
我赞扬你的谦逊让我同罗斯杰万见面,
我深信俏丽端庄的太阳将是你新娘子。

1515 阿夫坦季尔模样儿像头雄狮回到帐幕。
他与涅丝丹同坐健全的理智相形见绌。
从她的睫毛里飘出那轻轻袭来的和风。
塔里埃尔在荣誉的光辉中朝国王走去。

1516 普里东与塔里埃尔同行一起穿过草地。
见到国王身材修长的勇士加快了步子。
阿拉伯国王跳下马去迎接无畏的雄狮,
并向印度国王表示出他慈父般的敬意。

1517 塔里埃尔亲吻国王当面向他问候致意,
国王吻他的脖颈嘴唇感到一股香脂气。
欣喜中他随意说出一句话语令人惊讶:
你是太阳,同你分离一天便会无神思。

1518 塔里埃尔的容貌令罗斯杰万大为迷离,
他惊奇地盯着印度国王的脸庞和手臂。
这时普里东朝国王走去向他低头行礼,
但他想着阿夫坦季尔对普里东没留意。

1519 他赞扬着塔里埃尔但心中却充满痛楚。
塔里埃尔说:我的心灵仿佛被你俘虏,

奇怪的是我的目光中看到那么多良善。
你拥有阿夫坦季尔为何还想依附外族？

1520 但愿阿夫坦季尔的迟到不使国王惊惶。
且让我们坐在绿茵上欣赏宇宙的辉煌！
我将会告诉你为何会面时他没有到场，
但我得请求敕令后才能大胆开始讲述。

1521 于是两位国王坐下军队立刻四周聚紧。
塔里埃尔的脸庞发出钻石般耀眼光芒，
他英俊潇洒的容颜让人们全欣喜若狂。
他那生动的叙述将国王的注意力吸引：

1522 陛下我无法将所有请求一一向您呈诉，
但既然我出现在您的眼前就应该诉述：
请求的人他的力量甚至可与太阳匹敌，
他的光华照我身白昼将替代长夜复复。

1523 我们俩决定当您面不隐瞒我们的请示，
阿夫坦季尔替我找到幸福我至死感激，
却忘了同我一样爱情也折磨着他的心。
我不想长篇大论愤恨与愁闷形影不离。

1524 爱情的誓愿将您女儿与勇士融为一体，
我记得他枯槁的面容和他的号啕哭泣。
我恳求但愿父亲的回答别让他们丧命，
请把女儿嫁给他再没有比他们更相宜。

1525 哪怕我的话很短我也不敢再多说一词。
他将手帕两头系上活扣套上自己脖子，
他跪倒在地苦苦哀求那声音令人伤心。
谁或近或远见到此情此景都感到惊异。

1526 罗斯杰万见客人下跪脸色顿时变阴暗，
他后退一步弯下身子鞠躬到地把礼还。
说：陛下，暴风雪将我所有的欢乐驱散。
在您的卑躬屈膝下我充满悲伤与惶然。

1527 陛下！无论您想要什么难道会遭抵制？
为了您我不惜交出自己女儿或让她死，
甚至用不着非您亲自转达自己的旨意。
将她送上天的神马珀伽索斯哪儿去觅！

1528 阿夫坦季尔无人及哪怕上苍送的新郎。
我将权力交给女儿让她来掌权当女王：
她是含苞待放的玫瑰而我已白发苍苍。
我不违拗她的决定只要他们相爱相亲。

1529 你若有意让她嫁奴隶我也不会有异议：
谁若违背你意愿他就将发生不幸之事。
我始终渴望见到我心爱的阿夫坦季尔。
我表示同意如遭上天惩罚也决不争议。

1530 听到罗斯杰万的话塔里埃尔十分满意，
为了表示谦恭他再次低下自己头致意。
国王上前也低头答礼他们的脾性如此，

相互尊重对方的权利两人都幸福无比。

1531 普里东向阿夫坦季尔报喜讯纵马疾驰，
这样的好消息他同样也为此乐不可支。
他带上阿夫坦季尔在前面带路拼命跑，
阿夫坦季尔愧于见国王光芒离开天际。

1532 国王站起身勇士跃下马身材挺拔修长。
他羞得满脸通红将脸埋进了自己手帕，
玫瑰蒙上了一层白霜乌云将太阳遮盖。
但他能将自己的轩昂气宇往哪儿隐藏？

1533 国王低下头想亲吻阿夫坦季尔的脸颊，
阿夫坦季尔朝他的腿垂下太阳的光华。
国王说：起来吧，你做了风俗该做的事，
别害羞别拘束！爱情将我们连在一起。

1534 国王说着将他拥抱两人的脸容光焕发：
我的火气已经平息激情在宝石中放光，
透过玛瑙的密林将面容上的秘密照亮，
快迎着朝霞走雄狮将遇上自己的太阳。

1535 国王再次拥抱他把他当作英雄和雄狮，
他同勇士并肩而坐滔滔不绝话语甜蜜。
太阳对国王的权威表示出应有的敬意。
先苦后甜的欢愉更令他感到无比惬意。

1536 勇士说：陛下的话娓娓动听令我感动，

但我们应该立即去见太阳那美丽容貌。
你伟大而光辉应作为主人去将她迎接，
你让她在光华中生辉将周遭一切照耀。

1537 他们达成谅解与众人一起去见涅丝丹，
三巨人纵马奔驰阳光映红他们的脸庞，
迎接姑娘多高兴为见到她曾历尽艰险，
手握宝剑顺山冈疾驰骏马的步子真帅。

1538 国王老远便跃下马朝她伸出双手致意，
姑娘脸上光华烨烨国王的双眸难睁开。
她从轿子里俯身出来将国王双唇紧贴。
国王接受姑娘的亲吻真有点不知所从。

1539 他对她说:你是太阳,你是晴朗的天气，
哪里受爱情折磨有你便不会是阴雨天。
你是月亮但你的四季交替却不显形迹。
你是紫罗兰是玫瑰谁见了都自惭形秽。

1540 姑娘的面颊竟光芒四射人人感到惊奇，
人人的目光都朝向涅丝丹如众星拱北。
人们挤得水泄不通无论她在何处出现，
在她的光辉中抑郁者也像找到了救星。

1541 大伙儿重新上马不知疲倦朝京城行进，
太阳姑娘光彩照人七巨星也无可比拟。
她那绝代的美貌即使智者也无法理解。
疾如闪电他们朝国王的宫邸纵马奔驰。

1542 他们晋见吉娜晶那形象令人心驰神往。
她头戴皇冠身披紫袍手握女王的权杖。
而她赐给众人的则是太阳的光辉灿烂。
印度的统治者进来俨然似英雄和太阳。

1543 塔里埃尔带着夫人向姑娘致意和问安，
相互亲吻过后便开始娓娓动听地交谈。
屋宇在阳光下跳动而黑暗中光亮依然。
她的面颊绯红如宝石睫毛乌黑如密栏。

1544 吉娜晶恭敬地请塔里埃尔登上金宝座。
他答道：最贤明的人才适合，你请就座！
今天你比任何时候更有权登上这宝座。
狮中之王的面容如太阳应同你一起坐。

1545 勇士携起吉娜晶的手搀扶着她往上走。
让阿夫坦季尔与她同坐使他紧张惶遽，
各种形象如白色影子在众人面前飞舞，
无论是拉米或维斯都比不上这对情侣。

1546 有阿夫坦季尔坐在身边吉娜晶心慌乱，
她全身颤抖脸色恰如粉红色纱巾闪烁。
国王说：没必要用羞怯的目光盯着我，
我们按智者所说给爱情戴上幸福桂冠。

1547 孩子们！愿命运让你们活到千秋万古，
没有痛苦没有烦恼生活永远幸福美满。

两情相悦如亘古长存的天体始终不渝。
我则承你们照拂在坟茔之中获得安抚。

1548 罗斯杰万命令士兵向阿夫坦季尔欢呼:
上天给你们派来他当光荣伟大的君主。
我已年老体衰我把自己王位交他掌权,
你们要像我一样尊敬他恪守我的规矩。

1549 全军和每个贵族都向阿夫坦季尔致敬。
士兵们高呼:大地之主我们是你尘埃。
对忠君之人你赐恩惠对敌人你有宝剑。
谁将敌手削弱我们将为他把军号吹响。

1550 塔里埃尔珍爱这对情侣也把温情话说:
哪怕那风狂雨横你们有情人终成眷属。
姑娘你的夫君是我义弟你便是我小妹。
谁若加害于你我的利剑便将他们刺穿。

六十一

吉娜晶和阿夫坦季尔在阿拉伯王国的婚礼

1551 当天便为阿夫坦季尔举行了婚礼大典。
塔里埃尔与他坐在一起目光温文辉莹。
两位太阳姑娘让来宾们分享金色光亮，
仿佛天空迸裂使两个太阳并肩降人间。

1552 慷慨好客的国王让人向民众分送美食，
宰杀的牲畜无可胜数一群一群如苔藓。
给客人赠送的礼品如他们脸光华闪现，
喜庆的盛宴上国王容光焕发满脸喜气。

1553 酒樽上祖母绿放光芒带棱杯子镶宝玉，
碗碟餐具五光十色外国的花纹和工艺。
你若将这场隆重婚礼赞美定能获荣誉。
若你在场定会说:可千万别早早离去。

1554 那里铙钹轰鸣颂歌高唱气氛热烈欢畅，
气派蔚为壮观黄金和红宝石高耸如山。
那里的饮料慷慨地冒着气泡五颜六色，
葡萄美酒把时间缩短从晚霞喝到朝霞。

1555 那天宫廷还发放礼品赠给穷人和残疾，
零散的珍珠不计其数随处向众人抛掷。
金子缎子满满当当全成了幸福的袋子。
塔里埃尔欢乐的热情三天来从未消释。

1556 阿拉伯国王翌日依然热衷于设宴欢庆。
他对塔里埃尔说道：太阳，你风流倜傥。
你是王中王你和涅丝丹令全世界仰慕，
你们脚掌的脚印也能给我们增添光彩。

1557 陛下，同你并排坐一起我们相形失色。
他为他们在一旁另设宝座和国王御榻，
吉娜晶和阿夫坦季尔与他们同时就座，
新婚夫妇送给塔里埃尔的礼物堆成山。

1558 阿拉伯国王设宴所有人全当朋友款待，
他频频举杯殷勤豪爽不拘那国王头衔，
他听到众人的颂扬不断送礼毫不吝惜。
阿夫坦季尔和普里东穿紫袍色彩鲜艳。

1559 罗斯杰万敏感的心儿被年轻夫妇俘虏，
把他们当儿子和儿媳赠礼品不计其数。
相比之下我能否拿走其中的十分之一？
他赠与的王冠紫袍权杖全缀满了宝玉。

1560 这些礼品全符合塔里埃尔夫妇的身份：
珍贵的宝石千粒每粒都大如罗马鸡蛋，

晶莹的珍珠千颗每颗也都像那鸽子蛋，
善跑的骏马千匹每匹全如那高山峻拔。

1561 普里东所得的礼物是九盘满满的珍珠，
以及九匹上等宝马每匹配有精致马具。
贤明的印度国王神采奕奕地躬身致谢，
虽说他喝得很多致谢时依然非凡气度。

1562 闲话少说！光阴似箭很快一个月去逝，
他们娱乐畅饮然后又开始新一轮宴席。
又重新给塔里埃尔献上许多鲜红宝石，
宝石的光芒如阳光将在场的众人照临。

1563 塔里埃尔充满活力像一朵盛开的玫瑰，
他请阿夫坦季尔带话给罗斯杰万君主：
陛下，同你相见我心中感到无比幸福。
但我的国家还在受口蜜腹剑敌人桎梏。

1564 我深明大义要同肆意妄为者决一死战。
须知我的不幸会熄灭你眸中欢乐光灿。
我该走了迟延可能使我遭受悲伤巨大。
我将很快返回此地再次领受您的伟大。

1565 罗斯杰万答道：君主，请你别不好意思。
怎么好就怎么办你是自己命运的主宰。
阿夫坦季尔可随你同行作为部队统帅，
让你的敌人明白可怕的复仇者已来临。

1566 阿夫坦季尔向塔里埃尔报告这一情况。
塔里埃尔说:保持沉默藏起水晶围墙,
你同太阳只亲热一月怎么能让你远行?
阿夫坦季尔答:你想把我扔下别妄想。

1567 你决定把我留下可走后又会将我责怪,
说我把年轻的妻子看得比朋友更珍爱。
在离别痛苦中没有你我如何战胜悲哀?
灾祸中抛弃朋友等待他的命运必不祥。

1568 水晶在玫瑰上闪烁塔里埃尔避开责难。
他说:同你分离痛苦将会把胸部挤塌。
既然你愿意我们便同行劝说毫无必要。
阿夫坦季尔命令阿拉伯人集结去征战。

1569 他在短短时间里集合起阿拉伯的军团,
他挑选出八万精兵威武雄壮装备精良,
战马和战士身上花刺子模的盔甲鲜亮。
阿拉伯国王因别离毫无乐趣脸色发黄。

1570 别离时刻两位夫人如亲姐妹难舍难分。
两位忠实女友有割舍不了的姐妹情分,
她们有如铠甲上的锁环胸贴胸颈交颈。
谁见了她们都放声痛哭感到痛苦万分。

1571 倘若月亮和晨星正将自己的道路照亮,
她们的光便聚在一起。倘若她们分离,
她们的光便四散。可见这是命中注定。

谁欲见到她们在一起那便登山顶眺望。

1572 宇宙之主在太阳的光环中将一切诞生，
让一切结合又以自己意志将一切分离。
玫瑰花似的女人如今要分离泪洒田野，
她们知道分离的痛苦与沉重命运抗争。

1573 涅丝丹说:倘若我不是与你当面相识，
我便听不见离别时自己心灵上的巨响。
哪怕我们在家中能得到彼此间的消息，
但那种慵困的感觉同样会对我们不利。

1574 吉娜晶答道:哦太阳,见到你是我福分，
同你分离我如何可能保持内心的冷静?
生活令人难以忍受一切幸福便是死亡，
但是你得活着直至我的这些眼泪干涸。

1575 两个绝代佳人最后一次相拥相抱离别，
吉娜晶望着远去的人无法将目光移开，
涅丝丹激情如火朝她回过身来作告别。
这场面无法描绘语言的储备已经枯竭!

1576 罗斯杰万与暴躁结成亲家因这次分离，
他上千次的叹息与呻吟声混合在一起，
如烧开的大锅眼睛泉流淌出汩汩泪水，
塔里埃尔的脸庞泛着银光如白雪皑皑。

1577 国王把他当儿子般拥抱玫瑰被他揉烂。

他说:同你亲近是幸福眼泪却是意外,
同你分离我增加了一百二十倍的悲伤。
我们生活因你而有乐趣离开你便死亡。

1578 塔里埃尔骑马离去国王听到他的敬辞。
全军人人痛哭流涕眼泪将那山谷湿润:
太阳怎么能同你争胜负?你亲自前往!
他答道:我们的痛苦可并不亚于萨拉[1]。

1579 士兵们离开城市上了路带着所有重载,
塔里埃尔、普里东和阿夫坦季尔三人,
他们智慧过人统率八万大军策马前进。
生活的道路变得平坦他们相互更爱戴。

1580 他们走了三个月无人能够同他们相比。
遭遇上他们的敌人命中注定必遭灭亡。
他们偶然也决定吃上顿饭在林中旷地,
请大伙喝个痛快的是酒而并非酸果汁。

① 萨拉是中世纪亚洲地区的一部文学作品《莱伊丽和马季农》(1188)中的主人公,作品取材于阿拉伯的古代民间传说,描写一位青年诗人的爱情悲剧。首先对作品进行收集和加工的是阿塞拜疆诗人内扎米(约 1145—约 1209)。

六十二

塔里埃尔听说印度国王去世

1581 远处的山岭旁出现了一支巨大的商队。
马骡和人们全都披着黑布和黑色衣衫，
所有人都剪短一圈头发显然不无用意。
国王说：我们在此停一下，等他们过来！

1582 商人们在队长的率领下来到国王跟前。
国王问：你们是谁，为何戴悲伤的标志？
商人们答：那是我们所到之处的礼仪。
我们从埃及赴印度路途实在遥无期限。

1583 遇见去过印度的商人塔里埃尔挺高兴，
三兄弟决定欺骗埃及人的听力和视力。
商人们听到看到的是陌生装束和语言，
英雄们好像并非印度人操阿拉伯语言。

1584 国王命令道：请告诉我们印度的情形。
商人们答道：伟大的真主惩罚印度佬，
全国上下眼泪流成了河哭喊声震天响，
那里聪明人也被丧失理智蒙上了阴影。

1585 队长说话飞快将他们的生活情况叙述：
帕尔萨唐是印度国王上苍赐给他幸福，
他的女儿是颗巨星一对明眸赛过太阳，
身材如白杨面颊似红宝石皓齿赛珍珠。

1586 公主和统帅相互间燃起爱火春意荡漾。
统帅将她未婚夫杀死对国王是个打击。
从小起姑娘由国王的妹妹达瓦尔扶养，
由她所掀起的一场风暴使印度人遭殃。

1587 要知道她是个魔法师最最凶恶的女巫，
她所干的罪恶行径令世界亦日月无光，
但她自己毁了自己变得令人难以忍受。
太阳姑娘流落异国他乡踏上颠沛之途。

1588 雄狮不再是统帅绝尘而去将姑娘寻觅，
他亦不知去向印度王国两颗明星消失。
人们虽说竭尽全力但找不到他们踪迹。
国王说道：天啊，为何将我焚烧在烈焰！

1589 他怜惜消失得无影无踪的女儿和武士，
代替竖琴和定音鼓的是他凄凉的泪水。
国王支撑不了多久烈火使他无法摆脱，
残酷战争中多次获胜的君王与世长辞。

1590 商人刚说完这番话它并不像无聊传闻，
涅丝丹突然抱住自己的脑袋尖叫一声。

塔里埃尔也尖叫起来将秘密暴露无遗。
泪水如冰河解冻从眸中顺着沟渠流泻。

1591 我要说太阳无论如何亦无法与她媲美，
她没系头巾的脸庞似玫瑰面颊如罂粟。
智者想给她以夸奖却只能自己碰钉子。
那皓齿似新鲜珍珠排成两排晶莹秀美。

1592 她为父亲痛哭也宛若夜莺悲伤的呻吟，
她揪下一绺秀发眼泪顺着面颊往下流，
玫瑰比番红花还黄红宝石比苔藓还暗，
云彩挡住太阳连远方的朝霞也不鲜妍。

1593 她抓破自己的脸颊可着嗓门大声哭诉，
她变得很虚弱任由泪水汩汩不断涌出：
哦父亲，我渴望去死，我不配做你爱女！
我是那么的不争气不知道尊敬和孝顺。

1594 父亲，你是我双目的瞳孔却处在黑暗中！
何处能紧贴我们的脸庞听到心的呻吟？
你太空的星辰还在为何人将星光闪烁？
你山地的丘陵为何不轰然倒塌进深谷？

1595 塔里埃尔大哭道：教父我听到了什么！
令我奇怪的是表示忧郁的光并未黯淡。
消失吧太阳，景仰者并未留在光的世界。
父亲保佑我面对上苍让造物主宽恕我。

1596 他再次吩咐商人道:请说说别的情境。
他们说:陛下,印度正面临险恶时刻:
城市给哈塔伊人包围战斗进行得惨绝,
昔日国王的领地已被某个莱麦斯占领。

1597 那里活着的还有王后但心脏已受创痍。
虽说大势已去印度军队仍在坚持抗敌。
敌人已占领四周塔楼波涛快漫过土堤。
巨星啊快将他们照亮! 飓风已然来临。

1598 每个居民像我们一样在那里身着丧服。
当着莱麦斯我们用埃及语言进行答复,
他不破坏同埃及国王达成的和平誓约,
这使我们得以自由避开这场可怕劫数。

1599 塔里埃尔听说这一切已经无法再休息,
他用急行军一天便跑完了三天的路程,
他将旗帜高高举起不让它有丝毫倾斜。
看啊他巨人的胸膛变得像铁甲般坚实!

六十三

塔里埃尔来到印度并征服哈塔伊人

1600 印度国的边境上横亘着座座陡峭高山。
人们不无惊奇地见到一支敌人的军队。
塔里埃尔问:弟兄们,你们还在等什么?
倘若上苍和幸福与我同在我将消灭它。

1601 他们首先有必要了解我这把剑的厉害。
我要给他们致命打击刺穿铠甲和衣衫。
阿夫坦季尔说:对那帮人无须多费口舌。
我们将他们磨成齑粉！别想再有生还。

1602 士兵们做好厮杀准备他们个个是好汉,
他们给马骡卸下货载胯下的战马狂放,
他们相互角逐四周的百姓将他们夸奖。
他们旋风般从山上冲下掀起一路风浪。

1603 他们的先头部队刚与敌人的骑兵交锋,
敌人便立即后撤但全被他们赶上捕获。
他们被捆绑双手押解着去见塔里埃尔。
塔里埃尔目光威严问道:你们是何许人?

1604 他们回答:美男子,我们是被诱骗而来,
莱麦斯国王将我们全安置在土堤后面。
塔里埃尔下令:既然受欺骗,就回家去,
通知庇护主:我们狭路相逢来决一死战。

1605 转告他:完成伟大事业的国王已经亲临,
我高踞众王之上是强盗恶棍们的克星,
我的情况由部队被歼的目击者来叙述。
扭捏作态无济于事害怕死亡别无救星。

1606 倘若你不蠢如何会决定同勇士决雌雄?
倘若你不愚怎么敢进犯印度丧心病狂?
瞧我带来惩罚之火烧掉你那乌合之群,
我要给你以沉重打击让我的利剑变钝。

1607 快做好准备我不愿偷偷让你一败涂地。
只需通知一声待你列好队形布下阵势。
你的威胁只令我们可笑空话鲜有成效,
戴头盔亦救不了你我会让它变成头饰。

1608 敌兵往回返你拥我赶狂奔如丧家之犬。
他们向莱麦斯报告一切什么也不隐瞒:
印度国王突然来到四周全是精兵强将,
我们在战斗中交锋竟然四手难敌双拳。

1609 队伍上空塔里埃尔的大纛在迎风招展,
一旁印度和阿拉伯的旌旗在高高飘扬,

阿拉伯人作战只用长矛他们无需铠甲，
太阳普里东长发披肩鲜血使他心刚强。

1610 他们刚挺进迎面便有五百名骑兵冲杀，
阿拉伯军队投入战斗并组成密集队形。
塔里埃尔说：别忙！让士兵们保持镇静：
敌人没带武器他们身上也没有披铠甲。

1611 他们的首领在马腿旁边俯首苦苦哀鸣，
他叫道：请发慈悲，让上苍来审判我们！
我知道我不配活着命运将送我进坟茔，
因为充斥我心灵的不是友谊而是恶行。

1612 您不知在何处消失杳无音讯整整十年，
倘若雄鹰不再翱翔小鸟更不会飞上天。
我记起过去的旧账便猛然起兵想翻天。
生命之轴被折断有如那双马车的辕杆。

1613 如今我但求一死所有过失都因我而起，
有五百名廷臣由我押着来到您的跟前。
请斩首吧用严厉惩罚使他们死于血泊，
但我用眼泪向你祈求别处死无辜兵士。

1614 众人匐匍在地念诵阿吠陀① 使誓言永固：
凡超度我们生命者菩萨将保佑他永生！

① 即吠陀，印度教和波罗门教的经典，用古梵文写成，主要歌颂代表各种自然现象的神，以及各种偈子和咒语。

莱麦斯俯首在地勇士抬不起沉重眼睑。
上苍宽恕知罪之人人也应将他们宽宥。

1615 传来允许作孽的那个人追悔的恸哭声，
有如尼尼微城被毁[1] 眼泪是毁灭的象征，
它们终于帮助人们消除了上苍的愤恨，
和平能将世上沉重苦难变为笑语欢声。

1616 崇拜卓越智慧的人们才会去读圣贤书，
只有心灵高尚才能给勇士们增添光彩。
宽厚和容情是对那被摧毁敌人的饶恕！
你欲拥有真正美德就请记住这些话语。

1617 塔里埃尔有如公正的造物主温和谦逊。
你们活着吧！他对吓得发抖的敌人说：
我要将你们的一切罪行引向光明之途，
让你们从今后忘掉恶而体验真理之路。

1618 他们异口同声都对塔里埃尔深表感激，
为颂扬上苍赐予幸福叫喊声彼伏此起，
说是让他们找到活路一条将死亡躲避。
可印度国王的宝剑却只落得斑斑锈迹。

1619 他们走近想见见塔里埃尔神奇的容颜。

① 尼尼微为古亚述帝国首都，位于今伊拉克境内，曾为西亚地区商旅云集之地。亚述征服者掠夺大量战利品和奴隶，并残酷集敛贡赋，使尼尼微成为“血腥之城”。公元前612年，被米堤亚人和迦勒底人的联军攻陷并遭焚毁。

响起塔里埃尔威严的嗓音如天籁之声。
但莱麦斯的部下依然挤满那所有空间。
一道耀眼光柱从天而降落到印度边远。

1620 一名骑士带着好消息朝部队疾驰而来：
朕下令不消灭你们！欢呼声响彻云霄。
喇叭声到处响起欢乐的喊声不绝于耳：
既然是他将我们征服就让他亲自前来。

1621 印度人怀着敬意走上前在他面前跪下，
当他们见到被替换的旗号便犹豫起来。
他们怀疑道:更换旗号其中必有图谋。
没等到塔里埃尔他们内心充满了悲哀。

1622 塔里埃尔往前挪:我是国王我回来了!
我的太阳与我同在,她脸上光芒四射,
上天的光芒将把男女老少众百姓照耀。
快走上前来如今我再也无法忍受离别。

1623 了解真相后人们从山谷田野蜂拥而来，
刹那间阳光将所有的堡垒和塔楼照亮。
到处响起赞叹声:我们再也不怕苦难!
命运再次将昨日极度的愤怒变成恩赉。

1624 巡逻队送来钥匙他们把各扇大门打开，
人们从四面八方赶来身穿丧服心悲哀，
客人们失声痛哭玫瑰的脸颊布满皱纹，
黑乌鸦的翅膀奋拉着水晶上挂满泪水。

1625 被抚养长大的武士哀悼教父放声痛哭，
塔里埃尔悲伤的双眸中热泪流成了湖，
他捶自己边哭边叫喊呻吟声越发频仍，
他用水晶耙子在乌黑的密林中使劲杵。

1626 当他见到所有大臣和贵族也身穿丧服，
塔里埃尔禁不住又可着嗓门号啕大哭。
鲜血和泪水如顺沟槽从目中汩汩涌出。
宫中众人如朋友般急忙上前将他拥护。

1627 大臣和贵族们也向年轻大人表示同情，
但涅丝丹欲哭无泪伤心泪倒流进心间。
玫瑰的茎秆脱落谁又能够将它们捡起？
宫中已经没有笑声无论是大臣或士兵。

1628 母后朝新婚夫妇迎面跑来为见他们俩。
我们哭什么？她大声道开始严厉制止，
你们得接受上苍让我们将愤怒变仁慈，
别让痛苦将心灵践踏我们该颂扬上天。

1629 她痛哭流涕，将塔里埃尔紧紧拥在怀，
说：火已经被扑灭我又重新振作起来。
安静下来听一听我想对你诉说的话吧，
上苍将你们还给了我我又将重新生活。

1630 我该怎么办？女儿对母后号啕痛哭道。
你一直披红戴金而如今却是丧服一袭，

我父王离去代替宝座的却是陵墓一座!
母亲擦去她泪水:你别哭了,忍一忍吧。

1631 母亲用亲吻覆盖自己心爱的独生明珠,
用嘴唇将玫瑰揉皱,芦荟叶渐渐变薄。
她深情地说:我们既然期待到了欢愉,
那人世间无穷的快乐干吗还记住过去?

1632 像平日那样短暂时刻如瞬间飞驰而去,
显贵们在他们面前围成一团屈膝下跪。
一对太阳走近他们心底涌起感情激流。
人人向他们亲吻致意将他们尽力赞许。

1633 对阿夫坦季尔和普里东不必寻找词汇。
塔里埃尔说:母后你不认识两位勇士!
长篇大论此处不合适友情将我们拯救,
我和涅丝丹能够生还要归功于他们俩。

1634 他们骑马进城直到宫邸旁才离开马鞍。
王后在那里说出一番话使众人心安宁:
上天保佑将敌人击溃恶也帮不了他们,
我们要设盛筵故意用欢乐让他们眼馋。

1635 只听到命令声:脱下丧服!敲响锣鼓!
让宫中到处响起那欢乐的笑声和喧闹!
让金腰带束紧你们那漂亮的缎子衣裳,
唱啊笑啊别再从双眸中滴下点点泪珠。

六十四

塔里埃尔和涅丝丹的婚礼

1636 母亲拉着小夫妻的手领他们走向宝座，
他们同登国王宝座显贵们将他们欢拥。
他们的心变得更坚定回首往事和痛苦，
谁也不敢哭哭啼啼代替痛苦的是幸福。

1637 母后打扮得雍容华贵再不是那身丧服，
她也让显贵们穿着漂亮让人赏心悦目，
老老少少男男女女都被赠与贵重礼物，
她说：我们不必回头幸福又重新显露。

1638 塔里埃尔和涅丝丹给父王宝座添光彩，
新郎新娘各方面都是天造地设的一对。
他们这天赐良缘和幸福谁还值得歌颂？
亚当诞生的凡人中有谁能同他们媲美？

1639 塔里埃尔和他的妻子找到了幸福之岸。
他们获得七个王位及许多欢愉和满足。
他们在甜蜜的生活中将永远忘记痛苦。
一个人未吃过苦中苦便不知道甜滋味。

1640 塔里埃尔和涅丝丹在宝座上阳光灿烂。
廷臣们领着他登基铜号嘹亮铮铮作响，
他们如亲人般将他围住授予他金钥匙，
充满火一般感情高呼：你是我们王上。

1641 阿夫坦季尔和普里东在另一宝座就座，
众人在他们的面前唱赞美诗行躬身礼。
上帝创造的凡人中有谁能像他们那样？
众人请求他们将自己的遭遇详细介绍。

1642 盛宴欢乐款待忙坏了一群伺候的奴仆。
婚礼举办得豪华符合宫廷圈内的习俗。
新郎和新娘淹没在堆积如山的贺礼中，
穷苦人也分得礼物贫穷的病痛无影踪。

1643 母后下令：将孤儿和寡妇全叫这儿来！
让所有没有被邀请来的人同样富起来。
她分赠给他们些什么语言不足以描述。
祈祷吧让他们在劳作生活中笑口常开！

1644 塔里埃尔说道：母后，我可否说一句话：
请你宽恕莱麦斯国王挽救奸诈的灵魂！
我发现他很可怜在恐惧中已走投无路。
上苍已让罪人以忏悔和泪水予以偿补。

1645 她说：我宽恕他！她的命令当即完成：
莱麦斯国王被领来跪在国王们的面前。

领唱人聚集起来响起了高亢的合唱声。
曾经有过多少痛苦而今便有多少欢乐。

1646 无数的黄金宝石和珍珠令人合不拢嘴，
它们有的高耸如山有的在草坪上流洒，
任何财宝无须请求可任意选取在手中，
因为按官职分发礼品的任务太过繁复。

1647 国王对阿夫坦季尔和普拉东的将士说：
别客气随便取客人们给了我最好礼物！
他赠每人一头骡马褡子装满琥珀珍珠。
为了计算清他的赠礼需要特殊的才华。

1648 给两兄弟的礼物超过了可达到的数目，
以致舌发麻嘴紧闭瞠目结舌说不出话，
地下室的拱门不掩藏母后的全部财富，
她对两位救命恩人的目光充满着爱抚。

1649 人人对阿夫坦季尔和普里东表示敬意，
他们高喊：你们给我们带来上天恩赐！
他们的愿望实现两兄弟被当作庇护主，
整天里人们川流不息进宫向他们致意。

1650 塔里埃尔宽宏大量给莱麦斯许多礼物，
并下令：你得为违背誓约而交纳黄金！
莱麦斯获得慰藉急忙跪倒在他的脚下，
他不再颂扬战争为宽恕祈祷后便离去。

1651 印度国王又对忠贞不贰的阿诗玛下令：
无论父亲还是孩子都做不出你的事情。
我把印度王国第七部分的国与城给你。
愿你在王位上忠诚服务生活充满光明。

1652 挑个中意丈夫王国需要忠实的捍卫者。
愿他忠诚地为我们服务始终是自己人。
阿诗玛跪倒在地：我对你们忠贞不渝，
可我哪知道治理国家？舍你我去哪儿！

1653 陛下，我斗胆说一句但你千万别生气：
我决不离开你，哪怕你赐我所有土地！
你们的阳光于我已足够你又脱离苦海，
是你们将我养育大我与你们永不分离。

1654 他对她重复道：过去的痛苦使你憔悴！
我记得你曾为自己的不幸痛哭不做作。
你得遵循我们的劝告顺从地完成一切。
统率强大的军队迅速将善良代替邪恶。

1655 阿诗玛于是服从道：痛苦时刻很短暂。
她很快找到如意郎君勇士学会了一切。
他领着阿诗玛走向王位深深鞠躬致意，
人们请他登上宝座使他高踞众人之上。

1656 三位英武的结义兄弟做客时日在缩短，
他们消遣娱乐得到的礼物远不止一件！
珍珠算什么宝马算什么只要无忧无虑！

但阿夫坦季尔一脸忧愁将吉娜晶思恋。

1657 塔里埃尔发现勇士一直牵挂着吉娜晶。
他说:我知道你心里在偷偷责怪于我,
你的痛苦已经由七级浪漂涌为八级浪,
我命中注定又将独自忍受离别和忧心。

1658 于是普里东也告辞道:我也该把家回,
为了重新与你在一起我要踏破你领地,
作为年轻杂役我会完成你吩咐的一切,
如一头觅水的雄鹿急忙跑来追随于你。

1659 于是印度国王便发给普里东一纸敕令:
走吧,但是你得回来将我们友谊牢记!
阿夫坦季尔,同你分离我将勉强活着。
有什么办法！你得回去太阳等着雄狮。

1660 他送给罗斯杰万最美丽的长衫作礼物,
以及各种精美器皿压模花纹绝世超伦!
说:一路平安！愿国王喜欢我的礼物。
阿夫坦季尔答:我无法忍受别离痛苦。

1661 涅丝丹赠给吉娜晶一件带纱巾卡巴恰。
那衣服只有涅丝丹配穿送给她极得体。
所赠明珠同样珍贵谁能说出它的价值?
它夜晚放光如太阳将道路照得更明亮。

1662 阿夫坦季尔同朋友告别相互信守不渝。

离别时这强烈感情令兄弟俩心里难受。
印度人那痛苦的泪水洒满茂密的森林。
阿夫坦季尔说:阴险世界让我喝下毒酒。

1663 两位英雄按辔而行说着知心话心欢愉,
他们在路口分手急匆匆去往自己领地,
他们得以光彩地达到自己人生的目标。
阿夫坦季尔返回岳丈罗斯杰万的国土。

1664 全体阿拉伯人带着王国的装饰物出迎。
阿夫坦季尔见到太阳心中呻吟声平息。
他同吉娜晶登上宝座幸福的光芒闪烁。
他头戴王冠上天的决定使他声誉鹊起。

1665 三位国王三副肩膀组成活的铜墙铁壁,
他们经常相会新会面的欢愉充满福祉。
他们的友谊之剑将桀骜不驯敌人惩治,
他们共同战斗使国家强大财富更充实。

1666 他们仁慈宽厚赐予的恩泽如瑞雪飘扬,
孤儿寡妇变得富有乞丐穷人不再呻吟。
小羊羔和睦吸吮母乳对恶人政权无情,
他们国度里狼与羊和平共处一起放养。

尾　声

1667 他们的生命如夜梦一场倏忽飞逝消失。
他们有过悱恻爱情亦曾遭受狡诈阴险。
尘世的生活短暂有谁敢说那生命无限？
此种不幸鲁斯塔维里是否该用歌审视？

1668 对国王而言格鲁吉亚人大卫[①] 功不可没，
我将他的故事用诗编出以供君主遣怀，
是谁像个毁灭者从东到西将道路敷设，
那里只剩上层居民的同情背叛者的灰。

1669 大卫的事业他的光辉和战功如何歌吟？
关于其他国王的传说国外有神奇故事，
那里对他们的功勋和脾性均广为传诵，
我收集并在余暇将之熔炼成明快诗篇。

1670 这世界不值得信任阴谋诡计比比皆是。
人的生命比眼珠还转得快只是一瞬间。
命运乃世俗的法官我们何苦追名逐利。

① 即指大卫·索斯兰，格鲁吉亚女王塔玛拉的第二任丈夫。塔玛拉曾于1184—1213年任格鲁吉亚女王。1185年，塔玛拉嫁给博戈柳布斯基公爵之子尤里，两年后与他离婚。1189年，塔玛拉第二次结婚，嫁给大卫·索斯兰，大卫是格鲁吉亚奥塞梯人的代表，与女王生子格奥尔吉·拉萨和女儿鲁苏丹。

唯独至死将浮云世态看破者才有福气。

1671 霍涅利·莫塞[1] 将阿米兰·达列贾尼唱咏，
光荣的沙夫捷利[2] 将救世主阿布杜歌颂，
特莫格韦利[3] 不倦地将季拉尔格达歌吟，
我鲁斯塔维里含着泪将塔里埃尔歌咏。

---

① 霍涅利·莫塞，12 世纪格鲁吉亚作家，作有英雄主义的长篇小说《阿米兰·达列贾尼》。

② 约阿内·沙夫捷利，12 世纪末至 13 世纪初格鲁吉亚诗人，鲁斯塔维里前诗歌的代表，颂诗《救世主阿布杜》的作者。

③ 特莫格韦利，格鲁吉亚 12 世纪诗人，作有长诗《季拉尔格达》，已失传。

图书在版编目（CIP）数据

虎皮武士／（格鲁）鲁斯塔维里著；严永兴译.—南京：译林出版社，2018.12

（世界英雄史诗译丛）

ISBN 978-7-5447-7610-3

I. ①虎… II. ①鲁…②严… III. ①英雄史诗－苏联－中世纪 IV. ① I512.23

中国版本图书馆 CIP 数据核字（2018）第 278927 号

虎皮武士 ［格鲁吉亚］鲁斯塔维里／著 严永兴／译

责任编辑 张 遇 王 珏
装帧设计 韦 枫
校 对 张 堃
责任印制 颜 亮

出版发行 译林出版社
地 址 南京市湖南路1号A楼
邮 箱 yilin@yilin.com
网 址 www.yilin.com
市场热线 025-86633278
排 版 南京展望文化发展有限公司
印 刷 江苏凤凰新华印务有限公司
开 本 850 毫米 × 1168 毫米 1/32
印 张 11.875
插 页 4
版 次 2018年12月第1版 2018年12月第1次印刷
书 号 ISBN 978-7-5447-7610-3
定 价 86.00元